PSYCHOANIOŁ
w Dublinie

*Dla Mai,
w podziękowaniu za najważniejsze spotkanie.*

PSYCHOANIOŁ
w Dublinie

ŁUKASZ STEC

AKURAT

Projekt okładki: *Katarzyna Konior*
Redakcja: *Arkadiusz Nakoniecznik*
Redakcja techniczna: *Karolina Bendykowska*
Korekta: *Zofia Smuga, Maria Śleszyńska*

Zdjęcia na okładce:
© Zharastudio – Fotolia.com
© jovannig – Fotolia.com
© ksena32 – Fotolia.com

Zdjęcia w książce:
© eyrishcolors/123RF.com
© Razvan Mihai Stroie/123RF.com
© Krasnevsky – Fotolia.com
© aitormmfoto – Fotolia.com
© David Soanes/123RF.com
© Brenda Kean/123RF.com
© michaeljayfoto/123RF.com

ISBN 978-83-7758-720-1

Wydawnictwo Akurat
Warszawa 2014

Poniedziałek

Życie w poddublińskim miasteczku pozornie toczyło się w sposób, w jaki normalne życie toczyć się powinno. Pies szczekał. Wiatr wiał. Para młodych zakochanych trzymała się za ręce, patrząc w stronę morza. W ogródku piwnym dwóch roześmianych mężczyzn powoli sączyło guinnessa. Mewa przez chwilę postała na jednej nodze na plaży, zostawiła krótkotrwały ślad, po czym odleciała w stronę Anglii. Przez pięć minut padał deszcz. Starsza kobieta ze zdziwieniem spojrzała na chmury. Chwilę potem deszcz ustał.

Wowa spał jak zabity, chociaż miał umrzeć dopiero za tydzień.

Kiedy w końcu się obudził, uświadomił sobie, że zupełnie nie pamięta, co robił poprzedniego wieczoru. W tej kompletnej niepamięci nie byłoby niczego wyjątkowego, gdyby nie to, że obejmowała nie tylko miniony wieczór. Dziura w pamięci rozrosła się do całego dnia, a nawet tygodnia. Wowę ogarnął niepokój, szybko jednak wytłumaczył sobie swój stan działaniem nielegalnych substancji psychoaktywnych, po czym przekręcił się na drugi bok. Dał sobie dziesięć, może piętnaście minut na błogie leżenie na lewym boku, kontemplację i kreatywne rozmyślania o doborze składników śniadania. Nie spieszył się do pracy – nie dlatego, że miał dużo czasu. Wynikało to z jego osobistego podejścia do kwestii pośpiechu. Uważał go za rzecz niezdrową, a jako że był nałogowym nikotynistą, bardzo się starał, żeby do minimum ograniczyć inne szkodliwe czynniki oddziałujące na jego zdrowie.

W związku z tym z niezmąconym spokojem rozmyślał o płatkach śniadaniowych ubabranych w czekoladowych drobinkach i zalanych zimnym mlekiem. Danie na pewno smaczne, ale czy pożywne? Pod przymkniętymi powiekami Wowy pojawiła się przerażająca wizja: zobaczył swoje głodowe cierpienia dwie godziny po spożyciu tego niesytego dania, zobaczył siebie w pracy brzuchem burczącego, w rozpaczy biegnącego do pobliskiego Spara, kupującego trójkątną kanapkę, która czekała na niego od dwóch tygodni, by wreszcie przyprószyć okruchami biurko i służbowy dywan. Kierownik nie będzie tym zachwycony, o nie. Irytacja i żal kierownika – tylko do tego może prowadzić zjedzenie rano płatków śniadaniowych, pomyślał Wowa. Kto wie, czy następnym punktem tej przejażdżki nie byłby przystanek Bezrobocie?

Dzięki temu Wowa rozsądnie zdecydował się na bułkę francuską. Umieszczony w niej tłusty ser typu brie mógł tylko oddalić go od perspektywy utraty pracy. Pora śniadaniowa wciąż się jednak odwlekała, ponieważ Wowa nadal miał klapki na oczach. Przywykł do ich używania od czasu lata polarnego spędzonego w Skandynawii. Przed ich zdjęciem i sprawdzeniem, jaka jest niepogoda za oknem, musiał dokonać jeszcze jednego poważnego wyboru. Czym nakarmić Borysa?

Borys był niezwykle wrażliwym kotem. Po czwartej próbie samobójczej weterynarz doszedł do wniosku, że nawet nadwrażliwym. Wowa nie podzielał tego poglądu. Znał dobrze swojego kota i wiedział, że Borys miał po prostu ciężkie dzieciństwo. Kot wychował się na wsi. Jego matka wpadła do kombajnu, ojciec zaś odszedł na skutek przedawkowania alkoholu; pewnego sierpniowego wieczoru strącił z szafy butelkę z likierem kokosowym, a po jej rozbiciu całość trunku zachłannie zlizał z podłogi. Na wątłe barki Borysa spadła wówczas odpowiedzialność za wykarmienie nie tylko siebie, lecz także czterech sióstr, nieporadnych kocic o czarnej sierści.

Nie było to zadanie łatwe, gdyż sołtys wsi, w której mieszkał kot, wpadł na pomysł odszczurzenia okolicy za pomocą specyfików, których producentem całkiem przypadkowo był brat sołtysa. Miała to być akcja pokazowa służąca promocji tegoż wynalazku. Efekt był taki, że ze wsi znikły wszystkie szczury i myszy.

Tak, Borys dobrze wiedział, co to prawdziwa recesja.

Wowa nie chciał swojego znerwicowanego kota karmić jakimś świństwem z puszki. Kiedyś, skuszony atrakcyjnym zapachem karmy, postanowił spróbować kociego rarytasu. Wynik eksperymentu był jednoznaczny.

Po dłuższym namyśle Wowa postanowił dać Borysowi baraninę i trochę białego sera kupionego w polskim sklepie. Podjąwszy te ważkie decyzje, mógł z czystym sumieniem obrócić się na prawy bok i od nowa zacząć się starać przypomnieć sobie miniony dzień. Coś tam świtało mu w głowie, ale tak niewyraźnie, jakby usiłował sięgnąć pamięcią do wydarzeń sprzed paru lat, a nie sprzed kilkunastu godzin. Wynikało z tego jednoznacznie, że czas naprawdę jest rzeczą względną, ale postanowił nie przejmować się kwestiami filozoficznymi i porozmyślać o czymś bardziej praktycznym. Na przykład o nowej instalacji. Od kilkunastu lat tworzył niezwykłe prace nawiązujące do wielkich dzieł konceptualizmu. Jedna z pierwszych powstała już pod koniec szkoły podstawowej, kiedy to na drzwiach ubikacji powiesił tabliczkę z napisem „komora gazowa", żądając w ten sposób zakupu nowych kostek toaletowych. Krótko po tym pożyczył z klasy biologicznej wypchanego świstaka i przybił go do krzyża wiszącego w sali katechetycznej, pragnąc w ten sposób zwrócić uwagę na ciężki los fauny wysokogórskiej. Projekty te nie spotkały z należytym odbiorem, z czasem więc Wowa zaczął kierować swoje prace do szerszej publiczności. Jednym z najdojrzalszych projektów był „Romantyzm", który polegał na owinięciu pomnika Adama Mickiewicza bandażem elastycznym. To ważne dzieło, którego realizacja mocno nadszarpnęła zasoby finansowe autora (czterdzieści rolek bandaża elastycznego plus mandaty za bezczeszczenie dziedzictwa narodowego oraz sianie zgorszenia), miało zwrócić uwagę na fakt, że prawdziwy romantyzm musi wiązać się z cierpieniem. Inną ważną akcję w przestrzeni miejskiej Wowa przeprowadził w warszawskim metrze, rozdając pasażerom niewielkie kawałki nitki, mające służyć za plan nadzwyczaj skomplikowanej sieci połączeń podziemnej kolejki w stolicy. Najkosztowniejszą pracą był jednak „Święty Mundial", stworzony tuż przed mistrzostwami świata w piłce nożnej. Z tradycyjnego stołu z piłkarzykami Wowa usunął figurki sportowców, a w ich miejsce zamontował miniaturowe buteleczki w kształcie Matki Boskiej, które nabył na Jasnej Górze. Instalacja ta miała zwrócić uwagę na duchowy aspekt wysiłku fizycznego.

Niestety, wszystkie projekty zostały zignorowane przez środowiska akademickie, a tak zwana szeroka publiczność okazała się całkowicie zaimpregnowana na ich intelektualne przesłanie. Wowa, zmuszony okolicznościami, zamiast przedsiębiorczym artystą, jak zamierzał, został nieporadnym handlowcem, czego zupełnie nie miał w planach.

Żył samotnie. Z kotem. Samotność – zwłaszcza dzielona z kotem – jest bardziej znośna na emigracji niż we własnym kraju. Tym bardziej, jeśli wynika ze świadomego wyboru, a nie z nieszczęśliwych zbiegów okoliczności.

To, że żył samotnie z kotem, nie oznaczało jednak, że mieszkali zupełnie sami. Wynajmowali drugie, najwyższe piętro domu położonego niemal nad samym Morzem Irlandzkim. Byli wyspiarzami w wielu znaczeniach tego słowa.

Na pierwszym piętrze mieszkali pozostali lokatorzy.

Reszta domowników poszła już do pracy, więc Wowa został sam – z Borysem, dylematami kulinarnymi i rozmyślaniami o nowej instalacji. W pewnej chwili zorientował się, że z piętnastu minut, które sam sobie wielkodusznie wydzielił, zrobiła się cała godzina. W związku z tym postanowił szybko nakarmić kota i siebie, a następnie pognać do centrum miasta. Oznaczało to, że należało zdjąć klapki z oczu i udać się do łazienki, do której wchodziło się bezpośrednio z pokoju. Zsunął klapki i spojrzał przez okno. Pogoda była irlandzka. Odwrócił się w przeciwnym kierunku i zobaczył mężczyznę.

Siedział nieruchomo na krześle. Nawet nie spojrzał na Wowę, nie zwrócił uwagi na to, że ten go dostrzegł. Zachowywał się spokojnie. Sprawiał nawet wrażenie lekko znudzonego.

Właściciel domu? Nie można było tego wykluczyć, ponieważ Wowa do tej pory nie miał okazji poznać swojego landlorda. Mieszkanie wynajął przez agencję, właściciel mieszkał w Ameryce. Ten typ nie wyglądał jednak na Irlandczyka.

Złodziej? Nie, złodziej raczej nie zachowywałby się w taki sposób. TV Inspector? Co prawda abonament telewizyjny był opłacony, ale intruz miał na sobie biały kitel, sugerujący służbowy charakter wizyty.

Znajomy kogoś ze współlokatorów? Możliwe, choć mało prawdopodobne, ponieważ nikt nie wspominał Wowie o tym, że poznał w Irlandii rodowitego Indianina w pióropuszu na głowie.

Należało zachować spokój.

– Jesteś kolegą Pavla? – zapytał Wowa takim tonem, jakby każdego ranka przy jego łóżku pojawiał się Indianin w białym kitlu i ze skrzydłami wyrastającymi z pleców.

Indianin spojrzał na Wowę ze smutkiem w oczach i przecząco pokręcił głową.

– Mówisz po angielsku?

– Między innymi – Indianin odpowiedział płynną polszczyzną.

Wowa osłupiał, ale tylko na chwilę. Szybko doszedł do wniosku, że to pewnie jeden z Peruwiańczyków, którzy od lat koncertują na ulicach polskich miast. Pewnie znudziły mu się złotówki i postanowił pomęczyć dublińczyków swoją andyjską piszczałką.

– Przyjechałeś tu do pracy?

Indianin skinął głową.

– Szukasz jej w moim pokoju?

Znowu przytaknięcie.

Wowa lekko się zirytował. Albo to wariat, albo ktoś robi sobie ze mnie jaja, pomyślał.

Wstał z łóżka, zajrzał do pozostałych pokojów i do kuchni. Nikogo. Obszedł cały dom. To samo. Ani żywej duszy poza nim samym i Indianinem. I Borysem. Właśnie... Wowa zorientował się, że nigdzie nie widział swojego kota. Popędził z powrotem na drugie piętro w obawie, że nieznajomy zjadł Borysa. Niewiele wiedział o indiańskiej kuchni.

Kiedy wszedł do pokoju, nieproszony gość siedział na łóżku, a na jego kolanach leżał zadowolony kot. Wowa odetchnął z ulgą.

– Mógłbyś wyjaśnić, co tutaj robisz?

– Jestem tu służbowo – spokojnie odpowiedział Indianin.

– Jesteś hydraulikiem? Tapeciarzem? Murarzem? Elektrykiem? TV Inspectorem? Policjantem? Płatnym mordercą? – zgadywał Wowa, ale Indianin tylko kręcił głową.

– Psychoaniołem – powiedział wreszcie takim tonem, jakby znudziła mu się ta wyliczanka.

Wowa był już spóźniony do pracy. Szósty raz w tym miesiącu. Biorąc pod uwagę, że był dopiero szósty roboczy dzień miesiąca, miał realne szanse na pobicie własnego rekordu. A raczej: istniało realne zagrożenie, że go pobije. Postanowił więc bez zbędnych wyjaśnień pozbyć się intruza, po czym szybko się umyć, nakarmić kota i siebie, a następnie ruszyć spokojnym krokiem w stronę swojej ulubionej kolejki miejskiej.

Grzecznie, choć stanowczo wyprosił Indianina z domu. Na pożegnanie poklepał go po białych skrzydłach i życzył mu powodzenia, po czym poszedł do kuchni i wrzucił do kociej miski baraninę i trochę białego sera. Do drugiej miski nasypał płatki śniadaniowe i zalał je mlekiem.

Spóźnienie rosło, a Wowę czekały jeszcze jazda DART-em i jednopapierosowy spacer do siedziby firmy. Mimo wszystko, dzień zapowiadał się całkiem nieźle. Wowa w perspektywie miał miłą przechadzkę na stację, a potem jeszcze przyjemniejszą jazdę kolejką wzdłuż wybrzeża. Na tę okazję miał przygotowany odtwarzacz z muzyką Keitha Jarretta. Morze za oknem kolejki i Keith Jarrett w słuchawkach – tego było Wowie trzeba przed dniem wypełnionym pierogami. Tym właśnie zajmował się w pracy: pierogami. Pracował jako przedstawiciel handlowy firmy cateringowej oferującej pierogi i naleśniki.

W dublińskiej kolejce DART obowiązuje coś, czym zachwyciłby się staruszek Einstein: względność czasu. Pięć minut na elektronicznej tablicy zapowiadającej przyjazd pociągu może wydłużyć się nawet do dwunastu. Kiedy pociąg ma się spóźnić, system po prostu spowalnia bieg czasu. Dzięki temu teoretycznie nia ma tu żadnych spóźnień, minuta na stacji DART-a jest najdłuższą minutą na świecie.

Pociąg przyjechał punktualnie – przynajmniej według informacji wyświetlanej na tablicy. Wowa wyciągnął z kieszeni odtwarzacz i zajął miejsce z widokiem na morze. Naprzeciwko siedział Indianin z białymi skrzydłami.

– Masz do wyboru dwie drogi – zaczął rozmowę. – Możesz być czujny i ostrożny albo możesz się starać wykorzystać każdą chwilę, jaka ci jeszcze pozostała.

To wariat, przemknęło Wowie przez głowę. Do tego groźny, bo z zacięciem dydaktycznym.

– To jakaś indiańska filozofia? – zapytał mimo to, żeby nie wyjść na gbura.

– Chrzanić indiańską filozofię! – Nieznajomy pierwszy raz podniósł głos. – To dwa możliwe scenariusze ostatniego tygodnia twojego życia!

Wowa nie był człowiekiem szczególnie dobrze wychowanym, ale to wcale nie znaczyło, że nie był osobą kulturalną. Nikt go dobrze nie wychował, ale potrafił zachować się, jak należy. Nauczył się tego na kursach korespondencyjnych. W tej sytuacji z czystym sumieniem mógł zachować się po polsku, czyli zlekceważyć intruza i zacząć słuchać Keitha Jarretta, ale coś Wowie na to nie pozwalało. I chyba nawet nie była to kwestia dobrych manier.

– Co robiłeś wczoraj? – zapytał nagle Indianin.

Wowa ponownie uświadomił sobie, że zupełnie nie pamięta ubiegłego dnia.

– Grałem w hurling? – zaryzykował.

– Kłamczuszku ty mój! – czule zwrócił się do niego skrzydlaty rozmówca. – Nie pamiętasz wczorajszego dnia. Tak samo jak nie pamiętasz całego minionego tygodnia. Gdybyś go pamiętał, mnie by tu nie było... Ale, na całe szczęście, jestem. – Indianin przemawiał z coraz większym zapałem, uderzając w mesjanistyczne tony: – Jam twój psychoanioł! Jam strażnik twojego Teksasu! Jam opiekun twej umęczonej psychiki! Jam twój druh najbliższy z innego wymiaru! Jam... – przerwał, ponieważ chwycił go silny atak kaszlu – ...ofiara twojego nikotynizmu! – dokończył, po czym spojrzał na Wowę z niewyraźną miną. – Wybacz, stary, ale musiałem wyklepać tę formułkę. Uczą nas tego na szkoleniach psychoanielskich.

Wowa coraz bardziej utwierdzał się w przekonaniu, że ma do czynienia z osobą niezrównoważoną psychicznie. Postanowił poszukać wsparcia u starszej Irlandki siedzącej przy oknie naprzeciwko.

– A pani też znalazła już swojego anioła? – zagadnął pasażerkę.

Irlandka spojrzała na niego ze zdziwieniem. Pomyślał, że pewnie nie dosłyszała pytania.

– Anioł! Angel! Znalazła go pani?! – wrzasnął, ile sił w płucach.

– Nie, dziękuję. Jestem katoliczką. – Irlandka uśmiechnęła się i wstała, żeby wysiąść na najbliższej stacji. – Ach, ci świadkowie Jehowy... – mruknęła, opuszczając pociąg.

Na twarzy Indianina rozgościł się błogi uśmiech, a z jego ust popłynęła piosenka:

– *I sing myself to sleep, a song from the darkest hour, secrets I can't keep, inside of the day...*

– Cholera, to wszystko przez tę moją gębę! – zirytował się Wowa. – Podobno wzbudza zaufanie, lecz cena tego jest olbrzymia. Przy każdej okazji dosiadają się do mnie różne dziwne typy: pospolici szaleńcy, gorliwi głosiciele Słowa Bożego, żebracy, akwizytorzy, fundraiserzy...

Wstał i wysiadł z pociągu. I tak był już spóźniony, a czekając na kolejnego DART-a, mógł wzbogacić swój dzień o bonusowego papierosa. Nadprogramowa dawka nikotyny przyniosła mu odrobinę spokoju.

Był na siebie zły, że zdezerterował przed szaleńcem, który najpierw naszedł go w domu, a potem zaczął śledzić. Normalny człowiek zachowałby się bardziej asertywnie.

Po czternastu minutach, które według DART-owej tablicy trwały tylko minut siedem, przyjechał kolejny pociąg. Wowa był jedyną osobą, która do niego wsiadła. Tym razem nie rozglądał się za miejscem po prawej stronie, ponieważ część widokową trasy i tak miał już za sobą. Kiedy obrócił się w stronę najbliższego wolnego siedzenia, na miejscu obok zobaczył Indianina, śpiewającego dalej jakby nigdy nic:

– *Oh, sit down! Oh, sit down! Sit down next to me… Sit, down, down, down, down, down, with sympathy!!!*

Pod Wową ugięły się nogi, więc pospiesznie zastosował się do propozycji szaleńca.

– Nie dygaj tak, Wowa! – powiedział anioł z sympatią w głosie. – Swoją drogą, powinienem się do ciebie zwracać: Wawrzyniec… Nasze spotkanie ma przecież bardzo oficjalny charakter. Ale wyobraź sobie, że ja też uważam, że „Wawrzyniec" brzmi kompletnie bez sensu.

Wowa z trudem zdołał powściągnąć emocje i zmusić się do logicznego myślenia. Ten świr na pewno wysiadł na najbliższej stacji, pojechał dwie stacje z powrotem i wsiadł do DART-a, na którego on, Wowa, czekał.

Chwilę potem jednak wszelką logikę szlag trafił. Indianin wstał, głosząc wszem wobec: „Jam twoim psychoaniołem! Jam strażnikiem twojego Teksasu!" i stanął na środku korytarza. Para nastolatków, która zmierzała do drzwi, nie miała najmniejszych szans, żeby go ominąć, więc... po prostu przez niego przeszli, jakby go tam w ogóle nie było. Przeniknęli go, tak jak przechodzi się przez mgłę, a on stał jakby nigdy nic i gadał jak najęty.

Wowa tępym wzrokiem gapił się na białe skrzydła Indianina i próbował zebrać myśli. Nagle przyszło mu do głowy, że być może już nie żyje i że jego pewnie też już nikt nie widzi. Rzucił się w stronę ławki, na której jakiś czterdziestolatek w okularach czytał „Irish Timesa".

– *How are you???* – wrzasnął z desperacją w głosie.

Okularnik spojrzał na niego przyjaźnie i zapewnił, że ma się doskonale. Nieco uspokojony Wowa wrócił na swoje miejsce. Indianin zakończył podniosłe przemówienie i usiadł naprzeciwko.

– Na szkoleniach ostrzegali mnie, że możesz być w lekkim szoku, ale twierdzili, że na pewno nie dostaniesz zawału. I bardzo dobrze, bo powiem ci w tajemnicy, że nie mam bladego pojęcia o reanimacji.

Najbledszego. Na czym to ja, kurczę, skończyłem? – Indianin zmarszczył czoło, co zapewne miało sugerować głęboki namysł. – Cholera, czasami mam jakieś dziwne luki w pamięci i obawiam się, że to wszystko na skutek marihuany wypalonej przez ciebie za młodu. Zaraz, zaraz... No tak, jestem twym psychoaniołem i...

– Tak, tak, i strażnikiem mojego Teksasu! – wykrzyknął Wowa, pragnąc dowieść psychoaniołowi, że w przeciwieństwie do niego nie ma żadnych dziur w pamięci, ale na skrzydlatym Indianinie nie wywarło to większego wrażenia.

– Pewnie się teraz zastanawiasz, co ja tu właściwie robię i dlaczego trafił ci się roztargniony psychoanioł, a nie jakiś anioł z prawdziwego zdarzenia, w asyście stada białych gołąbków. Słusznie się zastanawiasz, a mnie ostrzegano na szkoleniu, że tak właśnie będzie. Przede wszystkim musisz wiedzieć, że wcale mi się nie spieszyło do tego, żeby ci się dzisiaj objawić. Stanowczo wolałbym się zająć czymś przyjemniejszym, takim jak spanie albo wdychanie dymu z twoich papierosów. Niestety, zasady są takie, że człowiek uśmiercony, czyli zmarły tragicznie, a nie na skutek choroby albo korozji, dostaje jeszcze jedną szansę, i dlatego objawia mu się anioł, psychoanioł albo coś w tym rodzaju.

– Więc jednak nie żyję?

– *Don't worry!* Nie jest aż tak źle – uspokoił Wowę Indianin. – Zginiesz dopiero za tydzień.

Wowie zrobiło się tak bardzo przykro, że zapalił papierosa w pociągu, za co groziła grzywna w wysokości pięciuset euro. Na widok papierosa psychoanioł wyraźnie się ożywił i łapczywie wyciągnął rękę.

– Daj macha!

Dostawszy papierosa, głęboko się zaciągnął, po czym zaczął kaszleć.

– Cholera, trochę za mocne! Chyba jednak ograniczę się do biernego palenia. – Oddał papierosa. – Posłuchaj: sprawa początkowo może ci się wydawać trochę skomplikowana, zresztą nawet ja przez pewien czas nie mogłem się w tym połapać... – Indianin z namysłem podrapał się po czole. – Zostałeś zabity, ale w Kodeksie jest taki przepis, że każdy, kogo spotka śmierć z ręki innego człowieka, może skorzystać z prawa do ponownego przeżycia swojego ostatniego tygodnia. Niestety nie wiem, kto cię zabił, ponieważ mam luki w pamięci. Zresztą, tak samo jak ty. Pamiętasz zeszły tydzień?

Wowa pokręcił głową.

– Otóż to! Nie jesteś jednak na straconej pozycji. Ba, masz nawet prawo wyboru! Możemy przez siedem najbliższych dni ostro pobalować, poszaleć,

spędzać czas wyłącznie w pubach i salonach gier...
– Psychoanioł wyraźnie się rozmarzył, ale szybko spoważniał i wrócił do oficjalnej części programu.
– Możesz też podjąć próbę ingerencji w swój los i zmienić przeznaczenie. Osobiście preferowałbym opcję pierwszą, ale decyzja należy do ciebie.

Wowa wciąż chyba był w szoku, ponieważ nic z tego nie rozumiał.

– Nic z tego nie rozumiem. Chyba wciąż jestem w szoku – stwierdził ze smutkiem.

– Przewidziałem to i dlatego zorganizowałem buteleczkę bimbru, żebyś ochłonął.

Podał Wowie „małpkę". Trunek był wyśmienity.

– Chcesz powiedzieć, że każdy człowiek, którego spotka nagła śmierć z czyjejś ręki, ponownie przeżywa ostatni tydzień życia? A co z tymi, którym udaje się zmienić los i uciec przeznaczeniu? Dalej żyją?

– Oczywiście! Są ich miliony! Gdyby nie było takiej możliwości, połowy ludzi nie byłoby już na świecie! Jesteście paskudnym gatunkiem, ciągle się tylko mordujecie. Na szczęście prawie połowa zabójstw ostatecznie nie dochodzi do skutku, bo zamordowany korzysta z szansy i jednak wymyka się przeznaczeniu. Nie chcę się chwalić, ale spora w tym zasługa aniołów i psychoaniołów.

– Zaraz, zaraz… A dlaczego nie dostałem prawdziwego anioła, tylko jakiegoś skrzydlatego Indianina?

– Byłem przygotowany na to pytanie i nawet przygotowałem sobie stosowne notatki. – Psychoanioł wyjął z kieszeni maleńki zeszyt. – O, proszę bardzo! Noc z trzynastego na czternastego listopada dwa tysiące drugiego roku. Pan Wawrzyniec powiedział do kolegi, że cała religia to ściema, a człowiekiem rządzi wyłącznie jego psychika. Słowa te powtórzył dwunastego kwietnia dwa tysiące trzeciego oraz dwudziestego sierpnia dwa tysiące szóstego. Ponadto wielokrotnie zapewniał, kogo się dało, o swoim ateizmie. W związku z przekonaniami religijnymi, a raczej ich brakiem, oraz wiarą w potęgę psychologii przydziela się opiekę psychoanioła… Tylko nie czepiaj się, proszę, mojej indiańskiej fizjonomii! Musiałem przecież przybrać jakąś ziemską postać…

– A gdybym miał gdzieś psychologię i wierzył, że wszystkim rządzą geny, pojawiłby się przede mną skrzydlaty profesor genetyki?

– Tak jest.

Wowa podrapał się po głowie, usiłując choć pobieżnie uporządkować nieprawdopodobne informacje, płynące szerokim strumieniem. Wyglądało na to, że gdyby był osobą religijną, dostałby porządnego, klasycznego anioła; za swoje przekonania został jednak pokarany jakąś nędzną podróbką po szkoleniu – a kto wie, czy nie po kursie korespondencyjnym.

Te rozterki najwyraźniej rozczuliły psychoanioła.

– Kochany Wowo! Jestem przy tobie od chwili twoich narodzin. Rety, ale się wtedy darłeś... Do tego siknąłeś pielęgniarce prosto w oczy, co wywołało u niej tak wielką awersję do jej dotychczasowej pracy, że natychmiast zmieniła zawód i znalazła zatrudnienie w dziale ewidencji miejscowego zakładu karnego. Nie przejmuj się jednak jej losem. W nowym miejscu znalazła nie tylko spokój ducha, ale także Ryszarda N., który pojął ją za żonę.

Wowa się wzruszył.

– To niesamowite. Czyli ty od samego początku byłeś psychoaniołem, a mój ateistyczny los był z góry przesądzony?

– A gdzie tam, paniczu! Byłem wówczas eterycznym bezkręgowcem. Dopiero po twoim świadomym określeniu się mogłem rozpocząć cykl szkoleń psychologicznych.

– I cały czas mnie obserwowałeś?

– Od czasu do czasu mogłem nawet służyć ci pomocą. – Spojrzał w okno i na jego indiańskiej twarzy pojawił się wyraz kompletnego zaskoczenia. – *Fucking shit!* – wykrzyknął z pięknym irlandzkim akcentem. – Dojechaliśmy do Howth!

Istotnie, dotarli do ostatniego przystanku. Wiele wskazywało na to, że bliski jest także ostatni przystanek na życiowej drodze Wowy, w związku z czym postanowił tego dnia nie zawracać już sobie głowy pierogami. Kierując się nie tyle dobrym wychowaniem, ile kulturą osobistą nabytą na kursach korespondencyjnych, zadzwonił do kierownika, by uprzedzić go o swojej absencji. Powiedział mu prawdę: że jest ledwo żywy. Kierownik bez zbędnych pytań dał mu wolny dzień, mówiąc, że wie co, czuje. On też kiedyś struł się whiskey.

Wysiedli z DART-a i ruszyli w stronę wybrzeża. Po drodze kilka osób spojrzało z pytającym wyrazem twarzy na Wowę, sądząc zapewne, że coś do nich mówi. Kiedy doszli do niewielkiego portu, Indianin przeprosił za roztargnienie i się przedstawił. Miał na imię Alfred. Wowa zdziwił się, ponieważ tak właśnie brzmiało jego drugie imię, ale Indianin wyjaśnił, że nie ma się czemu dziwić, bo tak już jest, że każdy anioł – albo psychoanioł – nosi drugie imię swojego podopiecznego.

Kiedy Wowa był dzieckiem, zaciekawiło go kazanie pewnego księdza. Dotyczyło ono wyobrażeń, jakie ludzie mają na temat swojego pogrzebu. Ile osób przyjdzie? Jak cię zapamiętają? Czy będziesz mógł spokojnie ułożyć się w trumnie? Miał wtedy dziesięć lat i próbował sobie odpowiedzieć na te pytania. Nie pamiętał już, jak brzmiały odpowiedzi, ale wiedział, że wówczas był z nich zadowolony. Teraz zbliżał się do trzydziestki i nie potrafił odpowiedzieć na żadne z nich. Wiedział tylko, że po śmierci czeka go coś więcej poza bezkresem czerni, ale nawet ta skromna wiedza spłynęła na niego dosyć późno, bo dopiero po opuszczeniu stacji Howth, kiedy zapewnił go o tym psychoanioł Alfred. Choć Alfred był całkowicie pochłonięty dopiero co odkrytą zabawą – zbierał kamyki i puszczał kaczki między zacumowanymi łódkami – Wowa zdołał wyciągnąć z niego kilka informacji dotyczących tego, co czeka go po śmierci. Trudno było się dziwić, że ten temat ogromnie go zainteresował.

Alfred nie wiedział, co czeka tych, którzy podlegają opiece klasycznych aniołów. Z lekko zażenowaną miną wyjaśnił, że akurat tego dnia nie było go na szkoleniu, ale nie spieszył się z wyjaśnieniami, co było powodem absencji. Wiedział natomiast, co czeka osobników takich jak Wowa, wierzących głównie w mechanizmy psychologiczne człowieka. Czekało ich to, co sami sobie wymyślili: po ziemskiej śmierci mieli wieść dalszą egzystencję w raju, jaki sobie wyobrazili i stworzyli dla siebie.

Problem polegał na tym, że Wowa nie mógł sobie przypomnieć, jaki raj sobie wyobraził i stworzył w swoich myślach. Przechadzając się po molo, zaczął się obawiać, że jego jedyną wizją życia po śmierci było piekło z filmu Woody'ego Allena. Spodobało mu się, bo grano tam jazz.

Psychoanioł uparcie rzucał kamyki do wody. Wowa wiedział już, że nikt poza nim nie widzi Alfreda, ale zastanawiał się, jak się ma rzecz z kamykami. Zapytał o to spacerującego nastolatka. Młodzieniec z błyskiem w oku zrewanżował się pytaniem o jego dilera.

Wowa okrążył wieżę na końcu mola w Howth i spojrzał z oddali na Alfreda. Psychoanioł wyglądał jak indiański szaman nawrócony na medycynę konwencjonalną. Miał długie czarne włosy spięte z tyłu w kucyk oraz opaskę z wetkniętym za nią orlim piórem. Pióro nie tylko pełniło funkcję ozdobną, lecz także miało zastosowanie czysto praktyczne: wskazywało kierunek ciepłego wiatru, który niemal co dzień smagał tu krępe ciała Irlandczyków. Alfred miał na nogach zielone kalosze. Z twarzy podobny był... do nikogo. Miał ciemne oczy i duży orli nos. Z ciemnymi włosami psychoanioła pięknie kontrastował śnieżnobiały fartuch lekarski. Alfred nosił go z godnością, a nawet z lekką dumą, traktując go zapewne jako atrybut swojej profesji i potwierdzenie umiejętności zdobytych w trakcie szkolenia. Wyglądał w nim idiotycznie, lecz na szczęście nikt poza Wową go nie widział, a nawet gdyby było inaczej, Wowa z pewnością nie poprosiłby Alfreda o zdjęcie fartucha (z obawy, że pod spodem psychoanioł mógłby niczego nie mieć).

Na przylądek Howth spadł deszcz. Chwilę potem ustał. Promienie słoneczne wyślizgnęły się z objęć chmur i spłynęły na dwóch mężczyzn. We włosach jednego tkwiło pióro o praktycznym zastosowaniu, a drugi za siedem dni miał obchodzić trzydzieste urodziny.

Dopiero spacerując po nabrzeżu, Wowa uświadomił sobie, że dzień jego śmierci ma przypaść dokładnie w jego trzydzieste urodziny, że ten przełomowy dzień istotnie ma się okazać dniem przejścia, chwilą graniczną, oddzielającą przeszłość od wiecznego teraz, światłość od ciemności, życie od nieżycia.

– Psychoaniele, wiedziałeś o tym i nie grzmiałeś! – gorączkował się Wowa. – Wiedziałeś i milczałeś, nie ostrzegałeś, że tak kończą się wielkie jubileusze, że kończą się tak ostatecznie, dostatecznie i wiecznie, na amen! Dlaczego nie przypomniałeś mi o tym na samym wstępie, dlaczego nie uprzedziłeś, że może dojść do zdarzenia tak okrutnego, nie do śmierci w wyniku wypadku samochodowego czy innego banalnego zdarzenia, ale że ta śmierć nadejść może z rąk dobrze znanych, oswojonych, bliskich, że cios ostateczny zada prawdopodobnie osoba najmniej o to podejrzewana, osoba, której ufam? Dlaczego nie powiedziałeś od razu, że może mnie zabić któryś z urodzinowych gości???

Kiedy nieco ochłonął, kiedy minęła największa fala wzburzenia i przerażenia, postanowił sporządzić listę osób, które zaprosił na urodziny, oraz tych, które – choć nie proszone – mogły pojawić się na jubileuszowej uroczystości. Pierwszą kandydatką na potencjalnego Brutusa, jaka przyszła mu do głowy, była jego była żona. To ona najradośniej uśmiechnęłaby się nad zwłokami Wowy, dzierżąc w dłoni zakrwawiony sekator albo kabel od suszarki uprzednio wrzuconej do wanny, w której Wowa zażyłby ostatniej w życiu kąpieli.

Kiedyś połączyła ich przynależność do nieformalnej wspólnoty osób noszących okropne imiona. Byłą żonę Wowy los – a raczej rodzice – pokarał imieniem Dezyderia. Jedną z przyczyn była zapewne parahipisowska przeszłość jej matki, swego czasu zakochanej po uszy w *Dezyderacie*. Przez pewien czas Dezyderia próbowała używać imienia Dorota, rodzicielka jednak nie chciała nawet o tym słyszeć, powtarzając, że jej córka posiada imię piękne i wyjątkowe, w sam raz dla wyjątkowej i pięknej osoby.

Była teściowa nosiła jakże pospolite imię Katarzyna, w związku z czym czuła się jak bury kot na śmietniku. A przecież tak bardzo łaknęła wyjątkowości! Przez kilka lat starała się ją osiągnąć, uczestnicząc aktywnie w ruchu hipisowskim, a dokładnie w jego pierwszej fali, jaka nieśmiało wpłynęła do Polski. W przeciwieństwie do amerykańskich i zachodnioeuropejskich współbraci nie wypalała kilograma trawy tygodniowo i nigdy w życiu nie zaznała kolorowych wizji LSD. Polscy hipisi w tamtym czasie pozbawieni byli takich kapitalistycznych luksusów. Z czasem zaczęli sięgać po antybiotyki, od biedy wciągali mieloną kredę wynoszoną z pobliskich podstawówek, ale Katarzyny nie bawiła taka dziecinada. Marzyła o pokoju na świecie, braterskiej miłości i dmuchawcach na łące. Postawiła na wewnętrzny rozwój i zdała na studia filozoficzne. Otoczona książkami, które miały doprowadzić ją do Prawdy i wskazać Drogę, wielce się zdziwiła, kiedy pewnego dnia zegarynka w domowym telefonie oświadczyła: Katarzyno, dziś kończysz trzydzieści lat!

Katarzyna poczuła tylko lekki niepokój, który jednak szybko udzielił się jej rodzicom, rozrastając się do rozmiarów histerii. Dosłownie z dnia na dzień doszli do wniosku, że ich córka jest wybrykiem natury, ale kierowani rodzicielską miłością, postanowili dać jej szansę: albo znajdzie męża, albo wyrzucą ją z domu. Kto wie, czy Katarzyna nie wybrałaby drugiej opcji, by razem ze swymi egzystencjalnymi refleksjami zamieszkać wśród górskich dmuchawców. Niestety, był środek zimy, na domiar złego jednej z tych określanych trochę na wyrost mianem zim stulecia, a los chciał, by właśnie w tym czasie sąsiedzi zalali łazienkę rodziców Katarzyny. Jej ojciec uznał to za dobry pretekst, by po raz pierwszy od dwudziestu lat przeprowadzić kompleksowy remont tego pomieszczenia. W tym celu zatrudnił ekipę remontową złożoną z dwóch młodzieńców: jednego z brodą, drugiego z wąsem. Obaj mieli po dwadzieścia pięć lat, ale ten z brodą miał już żonę i dziecko. Drugi nazywał się Adam i był głupi jak but.

Katarzyna, która akurat zgłębiała tajniki filozoficznych teorii Nietzschego, uznała go za doskonały materiał na męża; był niezwykle przystojny, mógł więc przekazać potencjalnym potomkom niezłe geny. Ponadto był młodszy i głupszy, co pozwalało jej zachować nad nim pełną kontrolę. Ojciec Katarzyny również dostrzegł w Adamie materiał na zięcia, postanowił więc od razu zlecić chłopakom remont całego mieszkania.

Siedem miesięcy później Adam i Katarzyna wzięli ślub. Po osiemnastu miesiącach Katarzyna urodziła córkę, którą postanowiła skrzywdzić imieniem Dezyderia, by upamiętnić minione czasy swoich hipisowskich poszukiwań. Dwadzieścia cztery miesiące później Adam zaczął bić Katarzynę. Wbrew oczekiwaniom żony ani myślał o poddawaniu się kontroli. Mało tego! Sam chciał tę kontrolę sprawować. Nie do końca sprawdziła się też teza o jego głupocie. Owszem, był tępy jak kosa pod koniec żniw, ale – jak większość mężczyzn w Polsce legitymujących się wykształceniem podstawowym – uważał się za najmądrzejszego człowieka w kraju, za znawcę mechaniki ("w tym kraju tylko ja potrafię porządnie naprawić samochód"), filozofii ("co ty tam wiesz, kobito?"), literatury ("ty czytasz jakieś uczone pierdoły, a ja łyknąłem wszystkie instrukcje obsługi samochodów z FSO i niemal całego *Winnetou*"), dobrego smaku ("nie ma to jak wino i bimber z mojej własnej piwnicy"), geografii ("nie wmawiaj mi, babo, że Szwajcaria i Szwecja to nie to samo"), a także dobrych obyczajów ("jak nie bije – to nie kocha").

Wegetowali na granicy nędzy, żyjąc przekonaniem, że razem łatwiej. Sytuacji bynajmniej nie upraszczał fakt, że Adam oddawał się wszelkim możliwym nałogom. Były one dosyć kosztowne i pochłaniały co najmniej połowę jego pensji. Nie dawały mu niczego poza krótkotrwałym zapomnieniem.

Wszystko zmieniło się wiosną tysiąc dziewięćset dziewięćdziesiątego pierwszego roku. Adam przepijał resztki swojej wypłaty w restauracji należącej do jego kolegi z podstawówki. Kolega był człowiekiem zamożnym, ponieważ otrzymał w spadku ogromny dom, którego część przekształcił w dochodową restaurację często odwiedzaną przez świeżo upieczonych rekinów biznesu. Pamiętnego wieczoru kolega restaurator upił się bardziej, niż miał w zwyczaju. Adam był pijany jak zwykle. Doszło do kłótni, w której Adam zarzucił koledze, że byłby on nikim, gdyby nie przypadkowy spadek, a ten odwdzięczył się Adamowi zarzutem, że struga on mędrca, ponieważ ożenił się z dziewczyną z wyższym wykształceniem. Los chciał, że akurat grali w karty. Pod wpływem emocji postanowili zagrać o coś więcej niż tradycyjne pół litra wódki: kolega restaurator w przypadku wygranej miał spędzić noc z Katarzyną, Adam natomiast – gdyby wygrał – miał przejąć dochodową restaurację wraz z przyległym domem.

Adam wygrał zakład i po raz pierwszy poczuł smak prawdziwych pieniędzy. Kolega restaurator został bez domu, bez pracy, a krótko potem także bez żony. Pół roku później popełnił samobójstwo.

Restauracja Adama nie tylko dobrze prosperowała, lecz także przyniosła inne niespodziewane korzyści. Były teść Wowy pochodził z bardzo ubogiej, niepiśmiennej rodziny. Sam skończył tylko podstawówkę, ponieważ musiał jak najszybciej podjąć pracę zawodową. Biznesmeni, którzy odwiedzali restaurację, byli nim zachwyceni, widząc w nim uosobienie amerykańskiego snu na polskiej ziemi, a co za tym szło – nadzieję dla siebie samych.

– Jest pan symbolem – powiedział mu któregoś wieczoru właściciel sklepu z bronią. – Jest pan dla nas wzorem, przykładem i drogowskazem! Od zera do bohatera! Od montera do managera! Tacy ludzie jak pan są zakazanym owocem kapitalizmu! – wykrzyknął, nie do końca pewien, czy użył właściwego idiomu. – Mniejsza o to! – machnął ręką, dając do zrozumienia, że kwestie językoznawcze nie są w jego wypowiedzi najistotniejsze. – Ja pana kocham! Kocham pana jak własnego syna! Kocham pana jak własną matkę, udręczoną demencją starczą i wieczną zgagą! W związku z tym... – Uniósł palec. – W związku z tym... – powtórzył z mniejszą pewnością, jakby obawiając się, że stracił wątek – ...jest pan młody i prężny... – Zastanowił się chwilę, po czym uznał, że te słowa miały paść trochę później. – W związku z tym – wrócił do punktu wyjścia

– chciałbym zaproponować panu wspólny biznes. A proponuję go panu, ponieważ jest pan młody i prężny, o!

Biznesowy gość Adama dotrzymał bełkotliwego słowa. Już po kilku miesiącach na terenie posesji, na której znajdowała się restauracja, wybudowano niewielką halę, w której wspólnicy otworzyli strzelnicę oraz kolejny sklep z bronią. Interes szedł wyśmienicie. Prowadzeniem restauracji zajęła się pani magister filozofii, Adam natomiast całkowicie poświęcił się swojej nowej militarnej pasji i wraz ze wspólnikiem błyskawicznie rozwinął biznes, otwierając kolejnych kilkanaście strzelnic i sklepów na terenie całej Polski.

Jego córka Dezyderia była niebieskooką blondynką o wzroście stu siedemdziesięciu siedmiu centymetrów. Lubiła kwiaty i Afrykę. Lubiła też robić sceny, choć nigdy nie interesowała się kinematografią. Miała w sobie coś z latynoskich bohaterek telenowel. Kiedy w domu skończył się cukier, potrafiła z furią wyrzucić talerz przez okno, jakby ten mógł do niej wrócić, niczym bumerang, z kopczykiem cudownie zmaterializowanych białych kryształków. Kiedy jedna z jej koleżanek przyszła na imprezę w takiej samej sukience jak ona, Dezyderia natychmiast oblała jej kreację czerwonym winem. Jeżeli przez dłużej niż pięć minut nie znajdowała się w centrum uwagi, zaczynała dokonywać rzeczy niezwykłych: potykała się o cokolwiek, byle tylko walnąć głową w lustro, wpychała sobie paprochy do oka, zanosiła się przeraźliwym kaszlem, jakby lada chwila miała wyzionąć ducha. Uważała, że wszyscy powinni patrzeć tylko na nią, myśleć tylko o niej i tylko na nią zwracać uwagę, i zwykle osiągała swój cel.

Za późno się zorientował. Kiedy zaczął coś podejrzewać, ich związek był już poświęcony. Podejrzenia pojawiały się stopniowo. Nie od razu przyszło mu do głowy, że to zła kobieta jest – olśnienie spłynęło na niego znacznie później. Tuż po ślubie zaczął dostrzegać skłonność do histerii i chorobliwą potrzebę zwracania na siebie uwagi. Wcześniej specyficzne zachowania Dezyderii interpretował jako przeuroczą nieporadność i słodką gapowatość, zachęcającą do tego, żeby zaopiekować się długonogą pięknością. Prawda strzeliła Wowę w pysk dzięki pewnej Turczynce. Któregoś dnia wybrali się do kebab-baru. Stanęli w kolejce za jakimś mężczyzną. Nieznajomy rzucił niezobowiązujący komplement pod adresem dziewczyny stojącej za ladą, a kilka sekund później Dezyderia zemdlała. Wowa przeraził się, że to zawał, wylew, udar, rak czy inny haluks. Padł na kolana przy zemdlonej i próbował ją cucić, choć mógłby przysiąc, że widział, jak ta badawczo zerka spod opuszczonych powiek. Nieznajomy ogromnie się przejął i zaproponował, że zadzwoni po pogotowie. Zanim Wowa zdążył odpowiedzieć, odezwała się Turczynka stojąca za ladą:

– One tak czasem mają. Udają, że mdleją, żeby zwrócić na siebie uwagę.

W pierwszej chwili Wowę ogarnęła wściekłość. Jak tak można – dziewczyna traci przytomność, nie wiadomo, czy to nie coś poważnego, a tu takie żarty jakieś, kpiny, złośliwości? Spiorunował Turczynkę wzrokiem... i nagle go olśniło. Przypomniał sobie te wszystkie lustra stłuczone niby przypadkiem, paprochy w oku, zalaną winem sukienkę koleżanki. Przeniósł spojrzenie z powrotem na omdlałą księżniczkę, a ta, jakby nigdy nic, otworzyła oczy, podniosła się z podłogi i otrzepała sukienkę. Wychodząc z baru, zmierzyła sprzedającą nienawistnym wzrokiem.

Do końca dnia nie odezwała się do niego ani słowem. Nie dość, że mężczyzna z kolejki obdarował komplementem nie ją, a jakąś Turczynkę, to jeszcze ta okrutnie ją zdekonspirowała. A może odwrotnie? Nie dość, że została zdekonspirowana, to tamten człowiek, choć stał tuż obok niej, zainteresował się inną!

Wowa też się nią zainteresował. Jak można było nie zainteresować się kimś, kto otworzył mu oczy? Nazajutrz wrócił do kebab-baru i z naiwnością nastolatka zapytał Turczynkę o to, skąd znała prawdę o Dezyderii, jak udało się jej tak szybko zdemaskować kłamstwo. Oczywiście, niczego się nie dowiedział. Usłyszał tylko żartobliwą odpowiedź, że Turczynka umie czytać w myślach.

Niczego nie przeczuwał.

Nawet się nie spostrzegł, kiedy stał się wielbicielem obrzydliwych falafeli i kebabów, kiedy historia walki o niepodległość Kurdów zaczęła mu się wydawać czymś najciekawszym na świecie. Rozmawiał z dziewczyną z kebab-baru raptem kilka razy. Kilka niewinnych rozmów przy okazji grillowania baraniego mięsa. Dwa tygodnie po dekonspiracji Dezyderii Turczynkę w barze zastąpił jej krajan w wieku okołoemerytalnym. Wowa nie spotkał jej nigdy więcej.

Tymczasem Dezyderia coraz bardziej się od niego oddalała. Czasami wracała na noc do swoich rodziców, mówiąc że tam jest jej prawdziwy dom.

Wystarczy tego spaceru, pomyślał Wowa, otrząsając się ze wspomnień.

Przez trzy godziny kręcił się z psychoaniołem Alfredem wokół portu. W tym czasie dwukrotnie zdążył spaść deszcz, trzykrotnie zerwał się mocny wiatr, dwa razy słońce wyszło zza chmur, raz pokazała się tęcza. Choć deszcz był jak zwykle przelotny i niezbyt obfity, Alfred nie ukrywał satysfakcji z tego, że założył ogromne zielone kalosze.

Wsiedli do pociągu jadącego w stronę centrum. Wpadające przez okna promienie słońca wprawiły psychoanioła w szampański nastrój. Przechadzał się po wagonie, przyjaźnie pozdrawiając pasażerów. Rzecz jasna, nikt nie zwrócił na niego uwagi ani też nie usłyszał śpiewanej przez niego pieśni Edith Piaf:

– *Hhhhrrrrrrien... Je ne hhhhrrrrrien!* – wył Alfred. – *Non... Je ne hrreghrrette hrrrrrien! Ni le bien...* – Teatralnym gestem wskazał słońce. – *Qu'on m'a fait, ni le mal...* – Tu rozłożył ręce, sugerując bezradność. – *Tout ca m'est bien egaaaaaaaaaaaaaaaaaaaa...* – prawa dłoń zacisnęła się w pięść i triumfalnie powędrowała w górę – ...*aaaaaaaaaaaaaaaaaaaaaaaaaaaaaaal.*

Niestety, każdy psychoanioł pod wieloma względami przypomina człowieka, nad którym sprawuje opiekę. W związku z tym śpiew Alfreda był okropny. Co gorsza, psychoanioł znał wyłącznie te piosenki, które znał Wowa. *Non je ne regrette rien* musiał nauczyć się w czasach, kiedy ten chodził na kurs francuskiego.

Alfred skończył *chanson*, ukłonił się nisko, ponieważ szelest towarzyszący otwieraniu paczki chipsów pomyłkowo wziął za oklaski podróżnych, po czym wykonał dwa skłony, trzy przysiady, podskoczył i zawisł głową w dół na rurze, trzymając się jej wyłącznie dziwnie wygiętymi nogami, niczym wykwalifikowana tancerka. Cholera, czy to znaczy, że ja też tak potrafię? – zastanowił się Wowa.

– Oczywiście, że potrafisz! Musisz tylko wyciszyć umysł i mocno się skoncentrować.

– Ożeż ty w mordę! – Wowa spojrzał na niego z zachwytem. – A może chcesz mi jeszcze powiedzieć, że potrafię też czytać w myślach, jak ty?!

– A co w tym niby dziwnego? – Psychoanioł, wciąż wisząc głową w dół, przewrócił oczami. – Ludzki umysł jest zdolny do różnych rzeczy. Co nie znaczy, że wszystko każdemu przychodzi bez trudu. Ja przeszedłem odpowiednie szkolenie. – Podciągnął głowę ku nogom, próbując rękoma chwycić się rurki, po czym efektownie runął na podłogę. – Tego nas na szkoleniach nie uczyli – powiedział, otrzepując fartuch. – Ale jeśli chcesz, mogę cię nauczyć podstaw podsłuchiwania myśli. Tyle że skoro został ci prawdopodobnie tylko tydzień życia, trzeba nieco przyspieszyć i uprościć kurs. Czyli krótko mówiąc, powinniśmy się napić.

– Myślisz, że jestem aż tak naiwny? Nieraz się upiłem, a jakoś nigdy nie czytałem w czyichś myślach! Ledwo własne mogłem zebrać do kupy...

– Więcej konsekwencji, kochany Wowo! Uwierzyłeś dziś w życie pozagrobowe, rozmawiasz ze swoim psychoaniołem, a wątpisz w taki drobiazg? Oczywiście, że sam alkohol nie wystarczy. Poza tym, nie będziesz słyszał myśli wszystkich ludzi, tego trzeba by się uczyć kilka lat. Być może uda mi się w trakcie przyspieszonego szkolenia nauczyć cię słyszenia myśli najbliższych osób, tych, z którymi jesteś dostrojony na poziomie fal mózgowych.

Niebo na chwilę zaciągnęło się chmurami, ale niebawem smugi słonecznego światła ponownie wypełniły wagon. Alfred przez chwilę patrzył z uśmiechem wprost w stronę słońca. Wysiedli na Connolly Station, by przez następne pięć minut wędrować po jej zakamarkach. Po tej ciężkiej przeprawie przyszedł czas na zasłużonego papierosa. Wowa wyciągnął z kieszeni paczkę cameli, ale zanim zdążył zapalić, tuż obok niego jak spod ziemi wyrósł ciemnowłosy młodzieniec, także amator nikotynowych doznań. Alfred dyskretnie pokręcił głową, dając Wowie sygnał, żeby ten nie częstował chłopaka. Wowa jednak zaproponował Irlandczykowi papierosa, a następnie zapytał psychoanioła, o co chodzi.

– Nie chcesz wiedzieć.

– Jakbym nie chciał, tobym nie pytał.

Alfred spojrzał na niego z politowaniem.

– Ten chłopak nie miał o tobie zbyt dobrego zdania.

– Niby skąd o tym wiesz?

– Nieważne. – Psychoanioł z rezygnacją machnął ręką. – Zanim do ciebie podszedł, pomyślał, że jesteś jedyną osobą w okolicy wyglądającą na frajera, który poczęstuje go papierosem.

– Chcesz powiedzieć, że potrafisz czytać w myślach wszystkich ludzi? Nie tylko w moich?

– Chcę powiedzieć, że czytam tylko w twoich myślach i myślach osób, których mózgi wysyłają fale na tych samych częstotliwościach co twój mózg. Zdarza się to mniej więcej w jednym przypadku na sto tysięcy. Traf chciał, że tak było akurat tym razem.

Ruszyli w stronę O'Connell Street, mijając po drodze dziesięć polskich, osiem hinduskich i jedenaście chińskich sklepów. Irlandzkie były tylko dwa i właśnie w jednym z nich Wowa kupił nową paczkę papierosów. Tak na wszelki wypadek. Po zakupach udali się na obiad do hinduskiego baru „Govindas". Wowa upewnił się, że Alfred na pewno nie będzie niczego jadł.

– Żywię się tym co ty – odparł psychoanioł.

– W pewnym sensie jestem pasożytem.

Wowa z zapałem pochłaniał wegetariańską potrawę. Jedynym jej składnikiem, który mógł ze stuprocentową pewnością zidentyfikować, był zapieczony żółty ser. W tle, jak zwykle w tym miejscu, leciała muzyka zachwalająca wielkość i dobroć Kriszny. Zasłuchany psychoanioł wykonywał przedziwny indiański taniec, przypominjący połączenie baletu z aerobikiem. Hare Kriszna (dwa pajacyki), Hare Kriszna-a-a (elementy tańca ludowego mieszkańców Kujaw), Kriszna – Kriszna (przejście na czubkach stóp), Hare – Rama-a-a (ukłon i fikołek).

Wowa pomyślał z uznaniem, że jego psychoanioł ma nadprzyrodzony talent. Po doznaniach kulinarno-artystycznych przyszedł czas na duchowość.

– Chodźmy do Kościoła – zaproponował Alfred.

– Jednak? Do kościoła?

– Do Kościoła!

– No, do kościoła...

– Nie, do Kościoła!

– Aaa! – Wowa dopiero teraz zrozumiał, o co chodzi. – Do Kościoła! To trzeba było tak od razu!

W Kościele był tłum. Jedyne wolne miejsce udało im się znaleźć na ołtarzu. W miejscu, w którym usiedli, dawno temu wziął ślub bardzo zasłużony dla świata Irlandczyk, Arthur Guinness. Teraz ludzie oddawali mu tu cześć. Alfred z uwagą przyglądał się witrażowi oraz niezbyt rozbudowanemu sklepieniu. Wybrał się nawet na krótką przechadzkę, aby dokładnie obejrzeć budowlę od środka i z zewnątrz. Tymczasem Wowa siedział wygodnie i zastanawiał się, czy ktoś do niego podejdzie. Wokół było gwarno. Przeważali Irlandczycy, ale słychać było także język polski, hiszpański, niemiecki, francuski, mandaryński i śląski.

Psychoanioł wrócił na swoje miejsce i poprosił o guinnessa. Wowa zorientował się, że nie ma co liczyć na pojawienie się kelnera, więc poszedł do baru zamówić dwa piwa. Nikt jakoś nie zwrócił uwagi na to, że niesie dwa guinnessy dla siebie samego. Żeby nie budzić niezdrowej sensacji, z Alfredem rozmawiał wyłącznie w myślach.

Psychoanioł wciąż rozglądał się dookoła.

– Będę wkurzał anioły, opowiadając im o tym miejscu – oświadczył, gładząc się po białych skrzydłach.

Kiedyś ten budynek był kościołem pod wezwaniem św. Marii. Tak było przez ponad trzysta lat, aż do czasu, gdy przekształcono go w „John M. Keating Bar". Aby nie komplikować ludziom życia, nazwę zmieniono na łatwiejszą do zapamiętania: „The Church".

– Jak to właściwie jest z tymi aniołami? – Wowa przełknął pierwszy łyk ciemnego piwa. – Istnieją też w wersji kanonicznej?

– No pewnie, że tak! Skoro wierzy w nie tyle osób, dlaczego miałyby nie istnieć? – Alfred trochę się obruszył. – Tyle że większość to straszni dziwacy i nudziarze. Nie wystawiają nosa poza swoje specjalizacje. Taki archanioł Gabriel na przykład... Kiedyś przynajmniej, jak to z patronem łączności i mediów, można było z nim radia posłuchać. A teraz? Zafascynował się internetem i całymi dniami rozwiązuje quizy na Facebooku.

Wowa zmierzył Alfreda krytycznym spojrzeniem.

– Można odnieść wrażenie, że masz z nimi sporo wspólnego. Chociażby te skrzydła.

– To akurat twoja wina, a raczej twojego zwichrowanego poczucia humoru. Noszę je dla hecy. Nie są naturalne.

Aby dowieść prawdziwości swoich słów, Alfred zdjął skrzydła i położył je obok stolika. Co prawda stracił nieco ze swojego eterycznego uroku, ale i tak wciąż wyglądał intrygująco: był przecież Indianinem w lekarskim fartuchu i zielonych kaloszach.

Pogrążeni w rozmowie, a raczej pogrążeni w myślach, dopili piwo i ruszyli po kolejne guinnessy. W kościele-pubie było coraz tłoczniej, Wowa zaczął się obawiać, że ktoś zechce się do niego dosiąść. Jednak dzięki temu, że stały przed nim dwa kufle, wyglądało na to, że towarzysząca mu osoba na chwilę tylko wstała od stolika. Nie musiał nikomu tłumaczyć, że miejsce jest zajęte.

– Zdrowie psychoaniołów! – wykrzyknął, unosząc piwo.

Alfred zasalutował, po czym jednym haustem wychylił prawie całego guinnessa. Chwilę potem obaj zgodnie uznali, że nadeszła pora przerzucić się na mocniejsze trunki. Wowa, żądny zarówno prawdy, jak i sensacji, pytał dalej:

– Masz dobry kontakt ze świętymi?

– Tylko ze świętą Bibianą! – pogodnie odparł Alfred.

– A jaka jest jej specjalność?

– Leczenie kaca.

Alfred wspiął się na bar i zaczął śpiewać *Whiskey in the jar*, pociągając z butelki ten pożywny trunek. Następnie wyrecytował kilka kompletnie niezrozumiałych wierszy oraz szczegółową instrukcję obsługi miejscowego ekspresu do kawy, zatańczył kankana, na koniec zaś zademonstrował coś w ogólnych zarysach przypominającego taniec erotyczny na rurze, tyle że bez rury. Wowa obserwował jego wyczyny z rosnącym niepokojem, pamiętając o tym, że psychika Alfreda jest odzwierciedleniem jego własnej.

W końcu stało się to, co musiało się stać: psycho-anioł spadł z baru, ale zupełnie się tym nie przejął. Alfreda chroniła odporność na ból, wyuczona na odpowiednich szkoleniach, oraz „piwny płaszcz", dzięki którym podchmieleni Irlandczycy – i nie tylko oni – nie odczuwają zimna ani innych mało istotnych niedogodności.

– Ucz się, jełopo! – krzyknął do Wowy.

Ten spojrzał na niego bez zrozumienia.

– Chciałeś, bym cię nauczył podstaw czytania w czyichś myślach. Jesteś teraz odpowiednio dostrojony, twoje fale mózgowe są jak Morze Martwe, więc możemy przystąpić do nauki. Pamiętaj tylko, że będziesz słyszeć wyłącznie myśli osób o podobnej częstotliwości fal mózgowych, czyli tych, z którymi najłatwiej przyszłoby ci się porozumieć.

Potem nastąpiła część instruktażowa. Alfred kazał Wowie trzykrotnie zaśpiewać fragment jakiejś banalnej piosenki wpadającej w ucho (Wowa wybrał *Lambadę*), zrobić sześć pajacyków, przypomnieć sobie jedną z najprzyjemniejszych chwil w życiu (Wowa pomyślał o zastrzyku, dzięki któremu przeszła mu grypa żołądkowa), następnie przez dokładnie trzynaście sekund powspominać pierwszą miłość (urocza sprzedawczyni działu ze słodyczami, starsza od pięcioletniego wówczas Wowy o dwadzieścia jeden lat), a na koniec usiąść w pozycji lotosu.

Po odprawieniu tej ceremonii Wowa spokojnie opuścił lokal, po czym wsiadł w nocny autobus linii 77N i udał się w kierunku domu. A przynajmniej tak mu się wydawało. Rzeczywistość przedstawiała się nieco inaczej, bo choć „piwny płaszcz" istotnie ochronił go przed chłodem nocy, to równocześnie spowodował poważne zaburzenia percepcji oraz koordynacji ruchów, to zaś doprowadziło Wowę do incydentu godnego pożałowania, a mianowicie do usunięcia Wowy z lokalu. Wowa nie stawiał oporu, tylko od razu wsiadł do taksówki. Wracał sam, ponieważ psychoanioł całą drogę przemierzył na kolanach, wznosząc prośby o wstawiennictwo do świętej Bibiany.

Wtorek

Jakiś sen.

Przebudzenie.

Wowa był przekonany, że śniło mu się coś bardzo głupiego. Coś o tym, że umiera. Że siedem dni mu zostało i przyszedł do niego anioł nieklasyczny, taki w pióropuszu, zielonych kaloszach i o indiańskiej twarzy. I że ten anioł uczył go czytać w czyichś myślach. Przedtem jednak upoił go alkoholem i tańczył na barze.

– Ojojoj… – zajęczał Wowa – a jednak boli, *oh, my goodness*, skąd ten ból, skąd ten kac? – Głowa pulsowała, w gardle było sucho, żołądek wyczyniał jakieś nieprzytomne harce, a każdy dźwięk docierał z potrojoną głośnością.

I czyjeś słowa.

– Głodny jestem, daj coś jeść.

Kto to mówił?

– Głodny jestem, nakarm mnie!

Wowa wyjątkowo nie miał klapek na oczach, więc nie musiał niczego ściągać, żeby zorientować się w sytuacji. Głos dobiegał z bliska, ale pokój był pusty. Wowa wstał i otworzył drzwi, by sprawdzić, czy ktoś nie robi sobie głupich żartów. Za drzwiami nie było nikogo. W łazience też. Wrócił do łóżka, aby odleżeć należne piętnaście minut.

– Wstawaj, Wowa! Czas na żarcie! – ponownie usłyszał męski głos, którego źródło musiało znajdować się bardzo blisko. Zajrzał pod łóżko. Kto wie, może to jakiś ukryty dyktafon albo inna pluskwa?

Pod łóżkiem Wowa nie znalazł niczego oprócz pary poszukiwanych od dawna skarpet, butelki po czerwonym winie i dwóch firmowych długopisów z rysunkiem pierogów. Wyjrzał przez okno. Kilkadziesiąt metrów od domu jakiś starszy mężczyzna kosił trawnik. Nie wyglądał na kogoś, kto mógłby informować go o swoim głodzie, zwłaszcza po polsku.

Wowa uznał więc, że dręczą go postkacowe przesłyszenia, zamknął się w łazience i odkręcił wodę w prysznicu. Nie przywiązywał wagi do teorii na temat zdrowotnych wartości niskiej temperatury wody podczas porannej kąpieli. Nie chciał sobie psuć dnia od samego rana. Wyszedł spod prysznica i zaczął się golić. Przyjemnemu zgrzytowi usuwanych włosów twarzowych towarzyszył plusk wody płynącej obfitym strumieniem do umywalki. Idylla bezpłatnej irlandzkiej wody szybko dobiegła końca, ponieważ zza drzwi dotarł ten sam głos co poprzednio:

– Co za życiowa beznadzieja! Nie ma śniadania, nie było kolacji, do tego poddano mnie kastracji.

Otworzył drzwi łazienki i zobaczył siedzącego przed nimi kota.

– Co się głupio gapisz? Dałbyś szyneczki.

Spojrzał za kota. Nic. Rozejrzał się wokół kota. To samo.

– No tak, mój pan najzwyczajniej mnie lekceważy... – Borys przeszywał Wowę nieruchomym spojrzeniem. – Najpierw wywiozłeś mnie z kraju, a teraz jeszcze mnie głodzisz! Co za kijowe życie.

Po chwili Wowie wszystko zaczęło się układać: Indianin, siedem dni, alkohol w pubie, kurs czytania w myślach.

– Nadajemy na tych samych falach, kotku! – ucieszył się, podniósł Borysa i przytulił go mocno.

– Dałbyś coś do żarcia, a nie fundował pedalskie pieszczoty!

Natychmiast wypuścił kota z objęć.

– Doceniłbyś siłę uczucia, a nie tylko siłę mleka! – krzyknął.

Kot milczał.

– Wolałeś zostać w Polsce, gdzie byle fiat 126p mógł zrobić z ciebie placek?

Borys nadal spoglądał na niego bez zrozumienia.

– Czy ty mnie, kocie, w ogóle słuchasz?

Kot nie mógł zrozumieć słów Wowy. Połączenie działało w jedną stronę: Wowa rozumiał kota. Borys nadawał na tych samych falach mózgowych co jego pan, ale nie potrafił ich odbierać. W niczym nie zmieniało to faktu, że był jego prawdziwym przyjacielem.

Tego poranka Wowa dał kotu olbrzymią porcję polskiej kiełbasy, trzy plastry szynki, dwa plastry żółtego sera i miskę mleka. Niech się cieszy życiem, a nie jakieś samobójstwa mi tu popełnia, pomyślał, głaszcząc kota.

W kuchni już czekał na niego Alfred.

– Mam kaca – poinformował zwięźle Wowę.

Obaj udali się do ogródka, gdzie pozbyli się zbędnej zawartości swoich żołądków. Łączyła ich nie tylko jedność umysłów, lecz także wspólnota przewodów pokarmowych. Po skonsumowaniu jajecznicy z bułką, wypiciu dwóch mocnych kaw i napoju musującego o dużej zawartości sztucznych witamin obaj poczuli się zdecydowanie lepiej.

– Borys musi cię naprawdę kochać – stwierdził psychoanioł po krótkim namyśle. – Nieczęsto się zdarza, żeby ktoś po tak krótkim kursie słyszał czyjeś myśli. Musicie być do siebie bardzo podobni.

– Jestem podobny do swojego kota? – obruszył się Wowa.

– Nie do końca. Jesteś trochę szczuplejszy.

Borysowi zdecydowanie służyła kastracja i polsko-irlandzka dieta. Spasł się do tego stopnia, że rozmiarami przypominał solidnego psa, a miejscowe persy ganiał z pasją neofity. Tymczasem Wowa cieszył się brakiem choćby grama zbędnego tłuszczu, a przy tym był dość pokaźnego wzrostu. Różnili się też umaszczeniem. Wowa był blondynem, a Borys był rudy.

– To jasne, że jestem szczuplejszy i przystojniejszy od swojego kota, ale chyba nie chcesz powiedzieć, że mamy podobną mentalność? Gdyby tak było, to biorąc pod uwagę samobójcze tendencje Borysa, za sześć dni sam skończyłbym ze sobą.

– Nie, to raczej niemożliwe. Za bardzo się lubisz.

Wowa pogłaskał Borysa na pożegnanie i wyszedł ze swoim psychoaniołem. Zamknął drzwi na oba zamki, ponieważ jak zwykle opuszczał dom jako ostatni. Bardzo cenił sobie możliwość rozpoczynania pracy o godzinie jedenastej i usilnie starał się nie spóźniać, co niestety zazwyczaj mu nie wychodziło.

Dotarli na stację DART-a, na której przyszło im czekać względnych dziewięć minut. Spędzili je na przeszklonym mostku nad torami, z którego Wowa obserwował morze i górę Bray, a Alfred patrzył na domy Bono i Enyi. Kiedy – jak się wydawało – nadszedł czas przyjazdu kolejki, zeszli na peron, na którym wisiały dwa duże billboardy. Jeden reklamował polską wódkę, drugi – mężczyznę z odkurzaczem. Na pierwszym znajdowało się zdjęcie butelki, na drugim widać było łysiejącego pięćdziesięciolatka wyłaniającego się z morza i trzymającego na rękach stary odkurzacz. Przypominał wędkarza chwalącego się właśnie złowionym olbrzymim sumem. Liczne rysy na odkurzaczu świadczyły o częstym i intensywnym użytkowaniu. Niespotykane już wzornictwo sprzętu mogło sugerować wartość historyczną znaleziska. Hasło na billboardzie głosiło: „Cillian O'Brien – Van Helsing hrabstwa Wicklow i południowych dzielnic Dublina". Pod hasłem znajdował się numer telefonu. Mężczyzna sprawiał wrażenie człowieka szlachetnego, dobrotliwego, a przy tym dyskretnego. O tym ostatnim świadczył dopisek mniejszym drukiem: „dyskretny detektyw 24h".

W drodze do centrum Dublina psychoanioł pozwolił Wowie w spokoju posłuchać Keitha Jarretta, samemu oddając się przeżywaniu swojego pierwsze-

go ziemskiego kaca. Wsłuchując się w dźwięki forte-
pianu, Wowa uświadomił sobie, że nie sporządził
listy podejrzanych gości, którzy mogą uśmiercić go
już za sześć dni. Uznał, że najlepiej będzie zająć się
tym w pracy, pozorując jej wykonywanie.

Wysiadł z pociągu i udał się w stronę swojego
biura. Od dwóch lat chodził tą samą drogą, do tej
samej pracy, której od dwóch lat serdecznie nie-
nawidził. Początkowo wydawała się dobrym punktem wyjściowym, miał w niej przetrwać najtrudniejsze początkowe miesiące w Irlandii, by móc
w wolnym czasie poświęcić się swoim artystycznym
projektom. Przez jakiś czas ten plan był sprawnie
realizowany. Już w pierwszym tygodniu pobytu na
wyspie Wowa zebrał większość kamieni z piaszczy-
sto-kamienistej plaży w Bray i ułożył z nich trzy-
metrowy wulkan, który niejednego turystę skłonił
do refleksji nad kruchością współczesnego świata.
Na O'Connell Street, najbardziej oblepionej guma-
mi do żucia ulicy świata, umieścił wielki balon
o smaku mięty skłaniający przechodniów do namysłu nad przykrym zapachem soków trawiennych,
nadmierną konsumpcją i przemijaniem. W mieście,
które niemal całkowicie pozbawione było publicz-
nych ławek, Wowa ustawił ich kilkanaście. Z po-
wbijanymi kolcami. Na ich widok przechodnie

rozmyślali nad tym, dlaczego żyją w pośpiechu i dlaczego chce się ich pozbawić możliwości wpadania w zadumę.

Z czasem jednak praca w biurze zaczęła pochłaniać Wowę coraz bardziej. W zasadzie nie było to pochłanianie, lecz wypruwanie. Pierogi stopniowo wysysały całą jego energię, sprawiając, że dni stawały się coraz bardziej podobne do siebie, a wszystko wokół zlewało się w jedno wielkie ciasto pierogowe. To ciasto wchłaniało całą radość zwyczajnych dni, wszystkie spontaniczne uśmiechy oraz wszystkie artystyczne plany i marzenia. Swoją lepkością i sprężystością zdawało się zaklajstrowywać na amen drzwi wszystkich miejscowych galerii. Wowa stał się niewolnikiem rutyny, z którą kiedyś tak bardzo chciał walczyć za pomocą wszelkich dostępnych pokojowych środków, aż w końcu zaczął przegrywać z marazmem najnudniejszej pracy na świecie. Sprzedaż po raz kolejny wygrała ze sztuką. Zniknęły pomysły, zachwiała się wiara.

Właściciel firmy przywitał Wowę zdziwieniem.

– A ty nie na konferencji?

Zaskoczony Wowa przyjrzał się przełożonemu. Nie miał bladego pojęcia, o co mu chodzi.

– Na konferencji? – odparł najinteligentniej, jak potrafił.

– No, na konferencji – równie inteligentnie odpowiedział George.

Wowa rozpaczliwie zastanawiał się, jak uzyskać
przewagę nad przeciwnikiem.

– Przecież dzisiaj jest święto! – oświadczył triumfalnie.

– No tak... – zmieszał się szef. – Święto. W takim
razie przepraszam.

George udał się do swojego pokoju, po czym usiadł
w ogromnym skórzanym fotelu i zaczął szukać w in-
ternecie jakichś uniwersalnych, jak najbardziej ogól-
nikowych życzeń, które mógłby rozesłać najważniej-
szym klientom. Był szefem archetypowym, typem
najczęściej spotykanym pod każdą szerokością geo-
graficzną. Już od najmłodszych lat chciał zostać właś-
cicielem firmy, a dokładniej – bossem. Długo nie
wiedział, jak się do tego zabrać, nie miał bowiem
żadnego pomysłu na to, czym miałaby się zajmować
jego firma. Pracował jako sprzedawca w salonie sa-
mochodowym i bezskutecznie szukał pomysłu na
własny biznes. Wszystko się zmieniło, kiedy któregoś dnia jego znajomy z pracy zamówił zestaw polskich pierogów. Czując ich aromatyczny zapach,
George wpadł w stan ekscytacji; najpierw grzecznie
poprosił kolegę o możliwość skosztowania jednego
z rarytasów, by następnie podjeść jeszcze dwie

sztuki. Pojął wówczas, że pierogi to jego przeznaczenie. Wziął w banku ogromny kredyt i za mocno zawyżoną kwotę kupił firmę, która dostarczyła pierogi.

W trakcie rozsyłania życzeń George'owi przyszło do głowy, żeby jednak zadzwonić do organizatorów konferencji. Po krótkiej rozmowie zjawił się w pokoju Wowy.

– Wyobraź sobie – oznajmił z radosnym zdumieniem – że mimo święta, konferencja jednak się odbywa! Ale to nic nie szkodzi, na pewno i tak jesteś dobrze przygotowany. Za godzinę zaczynasz wystąpienie. Do boju, Wowo!

Paramilitarny okrzyk szefa sprawił, że Wowa nagle wszystko sobie przypomniał. Miał wziąć udział w konferencji zatytułowanej „Wspólna Europa, wspólna emigracja, wspólny chleb". Co gorsza, miał tam pełnić funkcję tłumacza z języka niemieckiego, do czego zupełnie się nie przygotował, wbrew kompletnie nieuzasadnionemu przekonaniu George'a.

– *Scheisse!* – zwięźle podsumował sytuację Alfred.

Konferencja miała być polityczną paplaniną na temat fenomenu integracji na emigracji, George uparł się jednak, by ktoś z firmy wziął w niej udział, ponieważ stwierdził, że hasło „wspólny chleb" pośrednio odwołuje się do pierogów produkowanych i sprzedawanych przez jego firmę. Pech chciał, że organizatorzy mieli już komplet zgłoszeń i poszukiwali tylko tłumacza z niemieckiego. George ochoczo zgłosił Wowę, ponieważ wiedział, że ten przez cztery lata uczęszczał na stosowny kurs. Podpowiedział mu, żeby w trakcie tłumaczenia od czasu do czasu dorzucał spontaniczne uwagi na temat zdrowotnych właściwości pierogów.

W takich oto okolicznościach Wowa wraz z nieodłącznym Alfredem ponownie korzystał z usług Dublin Area Rapid Transit. Tym razem jechali w przeciwną stronę, ku stacji Sydney Parade, z której – w czasie, jakiego potrzeba na wypalenie jednego papierosa – dostali się do prestiżowej dzielnicy Ballsbridge i hal wystawienniczych RDS. Na miejscu Wowa miał otrzymać stosowny identyfikator, dzięki któremu mógł wziąć czynny udział w konferencji organizowanej wspólnie przez ambasady kilku krajów, których siedziby mieściły się w rejonie hal targowych.

Dotarł tam bez większych przygód, jeśli nie liczyć nieporozumienia z Alfredem, który koniecznie chciał się odsikać na ścianę jednego z mijanych przedstawicielstw dyplomatycznych. Trudności pojawiły się na miejscu, ponieważ Wowa przez dłuższy czas nie był

w stanie odnaleźć właściwej hali, przez co uczestni-
czył też w zjeździe hodowców owiec, a następnie
obejrzał wystawę kaktusów oraz targi akcesoriów sadomasochistycznych. Z pomocą przyszedł sprzedawca skórzanych pejczy, wskazując Wowie budynek,
w którym odbywała się konferencja europejska. Alfred opuścił targi sadomasochistyczne wraz z Wową
i wibratorami schowanymi w kaloszach.

Przy wejściu do budynku, w którym odbywała się
konferencja, ruda około czterdziestoletnia kobieta
odnalazła nazwisko Wowy na liście, po czym wręczy-
ła mu identyfikator z napisem „United Community"
i niemiecką flagą w tle.

– Pana rodacy stoją o, tam.

Wskazała część sali, w której dominowali wysocy
blondyni. Wowa niezwłocznie udał się w tym kierunku.

– *Guten Tag, ich bin* Wowa – przedstawił się pięcio-
osobowej delegacji.

Niemcy uśmiechnęli się serdecznie, po czym zaczęli się po kolei przedstawiać. Wszyscy mówili wyłącznie po niemiecku. Następnie padło pytanie, czy
Wowa aby na pewno dokładnie przestudiował tekst
wystąpienia, które miał tłumaczyć, ponieważ nie na-
leżał on do najprostszych.

– *Aber natürlich!* – odparł z uśmiechem.

W rzeczywistości nie widział tego tekstu na oczy.

– To bardzo dobrze! – ucieszył się niebieskooki blondyn. – Pozostała jeszcze kwestia kopii tekstu dla pana. Mam nadzieję, że wziął ją pan ze sobą, bo my mamy akurat tyle, ile nam potrzeba.

– *Aber natürlich!*

Oczywiście kopia, z której miał korzystać podczas przekładu, została w domu.

– *Wunderbar!* – uradował się Niemiec. – To wspaniale, że możemy współpracować z poliglotą, a jednocześnie profesjonalistą. Przyznam szczerze, że jest pan wśród nas jedyną osobą mówiącą po angielsku. Niestety, nie zjawił się nikt z ambasady. Ale cóż, nic nie szkodzi. Przejdźmy do konkretów: Oto pański czek. – Blondyn wręczył Wowie kopertę. – Myślę, że takie formalności najlepiej załatwić na początku.

– *Aber natürlich!* – stwierdził Wowa.

Bez wahania przyjął czek, po czym wraz z niemieckimi współtowarzyszami usiadł tuż przy scenie, na której pojawił się pierwszy prelegent. Był nim trzydziestokilkuletni Litwin o groźnym imieniu Nerka.

– Witam państwa! – przywitał wszystkich Litwin. – Witam irlandzkich gospodarzy spotkania. – Nerka wskazał na grupę, co do której miał podejrzenia, że składa się z irlandzkich gospodarzy spotkania. – Witam przedstawicieli ambasad! Szczególnie gorąco chciałbym powitać znajdujących się wśród nas ambasadorów Francji, Polski i Hiszpanii. Niemniej ciepło witam licznie zgromadzonych konsulów generalnych, a także osoby, które specjalnie przybyły na tę konferencję ze swoich krajów. Są to przedstawiciele Islandii, Niemiec, Turcji i Holandii. Witam przedstawicieli mediów, zwłaszcza zaś tych, których straszy dziś wizja deadline'u.

Przedstawiciele mediów zaśmiali się serdecznie, reszta nie zrozumiała żartu. Dwadzieścia pięć minut później sympatyczny Litwin zakończył powitanie. Ponieważ każdy występujący miał do dyspozycji pół godziny, Nerce pozostało jeszcze pięć minut, których nie omieszkał wykorzystać.

– Chciałbym, aby moje nieco długie przywitanie zostało przez państwa odebrane symbolicznie. Rozmawiamy tu przecież o Europie. Rozmawiamy tu o Europie, w której każdy zostanie przyjaźnie powitany. Właśnie te pierwsze usłyszane słowa, pierwsze serdeczności, naturalna otwartość na innych mogą stać się fundamentem nowej, wspólnej, dobrej Europy. Europy, o jakiej marzymy. Europy, o jakiej śnimy. Europy, o jakiej... – zawahał się – ...o jakiej myślimy! Tak... – Nerka wskazał palcem sufit. – Tak, tak...

– Tym razem wskazał gości z lewej, a następnie z prawej strony sali. – Nie bójmy się witać, nie bójmy się otwierać drzwi na oścież! Powiedzmy wszystkim Europejczykom gromkie: „Cześć"!

Wystąpienie Litwina zebrani nagrodzili owacją na stojąco. Drugim prelegentem miał być Niemiec Klaus. Wowa ruszył z nim w stronę sceny. Wyciągnął z torby pierwsze lepsze papiery, które miały choć odrobinę oficjalny wygląd. Było to menu sieci barów Abrakebabra. Miał lekką tremę, ponieważ nie znał zbyt dobrze niemieckiego.

– Witajcie moi drodzy europejscy bracia! – wykrzyknął z entuzjazmem Klaus.

– Witam was, drodzy Europejczycy! – przetłumaczył równie entuzjastycznie Wowa.

– Mówię wszystkim gromkie „cześć", choć zapewne nie jestem tak dobry w wygłaszaniu powitań, jak mój poprzednik.

Niemiec częściowo improwizował, niezbyt dokładnie trzymając się przygotowanego tekstu, ale na Wowie nie wywarło to najmniejszego wrażenia, ponieważ i tak nie znał oryginału.

– Mówię wam „cześć", choć nie jestem tak dobry w przytulaniu, jak mój były mąż.

Widownia zaśmiała się, dzięki czemu na twarzy Niemca pojawiło się zadowolenie.

– Kiedy mówię „Europa", widzę przed sobą różne nacje, a wszystkie z uśmiechem na twarzy – rozmarzył się Klaus.

– Kiedy mówię „Europa", widzę przed sobą różne laski, a wszystkie hasają po plaży – przetłumaczył Wowa na tyle wiernie, na ile pozwalała mu jego nieco ograniczona znajomość języka niemieckiego.

– Widzę słoneczną Hiszpanię, piękną Szwajcarię, zieloną Irlandię, maleńkie San Marino i wszystkie inne cudowne kraje, które z pozoru są tak różne, a jednak potrafią stanowić jedność, dzięki czemu właśnie wszystkie je zobaczyłem...

– Widzę uśmiechnięte Hiszpanki, piękne Szwajcarki, zielo... – zawahał się, by po chwili dojść do wniosku, że Klaus chyba jednak chciał powiedzieć o Irlandkach coś innego. – Eee... Rude Irlandki, kobietę z maleńkim dzieckiem pochodzącym z San Marino i wiele innych cudownych kobiet, które z pozoru są tak różne, a jednak chętnie chciały stanowić jedność, dzięki czemu wszystkie je zaliczyłem...

– Jeszcze kilka lat temu nie dostrzegałem tej jedności w różnorodności...

– Jeszcze parę lat temu byłem złym człowiekiem...

– A mój kraj był dla mnie więzieniem! – zasmucił się Klaus.

– I siedziałem w więzieniu.

– Biję się w pierś za swoją ówczesną postawę!

– Biłem w pierś moją ówczesną dziewczynę!

– Teraz cała Europa jest dla mnie domem, miejscem, w którym mogę czuć się jak u siebie.

– Teraz robię to w całej Europie, zupełnie jakbym był u siebie.

– Kiedy jeżdżę do Francji, wzruszam się jej cudowną kuchnią, kiedy jestem w Hiszpanii, rozkoszuję się ogromem plaż, w Irlandii zaś oczywiście raduję się tutejszymi pubami, choćby i tym tu, w pobliżu.

– Kiedyś we Francji poznałem cudowną kobietę, w Hiszpanii oddawaliśmy się rozkoszom na plaży, oczywiście psociliśmy też w irlandzkich pubach, choćby i w tym tu, w pobliżu.

– Taka postawa pozwala człowiekowi odnieść wiele korzyści.

– Czasami ta Francuzka wykorzystuje mnie finansowo.

– Zmierzajmy dalej w tym kierunku, myśląc o naszych dzieciach.

– Ale robi to wyłącznie z myślą o dzieciach ze swojego poprzedniego małżeństwa.

– Myślmy o Europie, w której będą mogły żyć spełnione, w zgodzie i pojednaniu.

– Chcemy jednak razem żyć, więc daliśmy sobie na zgodę.

– Niech będzie to miejsce, o którym śnimy. My wszyscy tu, w Dublinie, w Berlinie, Paryżu czy Madrycie.

– Nie ma jej tu z nami w Dublinie. Ostatnio dużo podróżuje. Chyba jest w Berlinie, Paryżu albo Madrycie.

– Pomyślmy tylko, jak internet ułatwia nam to zadanie!

– Ale codziennie uprawiamy seks przez internet!

– Wszystkie te czaty, komunikatory i inne wynalazki...

– Wykorzystujemy do tego czaty, wibratory i inne zdobycze techniki.

– Kiedyś byłem na hiszpańskiej stronie „Hola".

– Tak w ogóle, to ta Francuzka nazywa się Ola.

– Odwiedzali ją ludzie z wielu krajów, pisząc do siebie w najróżniejszych językach.

– Miała kochanków z wielu krajów. Ja nie miałem tak bogatego doświadczenia, bo jak pewnie pamiętacie, spędziłem trochę czasu w więzieniu za znęcanie się nad kobietami.

– Są to głównie młodzi ludzie, dla których nie istnieją już bariery sztucznie stwarzane przez starsze pokolenia.

– Ola jest dużo młodsza ode mnie. Spodobała mi się od razu, choć przez pewien czas myślałem, że ma sztuczne piersi.

– Nie jest to dla nich ważne.

– Biust nie jest aż tak ważny.

– Dlatego w młodym pokoleniu widzę przyszłość kontynentu! Dajmy młodym podróżować! Dajmy wymieniać im doświadczenia! Niech będzie to ich wspólny, wielki dom!

– Liczy się to, że jest młoda! Poza tym lubi podróżować, a w trakcie tych podróży zdobywać nowe doświadczenia. Czy mnie zdradza, kiedy nie ma jej przy mnie? Pewnie się nad tym zastanawiacie... Powiem szczerze, że ja też o tym czasem myślę. Ale co tam, raz się żyje. Gdzie ja znajdę taką drugą dziewiętnastolatkę?

Klaus spojrzał ze zdziwieniem na Wowę.

– Mam nadzieję, że to dłuższe, opisowe tłumaczenie pozwoli państwu lepiej zrozumieć istotę problemu...

– Mam nadzieję, że jednak nie robi tego z tym wąsatym instruktorem tenisa! Nie znoszę faceta! Pożyczyłem mu kiedyś dwieście euro i od tego czasu mnie unika. A minęły już cztery miesiące. Nie przeszkodziło mu to jednak spotykać się w tym czasie z moją Olą! Rety... Jak się dowiem, że ten koleś obściskuje moją dziewczynę, to będzie miał problem!

Klaus z każdą chwilą był coraz bardziej zdziwiony, ale uspokoiła go reakcja publiczności: wszyscy słuchali go z największą uwagą, niektórzy nawet z otwartymi ustami.

– To właśnie jest idea, którą chciałem dziś państwu przekazać – zaczął powoli zmierzać do końca.

– Tymi właśnie problemami chciałem się dziś z państwem podzielić.

– Dziękuję wszystkim za uwagę. Jestem mile zaskoczony, że mój odczyt tak bardzo państwa zainteresował. Mam nadzieję, że w przyszłym roku spotkamy się na podobnej, równie pożytecznej konferencji. Kto wie, może w Berlinie? Dziękuję i do widzenia!

– Dzięki wam wszystkim za uwagę. Nie chcę dać się zaskoczyć temu wąsatemu tenisiście. Trzymajcie za mnie kciuki, gdyby przyszło mi się z nim zmierzyć, bo to dość tęgi facet. Kocham was wszystkich! Trzymajcie się i jedzcie polskie pierogi!

Klaus zszedł ze sceny. Rozległy się tylko pojedyncze nieśmiałe oklaski, ale Niemiec i tak promieniał dumą i zadowoleniem.

Wowa usiadł na swoim miejscu i odebrał gratulacje od Alfreda. Do gratulacji dołączyła cała ekipa nieanglojęzycznych Niemców. Wowa sprawiał wrażenie zadowolonego, ponieważ niczego nie cenił tak bardzo, jak spontanicznych reakcji zadowolonych klientów.

Irlandzka konferansjerka zaprosiła wszystkich na dwudziestominutową przerwę, podczas której można było skorzystać ze szwedzkiego stołu i irlandzkich toalet. Po krótkim zastanowieniu Wowa wybrał trzecią opcję: chyłkiem wymknął się z hali, żeby wypalić kilka papierosów. Alfred również postanowił zapalić, prawdopodobnie coraz bardziej uzależniając się od mocniejszych, bezpośrednich dawek nikotyny. Chwilę potem dołączył do nich Litwin Nerka.

– Bardzo ciekawe tłumaczenie.

– Bardzo ciekawe powitanie – zrewanżował się Wowa.

Nerka uśmiechnął się.

– Podejrzewam, że mieliśmy ten sam problem. Ja też zapomniałem kartki z tekstem.

Wowa wrócił do hali, by skosztować potraw serwowanych przez organizatorów konferencji. Nie wiedzieć czemu, uczestnicy zrezygnowali z idei szwedzkiego stołu i podostawiali krzesła, być może manifestując w ten sposób dezaprobatę wobec absencji szwedzkiej delegacji. Wowa znalazł wolne miejsce i zaczął kolejno próbować irlandzkich specjałów. W pobliżu siedziało kilku Polaków, a także siwy

Irlandczyk, który okazał się ministrem do spraw integracji. Zgodnie ze swoim powołaniem integrował się ze współbiesiadnikami, opowiadając o swoich europejskich doświadczeniach zdobytych w trakcie pracy dyplomatycznej w Czechach.

– Zima w Europie Środkowej wydaje się mieć wiele pozytywnych aspektów. – Słowa ministra były skierowane do siedzących w pobliżu dwóch redaktorów z polskich gazet. – Śnieg doskonale odbija i rozprasza światło słoneczne, dzięki czemu jest tam znacznie mniej przygnębiająco niż w Irlandii.

Szczuplejszy i przystojniejszy redaktor przyznał ministrowi rację. Grubszy redaktor zdawał się nie być zainteresowany zagadnieniami klimatycznymi i z pasją oddawał się pałaszowaniu irlandzkiej baraniny. Minister przyjrzał mu się z uznaniem.

– Bardzo smakowała mi polska kuchnia. A co pan sądzi o naszej?

Grubas wpatrywał się w Irlandczyka bezrozumnym spojrzeniem.

– Jak panu smakuje nasze jedzenie? Mamy tu catering z jednej z najlepszych restauracji w Dublinie.

Zajadający się baraniną dziennikarz najwyraźniej był zaskoczony i zbity z tropu faktem, że ktoś mówi do niego po angielsku. Posłał swojemu szczuplejszemu koledze rozpaczliwe spojrzenie, niemo błagając o pomoc. Co prawda pracowali w konkurencyjnych gazetach, ale przecież byli rodakami. Szczuplejszy redaktor już miał pospieszyć z odsieczą, kiedy nagle grubas doznał językowego olśnienia, uśmiechnął się szeroko i wydukał:

– *Irish food not good!*

Dumny jak paw, przełknął kolejną porcję irlandzkiej baraniny. Minister spojrzał pytająco, a redaktor uznał, że ten nie dosłyszał jego wypowiedzi.

– *Irish food not good!!!* – wykrzyknął, triumfalnie unosząc przy tym widelec z baraniną.

Jego kolega po fachu postanowił ratować sytuację.

– Mój rodak cierpi na specyficzną odmianę zespołu Tourette'a – poinformował ministra. – Im bardziej mu się coś podoba, tym bardziej to krytykuje. Właśnie dlatego gazeta, w której pracuje, jest taka antyirlandzka.

Minister spojrzał ze współczuciem na grubego redaktora, po czym kontynuował rozmowę wyłącznie z chudszym. Był nim redaktor Stec, miejscowy propagator nikotynizmu. Korzystając z okazji, postanowił przedyskutować z ministrem kwestię ceny papierosów rosnącej w szaleńczym tempie, powołując się przy tym na szczegółowe statystyki z różnych państw europejskich. Minister, jak na zawodowego dyplomatę przystało, niemal przez kwadrans z uśmiechem kiwał głową, udając zainteresowanie tematem, po czym oznajmił, że ogromnie mu przykro przerywać tak intrygującą dyskusję, ale musi się pilnie udać na niezwykle ważne negocjacje.

Przy stole rozbrzmiewały najróżniejsze języki. Wowa przyglądał się osobom siedzącym w pobliżu i próbował odgadnąć ich narodowość. Spoglądał na twarz, typował, po czym dyskretnie zerkał na identyfikator. Alfred zniknął z pola widzenia. Prawdopodobnie znowu wyszedł na zewnątrz, żeby wdychać dym z czyjegoś papierosa. Przerwa dobiegała końca, kiedy Wowa usłyszał w pobliżu uroczy kobiecy głos. Głos mówił w dziwnym, nieznanym mu języku. Rozejrzał się dookoła. W pobliżu znajdowało się dwóch polskich redaktorów, Włoch w średnim wieku, trzech Francuzów, dwie Węgierki i stary Duńczyk.

To nie była żadna z tych osób. Głos dobiegał z bliska i wydawał się dziwnie znajomy. Prawie na pewno już go kiedyś słyszał, ale gdzie i kiedy?

Konferansjerka poprosiła wszystkich o powrót na miejsca. Wowa został jeszcze przez chwilę przy nieszwedzkim stole i obserwował okolicę. Głos cichł. Wowa wciąż nie był w stanie rozpoznać języka. Po chwili poczuł wibracje. Były całkiem przyjemne, ale pochodziły tylko z jego telefonu, w którym wyłączył dźwięk. Dzwonił George. Pogratulował doskonałego tłumaczenia wstrząsającego niemieckiego przemówienia, o którym dowiedział się już z jednej z lokalnych radiostacji, po czym poprosił o natychmiastowy powrót do biura. Za godzinę miał przyjechać ważny klient.

Wowa mógł nie iść do pracy, bo przecież za sześć dni i tak miał być martwy, ale poczucie odpowiedzialności, które wpojono mu podczas kursów korespondencyjnych, kazało mu mimo wszystko zastosować się do polecenia przełożonego – tak na wszelki wypadek, gdyby jednak miał przeżyć. Kobiecy głos był już ledwo słyszalny. Może to jakieś głosy z zaświatów już mnie witają, zaniepokoił się Wowa.

Wyszedł z hali. Przy wejściu do sąsiedniego budynku stał Alfred, zachłannie wdychając dym z papierosa palonego przez potężną uczestniczkę targów akcesoriów sadomasochistycznych.

Powrót DART-em do pracy upłynął pod hasłem rozważań praktycznych. Wowa zastanawiał się bowiem, czy jest sens sporządzać listę potencjalnych zabójców, skoro bardziej prawdopodobne jest, że rozjedzie go samochód albo śmiertelnie porazi prąd z tostera.

– Morderstwo gwarantowane! Gdybyś miał zginąć w wypadku, powtarzałbyś tylko jeden dzień, a nie cały tydzień! – zapewnił go psychoanioł.

– Może po prostu ucieknę na kilka dni z Irlandii? – zastanawiał się Wowa. – Polecę sobie na Gran Canarię i wrócę, kiedy moja śmierć się przeterminuje?

– A może tego właśnie chce twoja śmierć? – zaoponował Alfred. – Może chce, żebyś gdzieś wyjechał, bo tam czeka na ciebie twój morderca?

– To co, mam się zamknąć w piwnicy?

– Nie macie piwnicy – przypomniał mu psychoanioł. – Poza tym, ucieczka na nic się tu nie zda. Jedynym sposobem na przeżycie jest odnalezienie zabójcy i wyprzedzenie go.

Wowa z przerażeniem spojrzał na psychoanioła.

– Mam go zabić???

– Wystarczy, że odbierzesz mu broń albo odpowiednio wcześniej zamkniesz go piwnicy.

– Przecież nie mamy piwnicy!

Alfred zastanowił się przez chwilę.

– Może być komórka albo łazienka – stwierdził, wyraźnie zadowolony ze swojego pomysłu. – Sytuacja jest taka, że przeżyjesz, jeśli powstrzymasz tego kogoś do północy. Możesz zostać zabity tylko tego konkretnego dnia. Bardzo mi przykro, że to akurat twoje urodziny.

– Mamy przez to więcej podejrzanych, bo zaprosiłem około dwudziestu osób, a cholera wie, kogo jeszcze irlandzki wiatr przyniesie.

Wrócili do biura, w którym wszyscy wciąż zachwycali się tłumaczeniem jakże trudnego tekstu przemówienia. Miejscowa rozgłośnia nadawała informacje prawie wyłącznie na ten temat. Po godzinie pojawił się spóźniony ważny klient. Wowa owszem, przyjął go, ale potem zaczął ostentacyjnie ignorować. Im bardziej lekceważony był klient, tym bardziej zachwalał profesjonalizm firmy. Ostatecznie – po tym, jak Wowa opuścił go na ponad czterdzieści minut, w trakcie których spożył piwo w pobliskim pubie – mężczyzna zdecydował się na stałą współpracę i zamówił półroczne dostawy pierogów dla wszystkich pracowników swojej fabryki. Metoda była stuprocentowo pewna: klienci, którym Wowa okazywał zaangażowanie, zazwyczaj nie podpisywali umów; robili to wyłącznie ci, którym wyraźnie dawał do zrozumienia, że nie są godni tych wyjątkowych pierogów.

W drodze powrotnej do domu postanowił bliżej przyjrzeć się swoim współlokatorom i rozważyć ich morderczy potencjał. Alfred ochoczo zaproponował swój udział w oględzinach. Akurat tak się dobrze składało, że wszyscy siedzieli w jadalni przed telewizorem. Wowa przywitał ich uprzejmie, w przeciwieństwie do psychoanioła, który mruknął tylko coś pod nosem, a następnie zaczął bezceremonialnie badać stan ich uzębienia, czystość uszu, nozdrzy, włosów oraz paznokci. Po kilkuminutowych oględzinach stwierdził, że na razie nie doszedł do żadnych konstruktywnych wniosków, po czym zajął wolne miejsce na kanapie i wbił wzrok w ekran. Właśnie lecieli *Przyjaciele*.

Wowa zaczął się obawiać, że jego psychoanioł nie potrafi mu pomóc. Był skazany na własne śledztwo, a jego pierwszym podejrzanym była Markéta. Dziewczyna nie grzeszyła urodą, jej życiowym osiągnięciem zaś zdawało się usidlenie Pavla, który również z nimi mieszkał i także znajdował się w kręgu podejrzeń. Poznali się na studiach w Brnie, dokąd oboje przyjechali z pobliskich miasteczek. Markéta była niezmiernie zadowolona z faktu, że ma chłopaka, który jest gitarzystą i ma przecudne włosy, podobne do włosów Slasha z Guns'n'Roses. Zadowolenie to przejawiała, snując się za nim całymi dniami i czekając na jego rozkazy. Wowa był na nią trochę zły, ponieważ zburzyła fragment jego wizji świata. Od kilkunastu lat żył bowiem w przekonaniu, że czeska dziewczyna to synonim pięknej dziewczyny. Za każdym razem, gdy przekraczał polsko-czeską granicę, dostawał skurczów karku od oglądania się za prze-różnymi Frantiskami, Katerinami czy Anezkami. Poza niesamowitą urodą podobało mu się w Czesz-kach to, że w większości podzielały jego ówczesne ateistyczne poglądy. Ten obraz zepsuła Markéta, która nie dość, że z profilu przypominała Shane'a MacGowana, to jeszcze po cichu wyznawała jedną z protestanckich odmian chrześcijaństwa, próbując ukryć swoją religijność wyłącznie ze względu na ateizm Pavla, który stał się dla niej bogiem numer jeden.

Dlaczego Markéta miałaby pragnąć usunąć Wowę z ziemskiego padołu? Aby rozwikłać tę zagadkę, trze-ba by na chwilę przyjąć mentalność Pavla, który uwa-żał, że żadna kobieta mu się nie oprze i nawet pięć-dziesięcioletnie kasjerki z Lidla marzą o upojnej nocy z Czechem. Wowa sam uważał się za przystojniaka, nigdy jednak nie osiągnął aż takiego poziomu samo-uwielbienia. Mimo to należało uwzględnić wszystkie opcje. Jedną z nich było to, że Markéta pałała do Wowy skrytą miłością. Tłumaczyłoby to, dlaczego wciąż rzucała na niego pogardliwe spojrzenia i bezu-stannie nazywała go kretynem. Skrywana miłość do Wowy stanowiłaby przyczynę wewnętrznego konflik-tu, który rozwiązać mogłaby albo demonstracyjnie okazując mu antypatię, albo... usuwając go na zawsze.

A Pavel? Dlaczego on mógłby mnie zabić?, zastanawiał się Wowa. Czy motywem mogła być zazdrość o uczucie Markéty? Nie, to całkowicie wykluczone. Nawet gdyby Markéta rzeczywiście była w nim zadurzona, a Pavel by się o tym dowiedział, to co najwyżej powiedziałby jej to, co i tak mówił jej codziennie: „Ależ ty głupia jesteś!". Poza tym, Pavel żył w przekonaniu, że ma poważniejsze problemy od otaczającego go motłochu. Przecież był artystą! Ostatnio zaczął nawet grać w jednym z zespołów garażowych, co miało mu otworzyć drzwi do światowej kariery. Dotychczas zarabiał na życie, udzielając lekcji gry na gitarze, ale lada dzień miało się to zmienić. Na ścianie powiesił nawet mapę świata, na którą naniósł plan swojej trasy koncertowej zaczynającej się w Hiszpanii, gdzie gorące *muchache* miały rzucać w niego stanikami, a kończącej się w Japonii, gdzie skośnookie nastolatki biłyby się o każde jego spojrzenie.

Poza muzyką Pavel miał bowiem jeszcze jedną pasję. Były nią wszelkiej maści dziewczyny, które starał się kolekcjonować według narodowości, a swoje podboje zaznaczał na innej mapie, starannie ukrywanej przed Markétą. W związku z tym przez ich dom przewinęły się: nastoletnia Japonka, długonoga Portugalka, jasnowłosa Niemka, nieśmiała Włoszka, szalona Amerykanka, niebieskooka Rosjanka i czarniuteńka Nigeryjka. Wowa, choć sam nie był święty, nie pochwalał poczynań współlokatora, a prawdziwe obrzydzenie budził w Wowie fakt, że część dziewczyn Pavla przychodziła do ich domu w czasie obecności Markéty, która wieczorami kładła się wcześnie spać, dając w ten sposób swojemu ukochanemu szansę na międzynarodowe popisy. Zapatrzona w Pavla jak w bóstwo, nigdy nawet nie podejrzewała go o niewierność, a tym bardziej o to, że mógłby ją zdradzać dosłownie pod jej nosem.

Dlaczego Pavel miałby zabić Wowę, skoro ze wszystkiego na świecie interesowały go wyłącznie gitary i dziewczyny? Jedynym powodem, jaki przyszedł Wowie do głowy, była zazdrość o kota.

Pozostawała druga para mieszkająca w ich domu. Tworzyli ją Marek i Miguel, dwaj bruneci o imionach na „M" jak miłość. Poznali się w Londynie, dokąd Marek wyjechał z Polski wkrótce po ukończeniu studiów filozoficznych. Ślęcząc przez dwa miesiące nad książkami wielkich myślicieli, próbował znaleźć dla siebie miejsce w świecie. Ostatecznie doszedł do wniosku, że jedynym rozsądnym rozwiązaniem jest wyjazd z kraju. W Londynie rozpoczął pracę na stanowisku grafika komputerowego w jednej z agencji reklamowych. W nowym mieście nie znał nikogo, więc spędzał wieczory w towarzystwie wybornych drinków oraz przystojnych panów tańczących na scenie w kąpielówkach lub bez nich. W swoim ulubionym lokalu przebywał niemal co wieczór, stopniowo coraz bardziej nudząc się tym co widzi. Kiedy w odruchu rozpaczy miał już się przerzucić na nową rozrywkę, rozważając wybór między kick boxingiem a pilatesem, zobaczył Meksykanina występującego w Londynie po raz pierwszy. Widział już w swoim życiu wielu striptizerów, ale ten miał w sobie magnetyczną siłę, która nie pozwalała Markowi oderwać od niego oczu. Kiedy poznali się bliżej, Marek zrozumiał, że nadszedł czas na kolejną zmianę w jego życiu. Miał dosyć londyńskiego hałasu, zatłoczonych wagonów metra, korporacyjnych mrówek ścigających się z czasem. Chciał prowadzić proste i spokojne życie u boku Miguela. Nie zastanawiali się długo. Miesiąc po tym, jak się poznali, wyjechali do Irlandii, gdzie wynajęli pokój w poddublińskiej miejscowości, blisko morza. By osiągnąć pełnię szczęścia, Marek porzucił świat korporacyjnych mrówek i szczurów i został stolarzem.

Czy ten do niedawna bardzo szczęśliwy Polak mógłby zabić Wowę? Kiedyś przez pół nocy Wowa grał w szachy z Miguelem, ale czy to mógłby być wystarczający powód do zabójstwa z zazdrości? Czy Marek był aż tak zazdrosny o swojego pięknego chłopca? Jeszcze pół roku temu nie można było tego wykluczyć, ale teraz jego życie z Latynosem przypominało małżeństwo z kilkudziesięcioletnim stażem, lub raczej *Teksańską masakrę piłą mechaniczną*. Związek wszedł w fazę poważnego kryzysu.

Bardziej prawdopodobnym powodem niż zazdrość mogły być wieczne kłótnie z Wową związane z jednym z istotniejszych zagadnień w historii filozofii. Marek twierdził mianowicie, że Fryderyk Nietzsche, rzucając się w spazmatycznym szale pod koński zaprzęg, przeciwstawił się wyzyskowi zwierząt przez człowieka, i że podobnych manifestacji dokonywał już wcześniej, tuląc się do krów, owiec, gęsi i kaczek, tyle że te przypadki nie zostały po prostu nagłośnione przez ówczesne media. Pogląd Wowy na ten temat był nieco bardziej radykalny. Uważał, że Nietzsche chciał tylko zatrzymać ówczesną taksówkę, nawiązując tym samym do swojego słynnego zdania głoszącego, że cierpliwość pośladków jest pierwszym grzechem przeciwko Duchowi Świętemu.

Miguel. Postać nieco enigmatyczna. To on nadał Wawrzyńcowi pseudonim Wowa, twierdząc, że tylko pod tym imieniem będzie tworzyć wyśmienity tandem z kotem Borysem. Miguel miał podobno w Meksyku duże wzięcie, ale u kobiet. Kiedy w wieku dziewiętnastu lat porzucił swoją dwudziestą dziewczynę, stwierdził, że kobiety nie są tym, czego obecnie potrzebuje zachodnia cywilizacja. Trzy tygodnie później o jego próbie zalotów do niejakiego Carlosa mówiło całe pueblo. Ojciec Miguela uznał, że syn okrył rodzinę niesławą, i wyrzucił go z domu. Miguel przez kilka tygodni błąkał się po kraju, starając się znaleźć jakąkolwiek pracę. W końcu udało mu się przedrzeć przez granicę. Dotarł do Los Angeles, gdzie zatrudnił się jako tancerz w jednym ze specjalistycznych klubów. Szybko stał się ulubieńcem stałych bywalców, dzięki czemu już po kilku miesiącach stać go było na operację plastyczną, która niezwykle efektownie podkreśliła jego kości policzkowe. Tuż po operacji poznał Travisa, w którym zakochał się bez pamięci. Ich związek trwał cztery szalone miesiące, czyli do chwili, kiedy Travis zdobył się na wyznanie prawdy: miał żonę i dwójkę dzieci. Zrobił bilans zysków i strat i postanowił już nigdy nie spotkać się z Miguelem. Meksykanin wpadł w depresję, co nie pozostało bez wpływu na jakość jego pracy. Szef klubu domyślił się, co się stało, i zaproponował podupadłej gwieździe wyjazd do Londynu, gdzie podobną działalność gospodarczą prowadził jego znajomy, który swego czasu, podczas pobytu w Los Angeles, zachwycał się wygibasami Meksykanina.

Dlaczego dwudziestotrzyletni Miguel miałby zabić Wowę? Kiedyś Wowa sprawił Latynosowi ostre lanie w grze wideo, innym razem zrobił mu awanturę po tym, jak Meksykanin przez pół nocy jeździł przed domem na deskorolce i na całe gardło śpiewał *Guantanamerę*. Więcej grzechów nie pamiętał.

Mieszkańcy domu obejrzeli do końca serial, który bardzo spodobał się Alfredowi, po czym spożyli po jednym piwie, które każdy miał zachomikowane na czarną godzinę. Taka godzina wypadała niemal każdego wieczoru. Markéta i Pavel otworzyli swoje zlate bažanty, Miguel wyciągnął z lodówki butelkę corony, a Wowa i Marek przynieśli po puszce żywca. Niektóre przyzwyczajenia zostają na całe życie.

Markéta jak zwykle od razu poszła na górę, co Pavel postanowił uczcić wypaleniem fajki pokoju w męskim gronie. Aby nadać chwili większą wagę, przyniósł do jadalni gitarę i zaprezentował zebranym najnowszy utwór swojego autorstwa. Nie spotkało się to ze szczególnym entuzjazmem współbiesiadników, ale nikt też nie zgłaszał odpowiednio mocnego sprzeciwu, prawdopodobnie dlatego, że to Pavel robił za gospodarza wieczerzy.

Jego najnowszy utwór okazał się ponurym smęceniem niedoszłego czeskiego barda, które dotyczyło tego, że ona już go nie chce (*You don't want me anymore, holka*). Z czasem jednak dźwięki zaczęły zyskiwać nową siłę i głębię, przedzierające się przez zawiesinę dymu akordy osiągały nowy wymiar, do którego stopniowo przenosili się kolejni uczestnicy spotkania. Pavel zdawał się zyskiwać nowe inspiracje, grając i jednocześnie popalając krążącego między nimi skręta.

Za oknem niebo podziurawiły pojedyncze gwiazdy. Wowa wyszedł ze znajomymi na zewnątrz. Jego skronie musnął ciepły Golfstrom, na co dzień opiekujący się nim w jego nowej ojczyźnie. Pavel wziął ze sobą gitarę, Marek wziął ze sobą Miguela, po czym ruszyli w stronę Vico Road. Ulica była zupełnie pusta. Pavel usiadł na ławce będącej utrapieniem kierowców. Ławka stała nie na chodniku, a na ulicy, otoczona czterema czarnymi słupkami. Czech skręcił kolejnego jointa i zaczął grać *Green Grass of Tunnel*.

Vico Road dzieliło od brzegu morza najwyżej sto metrów. Latarnie stojące przy tej ulicy marynarzom na statkach musiały przypominać szereg zmilitaryzowanych świetlików. Wowa spojrzał w dół urwiska. Od morza oddzielały go jeszcze tory kolejki DART. Gwiazdy pomrugiwały w leniwym rytmie islandzkiego utworu granego przez Pavla. Morze knuło jakiś plan na kolejny dzień, chwilowo leżąc cicho pod ciężarem wielkiego tyłka nocy. Morze i noc doskonale się znały, odgrywały tę samą scenę od milionów lat. Wowa dostrzegał w tym jakąś obietnicę. Uśmiechnął się lekko, śledząc wzrokiem ledwo widoczny horyzont.

Po godzinie milczenia wrócili do domu. Po drodze Wowa dostał SMS-a: „Będę jutro w Dublinie. Dezyderia".

Zapowiadał się ciekawy dzień.

Środa

Wowa nie zdążył nawet zdjąć klapek z oczu, by ocenić stan irlandzkiej niepogody, a już ktoś pukał do drzwi. Porannym intruzem okazał się Miguel z Borysem w ramionach.

– Przestań już mnie głaskać! – prychnął Borys, mierząc Meksykanina pogardliwym spojrzeniem.

Miguel wskazał na okno.

– Znowu to samo.

Okno było otwarte, co mogło oznaczać tylko jedno: Borys miał właśnie za sobą piątą próbę samobójczą. Wowa wziął kota na ręce.

– Oj, Borysku...

– Wczoraj było tak dobrze... – rozmarzył się jego rudy przyjaciel. – Radośnie pląsałem po kuchni pośród kłębów jakiegoś dziwnego dymu, który wcale mi nie przeszkadzał. Dziś życie znów wydaje się puste i monotonne... Czuję się jeszcze bardziej samotny. I jeszcze bardziej wykastrowany.

Wyrwał się z objęć swojego pana i schował się pod łóżkiem.

– Dziewczyny mu trzeba – stwierdził Alfred, który chwilę wcześniej wyszedł z szafy, gdzie przez pół nocy grał w The Sims.

– Przecież jest wykastrowany!

– Kastracja to tylko brak chemii, a to jeszcze nie wszystko. Co z kocią przyjaźnią? Co z piciem mleka ze wspólnej miski? Co z romantycznymi wypadami na myszy?

Wowa był sfrustrowany. Zastanawiał się, czy swoim dotychczasowym lenistwem zasłużył sobie na to, żeby teraz, w ciągu zaledwie kilku dni, musiał zająć się tyloma sprawami: zapobiec własnej śmierci, chodzić do pracy, której nie lubił, znaleźć kocicę dla sfrustrowanego Borysa, a do tego jeszcze spotkać się ze swoją byłą żoną.

– Aniołowie i wszyscy święci, dajcie mi wszyscy święty spokój!

Wskoczył z powrotem do łóżka, schował się pod kołdrą i postanowił zasnąć.

Udało się.

Śniły mu się chmury. Gęste, puszyste i różowe. Patrzył w dół, wyobrażając sobie, że widzi śniegi Antarktydy o wschodzie słońca. Leciał samolotem i miał wielką ochotę z niego wyskoczyć. Nawet jeśli nie był to prawdziwy śnieg, powinien się na nim zatrzymać. Wstał i przeszedł się po maszynie w tę i z powrotem. Nikt nie zwrócił na niego uwagi. Wszyscy byli zajęci swoimi iPodami i laptopami. Spojrzał na stewardesę. Spała. Była bardzo do kogoś podobna. Przyjrzał się uważniej i rozpoznał w niej Turczynkę, która kiedyś zdemaskowała Dezyderię. Stewardesa uśmiechała się do niego przez sen. Podszedł do niej bliżej, pocałował ją w policzek, po czym odwrócił się i otworzył drzwi. Spojrzał w dół. Pod nim rozciągało się białoworóżowe pustkowie, obcy kraj, w którym nikt i nic, gdzie tylko sam dla siebie. Obrzucił pasażerów pożegnalnym spojrzeniem, a następnie zamknął oczy i pochylił się do przodu. Wiatr, a potem przyjemny chłód chmur.

Nie należało otwierać oczu. Zrobił to jednak i ujrzał ziemię, ku której zbliżał się z ogromną prędkością. Spadaniu towarzyszył przeraźliwy dźwięk. Krzyknął przez sen.

Otworzył oczy po raz drugi. Zadzwonił telefon.

– Znowu nie ma cię w pracy! – usłyszał wściekły głos George'a.

– Cześć, szefie – wykrztusił Wowa, wciąż jeszcze usiłując otrząsnąć się z wizji uderzenia w ziemię.

– Nie jestem już twoim szefem!

Informacja ta zaskoczyła Wowę. Poczuł nawet coś w rodzaju żalu.

– Odchodzisz z firmy? – zapytał ze zdziwieniem.

– Nie! To ty z niej odchodzisz! – wyjaśnił George.

– Nie chodzi mi nawet o twoje spóźnienia. Jestem Irlandczykiem, chrzanię to, że jedynymi dniami, kiedy się nie spóźniasz, są weekendy i święta. Nie czepiam się spóźnień ani tego, że w trakcie spotkania z klientem jakby nigdy nic wychodzisz sobie na piwo. Niektórzy kontrahenci mówili mi, że nawet im się to podoba, że udzielił ci się irlandzki luz. Jednak wczoraj postawiłeś kropkę nad i swojego nieprofesjonalizmu. – George zrobił pauzę, sygnalizując w ten sposób, że zamierza przejść do puenty. – Dzwonił do mnie Klaus. Dowiedział się, jak zostało naprawdę odebrane jego wystąpienie podczas konferencji. Załamał się do tego stopnia, że chce wyemigrować poza Europę, prawdopodobnie do zaprzyjaźnionego klasztoru w Kambodży, by kontemplować tam pustkę swojej egzystencji i uprawiać bataty. – George przerwał dla zaczerpnięcia tchu, a Wowa spróbował sobie szybko wyobrazić kształt i kolor batata. – Takie pokładałem w tobie nadzieje, a ty odwdzięczasz mi się międzynarodowym skandalem! – George znowu zrobił krótką przerwę. – Lepiej nie pokazuj mi się na oczy, bo cię zabiję! Najpierw jednak cię zwolnię, żeby nie było podejrzeń o stosowanie mobbingu!

Wowa pożegnał się kulturalnie, chociaż biorąc pod uwagę ciężar gatunkowy gróźb, zamiast się żegnać, powinien się może przeżegnać. Mimo wszystko telefon od George'a poprawił Wowie samopoczucie, wręcz go ucieszył. Po pierwsze, Wowa został pozbawiony pracy, za którą nie przepadał, a po drugie, na horyzoncie pojawił się kolejny podejrzany.

Nakarmił kota i siebie, po czym wyszedł z Miguelem do ogródka w celu nikotynizacji. Po chwili przyłączył się do nich Alfred, któremu tak bardzo spodobało się bezpośrednie palenie papierosów, że nawet porzucił grę w The Sims.

Od kiedy Wowa przeprowadził się do Irlandii, palenie wyłącznie w otwartej przestrzeni stało się dla niego czymś całkiem zwyczajnym i normalnym. Z początku wiązało się to wyłącznie z cierpieniem dotyczącym obowiązku opuszczenia wygodnego miejsca w pubie, ale ostatecznie Wowa odkrył urok przedknajpowych spotkań nałogowych palaczy. Było w tym coś niesamowicie pierwotnego, wręcz plemiennego. Pubowy zwyczaj przeniósł do domu, gdzie wszyscy palili w ogródku lub przed drzwiami wejściowymi.

Spokój, jaki zaczął ogarniać Wowę po trzecim papierosie, został zakłócony przez sygnał telefonu. Nadeszła wiadomość od byłej żony. Chciała się spotkać pod Szpilą, w samo południe.

Dezyderia od roku mieszkała w Belfaście. Wybrała Irlandię Północną, ponieważ dowiedziała się, że środkiem płatniczym są tam funty szterlingi. Kosztowały one wówczas w Polsce o półtora złotego więcej niż euro. Na podstawie tej informacji doszła do wniosku, że zarobi tam więcej pieniędzy. Osiedlenie się Wowy w Dublinie uznawała za naiwność, co można było stwierdzić po jej pełnym wzgardy zdziwieniu, kiedy dowiedziała się o jego decyzji.

– Przecież to Irlandia Południowa!

Była wysoką blondynką. Co prawda Wowa był od niej wyższy, ona jednak na każdym kroku starała się udowodnić, że jest inaczej. Była też dziewczyną o wyjątkowej urodzie; błękitnym spojrzeniem potrafiła wymusić spełnienie każdej swojej zachcianki, a jeden uśmiech sprawiał, że natychmiast wybaczano jej wszystkie winy. Jako dziecko była oczkiem w głowie swojego ojca – Adama, który z właściciela przypadkowo wygranej knajpy stał się poważnym biznesmenem. Uwielbiała, kiedy tata spełniał wszystkie jej życzenia, mówiąc przy tym, że jest jego księżniczką. Księżniczka Dezyderia szybko zauważyła, że taki sam czar potrafi rzucać na swoich wujków. Wszystkie rodzinne przyjęcia kręciły się niemal wyłącznie wokół niej. Potrafiła swoją dziecięcą obecnością zdominować nawet pogrzeby. To samo robiła później z weselami, budząc zazdrość panien młodych.

Kiedy poszła do szkoły, z miejsca stała się klasową gwiazdą, gdyż potrafiła swoją urodą i ambicją zamieszać w głowie nawet podstarzałym nauczycielkom. Przez długi czas z wyższością patrzyła na stado biegających za nią samców, choć od czasu do czasu znajdowała dla nich użytek, zlecając co bystrzejszym adoratorom odrabianie prac domowych. W liceum sprawowała władzę absolutną; chłopcy się w niej kochali, dziewczyny jej zazdrościły, a nauczycielki bały się jej ze względu na majętność i pozycję ojca, wówczas już przedsiębiorcy doskonale znanego w okolicy. W trzeciej klasie uznała, że nadszedł czas, żeby zacząć się spotykać z Najpopularniejszym Chłopakiem w Szkole. Tytuł ten zdobył może niespecjalnie bystry, ale za to piekielnie przystojny czwartoklasista znany ze swoich piłkarskich umiejętności. Umiejętnie podsycane przez niego plotki głosiły, że ma przed sobą perspektywę gry w pierwszej drużynie Legii Warszawa. Adam, ojciec Dezyderii, nie był specjalnie zadowolony z tego, że ktoś chce mu odebrać jego ukochaną księżniczkę, ale ostatecznie przekonał się do chłopaka, kiedy odkrył, że ten nie jest orłem intelektu. Chłopca polubiła też matka Dezyderii, Katarzyna, ale ona lubiła każdego, kto zjawił się w jej domu i nie był jej mężem.

Rozstali się po dwóch latach, kiedy Dezyderia dowiedziała się, że jej ukochany notorycznie zdradza ją z fankami drużyny. Notabene, nie była to Legia Warszawa, lecz czwartoligowy Wicher Kobyłka.

Dezyderia poznała Wowę na przeglądzie teatrów studenckich. Miała na sobie niebieską sukienkę i ze zdziwieniem wpatrywała się w scenę, gdzie trwał eksperymentalny spektakl *Żaluj żabo życia*. Twórcy przedstawienia prawdopodobnie sami nie wiedzieli, co mają na myśli, łatwo jednak było dostrzec, że w ogóle się tym nie przejmują, a nawet sprawia im to wiele radości. Niestety, tylko im. Wowa co chwilę zerkał na dziewczynę w niebieskiej sukience, która wydawała mu się znacznie bardziej inspirująca od eksperymentalnej żaby na scenie. Zanim jednak cokolwiek zdążył zrobić, obok niej pojawił się jakiś chłopak. Wowa miał już ochotę zrezygnować z planów podbojów miłosnych, kiedy spostrzegł, że ów chłopak jest jego dobrym znajomym. Korzystając z okazji, podszedł, zagaił rozmowę i został przedstawiony dziewczynie. Od początku wiedzieli, że nie jest to przypadkowe spotkanie. Przeznaczenie było wyryte w ich dowodach osobistych, aktach urodzenia, prawach jazdy, legitymacjach studenckich.

Gdzie znajdę drugie takie ciacho z tak durnym imieniem? – myślała śliczna blondynka.

Gdzie znajdę drugą taką piękność, która tak głupio się nazywa? – zastanawiał się Wowa w tym samym czasie.

Ich imiona były ich znamionami. Dzięki nim znali swoje ukryte historie, jakże różniące się od historii innych ludzi. Ich imiona mówiły o pragnieniach, upadkach, lękach, szaleństwach. Ich podobieństwo sprawiło, że kiedyś musieli się spotkać. Tak wtedy naiwnie myśleli.

Miesiącami chodzili, wpatrzeni w siebie, a każde z nich, dzięki drugiemu, na nowo dostrzegało wszystkie swoje słabości, odkrywało je ponownie, oglądało je odbite we wpatrzonych w siebie oczach. Każda minuta spędzona razem trwała dla nich zbyt krótko, chcieli powtarzać sobie wszystkie poznane słowa, a tam, gdzie słowa się kończyły, zaczynał się wspólny smutek.

Ekshipiska Katarzyna szalała za Wową nie mniej niż jej córka, co nie mogło się zbytnio spodobać biznesmenowi. Był jednak tak bardzo pochłonięty otwieraniem kolejnej strzelnicy, że jego księżniczka musiała na jakiś czas usunąć się w cień wraz ze swoim nowym księciem. Dzięki temu związek dwojga młodych ludzi zawiązywał się coraz mocniej. Po dwóch latach wzięli ślub. Byli na nim wszyscy oprócz przedsiębiorcy, który uznał, że Wowa nie jest wart jego córki i że w swojej firmie znalazłby bardziej perspektywicznych kandydatów. Zbojkotował ślub, ale obiecał, że na pewno przyjdzie na rozwód.

Rozwiedli się po kolejnych dwóch latach. Już pod koniec pierwszego roku zdarzały się chwile, kiedy nie mogli na siebie patrzeć. Dezyderię mierziła niestabilność Wowy, uwierzyła w zapewnienia swojego ojca, że taka księżniczka powinna mieć za męża co najmniej prezesa dużego banku, Wowa zaś cały czas bronił się przed pójściem łatwą drogą biznesową. Droga, którą sam sobie wybrał, zdawała się prowadzić go donikąd. Wciąż tworzył abstrakcyjne projekty: podwójne głowy, potrójne biusty. Same niepraktyczne rzeczy, nieprzynoszące jakichkolwiek korzyści.

Ona też zaczynała go irytować. Mózg Wowy przestał wytwarzać dopaminy, które sprawiały, że jej niewiedza przedstawiała się jako pełne tajemnic milczenie. Oszałamiający uśmiech i niebieskie oczy najzwyczajniej w świecie zdążyły mu spowszednieć, to zaś uodporniło go na tanie chwyty, którym poprzednio nieodmiennie ulegał. Nie uważał już, że dla tego związku trzeba się poświęcać w każdy możliwy sposób. Czuł, że jest najzwyczajniej w świecie wykorzystywany. Przez pewien czas byli jeszcze przekonani, że pięknie się różnią. Później okazało się, że nie ma w tym żadnego piękna. Nadal łączyła ich jedynie trauma idiotycznych imion.

Czasem podejrzewał ją o zdradę. Jak tylko przekonała się, że przestał spełniać jej liczne zachcianki, zaczęła stosować swoje sztuczki na innych mężczyznach. Znowu ustawiali się do niej w kolejce. Nigdy jednak go nie zdradziła, ponieważ zdawała sobie sprawę z tego, że nie dałoby to jej żadnej bezpośredniej korzyści. Pewnego dnia Wowa doszedł do wniosku, że należy zakończyć tę farsę. Nie chciał sprawić jej bólu, podając prawdziwe powody, powiedział więc, że w jego życiu pojawiła się inna kobieta. Rozwód przyznano im szybko i bezboleśnie. Uznano, że nastąpił z winy Wowy. Na skromną uroczystość, zgodnie z obietnicą, przybył jego biznesowy teść.

Od tamtego dnia minęły ponad dwa lata. Przez ten czas nie utrzymywali ze sobą zbyt bliskich kontaktów. Dzięki Dezyderii Wowa całkowicie stracił wiarę w możliwość stworzenia z kimkolwiek trwałego, w miarę normalnego związku. W każdej poznanej kobiecie widział byłą żonę. Zazwyczaj nie od razu. Dostrzegał ją najczęściej po kilku tygodniach znajomości, czyniąc wcześniej wszystko, żeby tak właśnie się stało.

Dezyderia początkowo była na niego wściekła, później wściekłość zastąpił żal, ten zaś wyparła nienawiść połączona z poczuciem wyższości. Nie, rozstanie wcale jej jakoś szczególnie nie zabolało. Negatywne emocje wynikały wyłącznie z faktu, że została porzucona. Księżniczek się nie porzuca! To księżniczki mają wybierać, zdradzać i kończyć związki! Jak śmiał zaburzyć tę naturalną prawidłowość?

Umówili się pod Szpilą, studwudziestometrową igłą wbitą w północnej części centrum miasta z okazji zakończenia niezbyt udanego XX wieku. Wowa nie znał powodu spotkania. Nie podejrzewał Dezyderii o to, że nagle naszła ją nostalgia i chciała powspominać stare dobre czasy. Już prędzej pomyślałby, że postanowiła zwiedzić największe miasto wyspy, a z niego samego zrobić swojego darmowego przewodnika.

Kiedy ją zobaczył, przyglądała się budynkowi Poczty Głównej, a kilku stojących w pobliżu mężczyzn przyglądało się jej. Miała łagodnie pofalowane włosy, nieco krótsze niż podczas ich ostatniego spotkania, i obcisłą niebieską sukienkę. Wowa był już niemal pewien, że nie o turystykę tu chodzi.

– Czuję trwogę – wyznał psychoanioł.

Wowa kazał mu w myślach iść na spacer. Alfred z opuszczoną głową powlókł się w stronę rzeki, choć i tak było oczywiste, że przez cały czas będzie gdzieś w pobliżu.

Przywitali się po przyjacielsku. Zapytał ją, dokąd chce iść i co ją sprowadza do Dublina.

– Tęskniłam – powiedziała, rzucając mu zalotne spojrzenie.

Udali się w stronę Trinity College, weszli na dziedziniec uczelni i w podziwianie sielankowej atmosferze zrobili sobie kilka zdjęć. Wowa uwielbiał robić zdjęcia i choć zwykle na zrobionych przez niego fotografiach można było podziwiać znaczne połacie nieba lub obszerne fragmenty trawników, trudno zaś było odnaleźć jakiekolwiek istotne elementy, to był prawdopodobnie jedynym z trzech miliardów posiadaczy aparatów fotograficznych na Ziemi, którzy nie uważali się za artystów i którzy robili zdjęcia autentycznie dla przyjemności.

Włócząc się po Grafton Street i parku St. Stephen's Green, opowiadali sobie o wydarzeniach minionych dwóch lat. Dezyderia mówiła o prowizorycznych i niezbyt udanych związkach, o tym, że wyjechała do Belfastu tylko na jakiś czas i że zamierza wkrótce wracać do Polski z odłożonymi pieniędzmi.

Koniecznie chciała zobaczyć dzielnicę Temple Bar. W czasach studenckich włóczenie się od pubu do pubu było ich ulubionym zajęciem. Później, kiedy już zamieszkali razem, odkryły się przed nimi całkiem nowe przestrzenie; stopniowo zapominali, jak smakuje piwo i czym są rozmowy, które zakończyć mogła tylko mantra „Przepraszam, ale zaraz zamykamy". Po rozwodzie Wowa się zastanawiał, czy nie było tak, że mógł z nią wytrzymać, będąc wyłącznie pod wpływem alkoholu.

Szli wybrukowanymi uliczkami Temple Baru – Wowa prosto, Dezyderia, jakby już była co najmniej po pięciu guinnessach. Okolica nie była zbyt przyjazna obcasom. Mijając puby z czerwonymi, zielonymi i niebieskimi witrynami, miejsca, w których gra muzyka, a piwo leje się strumieniami zarówno do gardeł turystów, jak i na drewniane podłogi, postanowili, że udadzą się w zupełnie inne miejsce.

Usiedli w cichej włoskiej knajpce, tuż obok kina Irish Film Institute. Na guinnessa nie było tam nawet co liczyć. Zamówili butelkę czerwonego wina. Dezyderia wzniosła toast „za nas". Wowę ogarnął lęk.

– Wiem, że wyrządziłam ci wiele krzywd – zaczęła, patrząc mu prosto w oczy. – Nie wierzyłam w ciebie. Nawet nie mogę powiedzieć, że byłam dla ciebie ciężarem, bo nie zdążyłeś się o tym przekonać. Ja po prostu nie pozwalałam ci nawet wystartować.

Wowa przypomniał sobie, co o takich sytuacjach pisano w kursach korespondencyjnych.

– Nie przesadzaj, to ja byłem beznadziejny.

– Byłeś cudowny – rozmarzyła się jego była żona. – Byłeś wyrozumiały i czuły, podczas gdy mnie się wydawało, że jestem jakąś księżniczką.

O nogę Wowy otarł się kot. Borys nigdy tego nie robił. Wowa postanowił w miarę dyskretnie przegonić zwierzaka, lecz nagle uświadomił sobie, że to, co ociera się o jego nogę, nie ma sierści. Odsunął się nieco od stołu i zerknął w dół. Rzekomy kot okazał się nogą Dezyderii, ocierającą się o jego dżinsy.

Rozejrzał się po lokalu. Oprócz nich znajdowała się w nim tylko jedna osoba. Był nią Alfred, który sprawiał wrażenie całkowicie załamanego. Wpatrywał się w Wowę z taką miną, jakby uważał go za osobiście odpowiedzialnego za wszystkie zbrodnie świata i głód w Burkina Faso.

– Zawsze uważałam cię za kogoś niezwykłego...

Dezyderia przysunęła się do Wowy. Zaczęli się całować. Psychoanioł robił wszystko, żeby rozproszyć Wowę. Wykonał trzy pajacyki, zaczął tańczyć i śpiewać jeden z przebojów The Pogues, a na koniec, stojąc na stoliku, całkiem sprawnie wykonał jaskółkę, jodłując przy tym niczym stary Bawarczyk. Bez rezultatu.

– Powinniśmy dać sobie jeszcze jedną szansę… – wyszeptała była żona Wowa.

Wowa wypił duszkiem cały kieliszek wina i posłał Alfredowi błagalne spojrzenie. Nie doczekał się jednak pomocy, ponieważ psychoanioł stracił równowagę i runął na podłogę, kończąc w ten sposób efektowną jaskółkę. Co miał jej powiedzieć? Kursy korespondencyjne nic o takich sytuacjach nie wspominały – a jeśli tak, to w kolejnych częściach, których jeszcze nie zdążył wykupić. Lewa półkula szeptała mu, że może przecież miło spędzić czas tuż przed śmiercią. Prawa twierdziła, że to zarówno mało romantyczne, jak i – w razie przeżycia – nierokujące dobrze na przyszłość.

– Ale ja nie zamierzam już wracać do Polski! – Miał nadzieję, że ten argument odniesie zamierzony skutek. – Wiem, że wszyscy by tego chcieli, ale przyjechałem tutaj żyć nie dla wszystkich, tylko dla siebie.

– Nie szkodzi – odparła jego była żona z uśmiechem. – Moglibyśmy zamieszkać razem w Dublinie albo w Belfaście.

– Powiedz, że jesteś zaręczony! – krzyknął Alfred, który najwyraźniej zdążył się już otrząsnąć z szoku i pozbierać się po efektownym upadku.

– Przykro mi, ale mam kogoś – powiedział Wowa z najbardziej szczerym wyrazem twarzy, na jaki było go stać. – Od dwóch miesięcy jesteśmy zaręczeni.

Dezyderia roześmiała się z politowaniem.

– Nie kłam. Sprawdziłam cię. Masz tylko kota.

Sprawdziła mnie? Wowa przeraził się nie na żarty. Przeczucie, że dzień będzie ciekawy, całkowicie się spełniło. Zawsze wierzył, że istnieje coś takiego jak męska intuicja. Gdyby nie istniała, określenie „kobieca intuicja" miałoby taki sam sens jak „kobieca menstruacja".

– Pomyśl tylko... Moglibyśmy się znowu kochać w najbardziej nieprawdopodobnych miejscach – kusiła. – Wszyscy znowu zazdrościliby nam naszego szczęścia!

Wowa ponownie spojrzał z rozpaczą na psychoanioła, ale ten, zamiast służyć radą i wsparciem, jakby nigdy nic wyciągnął solone orzeszki i napchał sobie nimi jamę ustną.

– Wiem, że pewnie jesteś trochę zaskoczony – ciągnęła Dezyderia łagodnym tonem. – Musisz nad tym trochę pomyśleć. Musisz się z tym przespać. Możesz też przespać się ze mną...

Wowa głośno przełknął ślinę.

– Pozwól, że najpierw naprawię łóżko. Strasznie się przechyla na południowy wschód.

– Głuptas! – Żartobliwie pogroziła mu palcem. – Słyszałam, że robisz duże przyjęcie urodzinowe. Chętnie bym cię odwiedziła.

– Och, w zasadzie to bardzo kameralna impreza. Będę tylko ja i moi współlokatorzy. Tak w ogóle, to nawet nie wiem, czy będą. Być może pójdę do pubu z kotem.

– Widziałam zaproszenia, które rozsyłałeś e-mailami i SMS-ami. – Dezyderia lekko uniosła lewą brew. – Piszesz w nich, że oczekujesz około trzydziestu osób z pięciu krajów. Możesz być spokojny, będę na pewno.

Dezyderia zerknęła na telefon, pocałowała go na pożegnanie, po czym wyszła z lokalu.

Wowa pospiesznie zapłacił za wino i tortellini, po czym wybiegł na ulicę. Jego była żona stała już przy Dame Street, przyglądając się przejeżdżającym samochodom. Co jakiś czas spoglądała na telefon. Wowa po raz pierwszy w życiu zaczął ją śledzić. Prawdę mówiąc, po raz pierwszy w życiu śledził kogokolwiek. Towarzyszył mu Alfred, który przybrał groźną minę Szpiega z Krainy Deszczowców. Dezyderia przeszła nieco dalej, dzięki czemu Wowa mógł zaczaić się tuż za rogiem i przysłuchiwać się rozmowie, którą prowadziła przez telefon.

– No, ile mam na ciebie czekać? Jestem tam, gdzie się umówiliśmy. Nie... Na razie nic... Nie... Ciężka sprawa... Pogadamy o tym w samochodzie.

Zakończyła rozmowę, wyjęła papierosa, zapaliła. Kilku przechodniów płci męskiej potknęło się o własne nogi, oglądając się za nią. Przy krawężniku zatrzymał się czarny ford mondeo. Wowa wystawił głowę zza rogu, żeby zobaczyć, kto kieruje autem, i mało nie przewrócił się z wrażenia. I przerażenia. Samochód prowadził jej ojciec. Dezyderia usiadła na tylnym siedzeniu, zatrzasnęła drzwi, po czym wóz ruszył z miejsca.

O co chodziło? Czyżby chcieli się na nim zemścić, choć od rozwodu minęły już dwa lata? Obydwoje? Wowie przypomniały się słowa pewnego siwego mędrca: nieprawdą jest, że wszystko to jeden wielki spisek, ale nieprawdą jest i to, że żadne spiski nie istnieją.

Niebo nad Dublinem zasnuły leniwe chmury, które mają tu w zwyczaju wykorzystywać nieuwagę przechodniów i gromadzić się bardzo powoli, lecz skutecznie, w coraz większe zbiorowiska. Zaczęło padać. Padało prawie codziennie, ale zazwyczaj bardzo krótko i tylko wtedy, kiedy należało. To była właśnie taka chwila.

Wowa wrócił na średniowieczno-industrialny bruk Temple Bar. Krople deszczu odbijały się od granitowych kostek. Woda coraz szybciej gromadziła się między nimi, tworząc niewielkie rzeczki płynące, zgodnie z prawami fizyki i logiki, w stronę Liffey. Wowa nie miał najmniejszej ochoty płynąć pod prąd. Był na to zbyt zmęczony i zagubiony. Ruszył w dół, w stronę rzeki.

Wszedł do pubu „Temple Bar" i postawił sobie i Alfredowi po dwie kolejki whiskey z colą. Jak najbardziej na temat, bo akurat dwóch Walijczyków grało *Streams of Whiskey*. Nikt nie wspierał ich wokalnie. Zaskoczony Wowa rozejrzał się, szukając wytłumaczenia tego dziwnego faktu. Okazało się bardzo proste: w pubie nie było ani jednego Irlandczyka. Gdyby sytuacja wyglądała inaczej, pewnie to on byłby jedyną nieśpiewającą osobą. Podziwiał za to zarówno Irlandczyków, jak i cały Dublin, miasto zupełnie niepodobne do Warszawy. Podobieństwa zaczynały się i kończyły na fakcie posiadania dwóch płuc rozdzielonych rzeką. Warszawa miała płuco lewe i prawe, Dublin – północne i południowe. Jedno gromadziło uboczne produkty przemiany materii, ciężko dysząc swoimi zamulonymi pęcherzykami, drugie brało głęboki, świeży oddech i uparcie starało się myśleć, że jest płucem jedynym. Dublin był młodzieńcem, który wygrał los na loterii. Na lekkim rauszu biegł przed siebie, dzieląc się wygraną ze wszystkimi znajomymi. Mimo niespodziewanej nagrody nie miał problemu z pamięcią, wiedząc, że wcześniej sam musiał zapożyczać się u innych. Nie przyjmował też żadnych póz, pozostając tym, kim był, czyli uśmiechniętym outsiderem ciekawym historii każdej napotkanej osoby.

Deszcz powoli przestawał padać.

Wowa zastanawiał się, czego mogła od niego chcieć jego była żona. Na czym polegał jej plan, który niewątpliwie obmyśliła z ojcem? Nie znał odpowiedzi, ale przypuszczał, że pojawienie się Dezyderii na urodzinach będzie miało jakiś związek z jego śmiercią. Ewentualne pojawienie się jego teścia będzie miało taki związek na pewno. Ten dzień jeszcze się nie skończył, a były szef Wowy już zdążył mu zadeklarować chęć zamordowania go, była żona zaś wyznała, że ma ochotę się z nim kochać. Wyglądało na to, że popularność Wowy rosła z każdą chwilą i że powodem takiego stanu rzeczy może być jego zbliżająca się wielkimi krokami śmierć.

Rozmyślał nad tym, popalając papierosa w ogródku nikotynowym. Alfred sprawiał wrażenie nieco rozkojarzonego i znudzonego lokalem. Przyznał się, że jego myśli krążą głównie wokół piersi Dezyderii. W chwili, kiedy postanowili wypić za nie trzecią kolejkę whiskey z colą, Walijczycy zaczęli grać *Molly Malone*.

Na Temple Bar *Molly Malone* można było usłyszeć często. Był to nie tylko jeden z najbardziej irlandzkich utworów, lecz także nieoficjalny hymn Dublina. Pasował do rozmowy, ponieważ opowiadał historię kobiety, która w stolicy Irlandii za dnia handlowała rybami, a wieczorem oferowała własne ciało. Jej działalność upamiętniał nawet pomnik postawiony przy jednej z głównych ulic. Fascynował on zwłaszcza turystów, którzy nie mogli się oprzeć pokusie sfotografowania się z tak pięknym i jędrnym biustem.

– Niedobra kobieta... – refleksyjnie stwierdził Alfred.

– Molly?

– Twoja była żona. Lepiej żeby nie przychodziła na urodziny, tym bardziej ze swoimi rodzicami. Przecież nie mogli ci darować, że porzuciłeś ich cudowną córkę. Wielokrotnie grozili ci śmiercią, kastracją, trepanacją czaszki, a nawet trwałą ondulacją.

– Ale minęły już ponad dwa lata!

– Owszem, ale w tym czasie ona nie znalazła żadnego sensownego kandydata na męża, restaurację matki zamknął sanepid, a firma tatusia zaczęła balansować na krawędzi bankructwa, nie wytrzymując konkurencji paintballa.

– Więc w związku z problemami ojca Dezyderia ponownie zapałała do mnie miłością i poczuła nieodparte pragnienie przestawiania mojego łóżka?

– Wowo! Uruchom lewą półkulę! Odpuść sobie romantyczne ciągoty! Przecież te bzdety o powrocie i o tym, że czuje się winna zrujnowania waszego związku to przemyślana strategia, próba wciągnięcia cię w jakąś dziwną intrygę służącą wyłącznie odcięciu ci jąder, trepanacji czaszki, a w skrajnym przypadku trwałej ondulacji!

– W takim razie to chyba dobrze, że zaczęliśmy tworzyć listę potencjalnych zabójców? Zgromadzimy ich w jednym miejscu, na moim urodzinowym przyjęciu, i sami uknujemy jakąś intrygę.

– Na przykład pozrzucamy ich po kolei z klifu...

– ...a wszystkiemu będzie winny Golfstrom!

Wowa uświadomił sobie, że pierwszy raz widzi śmiejącego się psychoanioła. Dało mu to wiele do myślenia.

Opuścili pub, aby trochę pospacerować po dzielnicy, od której wziął nazwę. Niebo już się rozjaśniało; irlandzki deszcz może i cieszył się światową sławą, ale miał też słomiany zapał. Możliwe, że udzielała mu się tutejsza beztroska.

Po jakimś czasie weszli do kolejnego pubu. Tym razem nie chodziło o alkohol, lecz o informacje. Jak każdy doświadczony emigrant, Wowa doskonale wiedział, że najlepszym źródłem informacji są Barmani z Powołania. Każdy rozsądny człowiek powinien pielęgnować znajomość przynajmniej z jednym takim okazem. Na wszelki wypadek.

Z grzeczności Wowa nie wzgardził guinnessem zaproponowanym przez Barmana z Powołania i po kilkuminutowej wymianie uprzejmości oraz po wyjaśnieniu przyczyn tak długiej absencji w lokalu przeszedł do konkretów. Upewnił się, że nikt ich nie podsłuchuje, po czym poprosił o namiary na właściwego człowieka. Barman z Powołania kiwnął ze zrozumieniem głową, wyjął z kieszeni telefon, przez chwilę szukał w kontaktach, a następnie ponownie skinął głową i podał Wowie numer. Wowa zapisał go na barowej kartce. Brakowało mu już tylko imienia potencjalnego wybawcy.

– Jak on się nazywa?

– Siniak.

Wowa był pod wrażeniem. Siniak to doskonały pseudonim dla osoby, która nielegalnie handluje bronią.

Wymienił jeszcze z Barmanem z Powołania kilka uwag na tematy społeczno-kulturalne i zanim skierował się do wyjścia, pomyślał sobie, że być może uda mu się uzyskać pomoc w jeszcze jednej ważnej sprawie.

– Nie znasz może kogoś, kto ma kota?

– Kota? – zdziwił się Barman z Powołania. – To jakiś nowy kwas?

– Chodzi mi raczej o futrzaste zwierzę – wyjaśnił Wowa, pokazując jednocześnie dłońmi kształt i wielkość kota. – A konkretnie o kotkę. Najchętniej ładną i zadbaną.

Twarz barmana wykrzywiła się w grymasie niesmaku.

– Stary, ty naprawdę zboczony jesteś...

– Chodzi mi o towarzystwo dla mojego kota, Borysa – wyjaśnił spokojnie Wowa. – Wielkie smutki dopadają go, gdy siedzi sam w domu, więc pomyślałem, że może przydałaby mu się towarzyszka.

Grymas niesmaku zniknł z twarzy barmana równie szybko, jak się tam pojawił. Mężczyzna zamyślił się głęboko.

– Wiesz co, stary? – przemówił wreszcie. – Gdyby chodziło o jakieś dopalacze, o papierosy z Polski, o markową odzież, która przypadkiem wypadła z ciężarówki, o kontakty do ludzi o groźnych pseudonimach, wówczas mógłbym ci pomóc. Ale zwierzęta? No, może jakieś rzadkie gatunki z przemytu. Zwyczajne zwierzęta domowe to nie moja działka.

Zrezygnowany Wowa już miał odejść od baru, kiedy kobiecy głos za jego plecami zapytał:

– Bardzo jest smutny?

Obejrzał się i zobaczył młodą Irlandkę. Miała na sobie obcisłe czarne dżinsy ze srebrzystym metalowym paskiem, obcisły czarny T-shirt oraz przykrótką skórzaną czarną kurtkę z prawdziwymi gwoźdźmi i atrapami żyletek. Także na jej twarzy można było dostrzec różne metalowe przedmioty: w uszach, nosie, nad ustami i na jednej z brwi. Drugiej nie było widać, ponieważ zarówno ją, jak i całe prawe oko zasłaniała długa czarna grzywka. Alabastrową bladość twarzy podkreślał czarny makijaż. Dziewczyna miała około osiemnastu lat. Wyglądała jak typowa nastolatka z Dublina.

– Kot? – zapytał Wowa niezbyt przytomnie.

Dziewczyna zmierzyła go ponurym spojrzeniem.

– No przecież nie ty...

Wowa podrapał się po głowie i zastanowił się nad skalą smutku swojego kota. Zdarzały się dni czarne jak włosy jego rozmówczyni i gdyby to ona była wówczas z Borysem, ten zapewne zabiłby się jedną z jej atrap żyletek.

– Depresja – podsumował krótko.

Dziewczyna opuściła głowę.

– Czarna pustynia duszy – stwierdziła przyciszonym głosem.

Obydwoje zamilkli. Wowa nie miał niczego do powiedzenia, dziewczyna zaś zamyśliła się nad głębią swoich słów.

– Mogę mu pomóc – odezwała się ponownie po dłuższym czasie. – Mam młodą kotkę do oddania w dobre ręce. Czarna. Nazywa się Molly. Zainteresowany?

Dziewczyna dostrzegła szczery entuzjazm Wowy, dzięki czemu i na jej bladej twarzy przez chwilę pojawił się uśmiech. Szybko jednak zawstydziła się chwilą słabości i smętne spojrzenie znów wróciło na jej oblicze.

– Przyjdź w piątek o pierwszej pod Central Bank.

– OK. – Wowa sięgnął po telefon. – Na wszelki wypadek podam ci swój numer.

Dziewczyna pokręciła głową.

– Musisz być o czasie. Nie mam telefonu. Starzy właśnie mi go zabrali po tym, jak przyszedł rachunek na dwa tysiące euro.

– Jesteś aż taka gadatliwa?

– Nie żartuj sobie z mojego cierpienia! – obruszyła się. – Przegadałam tyle, czytając przypadkowym osobom swoje wiersze.

Wowa ucieszył się jeszcze bardziej. Jeżeli kotka tej dziewczyny była choć trochę do niej podobna, Borys powinien nie posiadać się z zachwytu.

– W porządku, postaram się nie spóźnić. Powiedz mi przynajmniej, jak masz na imię.

Dziewczyna lekko się skrzywiła.

– Aoifa. Moi rodzice chyba od początku niezbyt mnie kochali.

Wowa się uśmiechnął.

– Nie przesadzaj, to piękne imię. Ja nazywam się Wawrzyniec.

Aoifa spojrzała na niego ze współczuciem.

– Tak, życie jest do kitu – przyznała ponuro.

Wowa opuścił lokal. Przez jakiś czas włóczył się wzdłuż rzeki, by znowu, jakimś przedziwnym trafem, znaleźć się na Temple Bar. Usiadł na niewielkich schodkach tworzących podwyższenie głównego placu knajpianej dzielnicy i wyciągnął papierosa. Dookoła w niedbałych pozach przycupnęło kilka osób słuchających muzyki dobiegającej z pubu naprzeciwko. Znudzony ochroniarz obserwował ich leniwie. Od czasu do czasu otwierał drzwi przed nowymi gośćmi, życząc im miłej zabawy. Prawdopodobnie dokonywał selekcji, jednak pracy miał niewiele. Ci, którzy byli kompletnie pijani, sami wycofywali się na widok wielkiego łysego osiłka. Trzeźwi – albo choć względnie trzeźwi – wchodzili bez problemów. W środku etatowy muzyk grał *One* U2. Śpiewała z nim prawie cała knajpa, z czego należało wnioskować, że większość gości stanowią Irlandczycy.

Papieros miał się ku końcowi, kiedy Wowa usłyszał za sobą znajomy kobiecy głos.

– Czy my się skądś nie znamy?

Odwrócił się, ale nie mógł dostrzec twarzy dziewczyny. Pogoda w Irlandii potrafi płatać figle. Słońce pojawiło się nie wiadomo skąd, oślepiając go dokumentnie.

– To typowo męska odzywka – spróbował zabłysnąć ciętą ripostą, bezskutecznie usiłując osłonić oczy przed blaskiem słońca.

– Hi, Al – usłyszał w odpowiedzi.

Tak, głos z pewnością był znajomy, co jednak w niczym nie zmieniało faktu, że Wowa nie nazywał się Al.

– Nie nazywam się Al.

Podniósł się ze stopni i stanął w taki sposób, żeby mieć słońce za plecami. Przyjrzał się dziewczynie. Tak, to była o n a. To był t e n głos.

– Muszę przyznać, że jak na Niemca masz całkiem niezłe poczucie humoru – powiedziała z uśmiechem.

Wowa miał taką samą minę jak wtedy, gdy po raz pierwszy zobaczył psychoanioła, i był co najmniej tak samo zaskoczony. Tym bardziej że jego mózg, prawdopodobnie dzięki skumulowanemu działaniu nikotyny i guinnessa, pracował w tej chwili bardzo sprawnie, szybko kojarząc fakty, sytuacje, twarze i głosy. Alfred albo też rozpoznał dziewczynę, albo – co znacznie bardziej prawdopodobne – dziewczyna wywarła na nim kolosalne wrażenie. Poprawił pióro w swoich włosach, wygładził dłonią fałdy białego fartucha, a nawet przestał żonglować wibratorami wyniesionymi z targów.

Poznali się w Polsce, w dość niezwykłych okolicznościach. Widzieli się tak krótko, że nawet nie znalazła się w jego spisie cudzołożnic i niespełnionych fascynacji, chociaż bez wątpienia był nią zafascynowany. Był też jednak żonaty. Nie trafiła do spisu, bo wówczas spis wydawał się zamknięty na wieki.

– Poznaliśmy się w Polsce, pamiętasz?

– Pamiętam – uśmiechnęła się Hayal. – Tym bardziej rozbawiło mnie twoje wczorajsze wystąpienie podczas konferencji. Szukałam cię zaraz po tym, jak zszedłeś ze sceny.

Ta informacja mile połechtała jego próżność.

– Szukała cię... Ale czad! – zachwycił się Alfred.

– Szybko zniknęłaś z tego kebab-baru w Warszawie...

– Kończył się rok akademicki, a ja tylko tam dorabiałam do stypendium. Potem była sesja, koniec wymiany studenckiej, więc wróciłam do Turcji. – Zmarszczyła brwi, jakby nagle o czymś sobie przypomniała.

– A co u twojej omdlewającej żony?

Wowa uświadomił sobie z rozczarowaniem, że we wspomnieniach Hayal przetrwał wyłącznie jako niefortunny mąż Dezyderii nie najlepiej radzącej sobie w aktorskim fachu.

– Już nieżony – wyjaśnił krótko.

Przez twarz Turczynki przemknęło coś, co można było uznać za cień współczucia.

– Ulala...

– Juppi! – dał wyraz całkowicie odmiennym emocjom psychoanioł.

– Utrzymujecie ze sobą kontakt?

Sądząc po minie, dziewczyna oczekiwała odpowiedzi zgodnej z prawdą, ale nie doczekała się żadnej, ponieważ wyjęła paczkę papierosów i zaczęła szukać zapalniczki. Tak jak nauczano na kursach korespondencyjnych, Wowa szarmancko ruszył z ognistą pomocą, choć w głębi duszy się zdziwił, że dziewczyna o tak delikatnej i eterycznej urodzie pali papierosy.

Psychoanioł stał cały czas na baczność, najwyraźniej sparaliżowany widokiem pięknej kobiety. Wowa kazał mu w myślach iść do piekła, licząc na to, że przy okazji i jego spotka coś piekielnie ciekawego.

Zaprosił Hayal do pobliskiego „Czech Inn". Lokal był przyjemnie środkowoeuropejski. Przychodzili tu wszyscy: Irlandczycy, Polacy, Czesi, Anglicy, turyści z całego świata. Choć Czechów było w Dublinie z piętnaście razy mniej niż Polaków, mieli pub, o którym mówiło całe miasto. Nie, żeby Polacy nie próbowali... Na Parnell Street otworzyli szemraną knajpę, do której bał się wejść jakikolwiek obcokrajowiec. To też było nie lada osiągnięcie.

Zamówili dwa czeskie piwa oraz wieprzowinę z knedliczkami. Wyboru dokonała Hayal, odcięta od wieprzowiny przez muzułmańską kulturę. Kiedy miała szesnaście lat, po raz pierwszy wyjechała za granicę, do Francji. Owszem, podobało jej się Lazurowe Wybrzeże, zachwycała się przepychem Monako i bulwarem w Nicei, ale tym, co zapadło jej najbardziej w pamięć, był zakazany smak wieprzowiny. Później, już w trakcie studiów, ilekroć przekraczała granicę swojego kraju, pierwsze kroki kierowała do najbliższej restauracji.

Hayal była świeżo po studiach i zaczynała pracę tłumaczki. Mówiła biegle po angielsku i hiszpańsku, znała podstawy polskiego, a w Turcji każdy, kto w miarę dobrze znał obcy język, w naturalny sposób zostawał tłumaczem.

Urodziła się w Trabzonie, dość konserwatywnym mieście na wschodzie Turcji. Miała dwóch starszych braci, których zadaniem było spuszczanie manta jej licznym adoratorom. Ojciec Hayal miał wobec niej plany, które z pewnością nie zakładały tego, że jego córka wyjdzie za pierwszego lepszego nędzarza z dzielnicy. Plan był zupełnie inny; poczesne miejsce zajmowały w nim studia uniwersyteckie. Hayal miała być pierwszą osobą w rodzinie z wyższym wykształceniem. Od dziecka mocno różniła się od rówieśników, a jeszcze bardziej od braci. W wieku pięciu lat zaczęła czytać książki. Dwa lata później wyłączała telewizyjne bajki dla dzieci, by móc oglądać serwisy informacyjne. Szybko jednak doszła do wniosku, że media kłamią, przerzuciła się więc na niszowe kino europejskie emitowane raz w tygodniu. Początkowo rodzice byli zaniepokojeni. Przez pewien czas myśleli, że to jakaś choroba, ale w końcu doszli do wniosku, że cały rozum, który powinien zostać mniej więcej równo rozdzielony między troje ich dzieci, z niewiadomych powodów przypadł w udziale wyłącznie Hayal. Teoria ta tłumaczyła jednocześnie, dlaczego ich starszy syn, Serap, nigdy nie nauczył się ani pisać, ani jeździć na rowerze, natomiast młodszy syn, Ferah, od najmłodszych lat kształcił się wyłącznie na ulicy, głównie w dziedzinach takich jak sklepowe kradzieże, rozboje, pobicia i wyłudzenia, przez co każdego roku przynajmniej raz trafiał do aresztu.

Hayal wyjechała na studia do Stambułu. Korzystała z życia i z wszelkich możliwych wymian studenckich, dzięki czemu przez pół roku studiowała też w Anglii, a pół w Polsce.

– Nie przypuszczałam, że kiedyś się jeszcze spotkamy – przyznała.

– Nie przypuszczałem, że okazje będą aż dwie. Wczoraj na konferencji słyszałem twoje myśli...

Hayal się roześmiała, ale w głębi duszy czuła niepokój. Bała się, że ktoś wkrótce przyjdzie, wszystko się skończy, a Wowę znów spotka niby przypadkiem za następne siedem lat, gdzieś na drugim krańcu Europy. Oczywiście nie powiedziała mu tego wszystkiego, ale on i tak wyczytał to w jej myślach.

Chwilę potem dostała SMS-a, który wyraźnie zepsuł jej humor. Taki wniosek Wowa wyciągnął z wyraźnie i głośno pomyślanego *fuck*. Hayal przeprosiła go i na chwilę wyszła z lokalu. Wróciła przygnębiona, a po pięciu minutach dołączył do nich pewien Turek o niezwykle oryginalnym imieniu Mustafa.

Mustafa został Wowie przedstawiony jako narzeczony Hayal. Spowodowało to, że dobry nastrój Wowy ulotnił się bez śladu. Turek z gustownym wąsem przysiadł się do nich, mierząc Wowę wzrokiem wściekłego lemura. Nie wiadomo skąd przy ich stoliku pojawił się także Alfred. Było ich więc czworo do brydża, chociaż nie wszyscy o tym wiedzieli.

– *Kim bu denyo?* – wycedził Mustafa w stronę Hayal.

– Skarży się na dublińskie korki – przetłumaczyła dziewczyna ze sztucznym uśmiechem na ustach.

– Nie miał gdzie zaparkować wynajętego auta.

Alfred wybuchnął gromkim śmiechem.

– Przykro mi, Wowo, ale w ramach szkoleń psychoanielskich miałem obowiązkową naukę siedmiu języków. Jednym z nich był turecki. Ten wąsaty osobnik zapytał przed chwilą: „Co to za dupek?".

– Przekaż narzeczonemu wyrazy współczucia – odparł sztywno Wowa.

– Jeśli będziesz się tak zachowywał, to nie wytłumaczę kierowcy autobusu, że chcesz kupić bilet, i pójdziesz do hotelu pieszo – przetłumaczyła Hayal jego słowa narzeczonemu.

Turek opuścił wzrok, po czym wymamrotał coś niewyraźnie.

– Mam wrażenie, że on ci się podoba – przełożył Alfred. – Patrzysz na niego i myślisz tylko o tym, że jest przystojniejszy od twojego Mustafy.

– Mustafa mówi, że wyglądasz na sympatycznego człowieka i cieszy się, że może cię poznać – wyjaśniła Hayal.

– Przekaż narzeczonemu, że cała przyjemność po mojej stronie i że niezmiernie zazdroszczę mu pięknego wąsa.

Hayal zastanowiła się chwilę. „Żeby tylko mi się tu nie pozabijali" – przemknęło jej przez głowę.

– To jest jeden z dyrektorów, którzy uczestniczyli we wczorajszej konferencji – przedstawiła Wowę. – Jak dobrze pójdzie, może mi załatwić kilka nowych zleceń.

Mustafa posłał mu wymuszony uśmiech, po czym ponownie wbił wzrok w blat stolika. Hayal przyglądała się przez chwilę narzeczonemu, po czym przeniosła wzrok na Wowę. „Cholera, on jest naprawdę dużo fajniejszy od tego wąsatego palanta, którego wybrali mi rodzice" – pomyślała.

Wowa z trudem zachowywał spokój.

– Czy Mustafa ma jakiś problem?

– Pan Wowa pyta, czy się czegoś napijesz.

Mustafa błyskawicznie otrząsnął się z zamyślenia.

– Dawać raki! – wykrzyknął po turecku.

– Mówi, że chętnie napiłby się czeskiej kofoli. To by go trochę ożywiło, bo jest nieco zmęczony.

Wowa zamówił bezalkoholowy napój dla wąsatego Turka.

– Podoba wam się w Dublinie?

– Jest fantastycznie! – zachwyciła się Hayal. – Ta wielokulturowość, malownicze przedmieścia, setki pubów z rozśpiewanymi klientami...

– Mustafie też się podoba?

Hayal przetłumaczyła jego pytanie na turecki.

– Przecież wiesz, że jestem zgorszony tutejszą rozpustą! – odparł wyniośle Mustafa.

– Jest zachwycony tutejszą gościnnością.

– A tak w ogóle... – oburzał się dalej Turek – cały czas mam wrażenie, że ten koleś chce ci się dobrać do majtek!

– A tak w ogóle cieszy się, że będzie mógł się napić swojej ukochanej kofoli.

Kelner przyniósł Mustafie bezalkoholowy napój. Turek łapczywie przyssał się do szklanki i wychylił połowę za jednym zamachem, po czym mlasnął głośno i potrząsnął głową.

– Mocne sukinsyństwo!

– To odmiana irlandzkiej whiskey – wyjaśniła mu Hayal. – Nie mają tu raki.

– Powinniście spróbować Bailey'sa – podtrzymywał rozmowę Wowa. – Irlandczycy potencjalną porażkę przekuli w sukces. Mieli nadwyżkę produkcji whiskey i strasznie dużo mleka, którego nikt nie kupował. Połączyli oba składniki i uzyskali coś niepowtarzalnego.

Mustafa spojrzał na niego podejrzliwie.

– Spokojnie, kochanie – zainterweniowała natychmiast Hayal. – Nie muszę z nim iść do łóżka, żeby dostać te zlecenia.

– Gdybyś tylko spróbowała, jego *cojones* poznałyby, co to dżihad!

Hayal musiała się zastanowić, jak przetłumaczyć zdanie, w którym padły dwa popularne na całym świecie słowa.

– Mustafa najbardziej lubi alkohole... – zawahała się przez moment – ...które uderzają do głowy znienacka, niczym dżihad. Zamiast orzeszkami, zagryza je wielbłądzimi *cojones*.

Turek pokiwał głową, jakby chciał powiedzieć: „Tak właśnie jest, kolego".

Mustafa zainteresował się czeskimi dziewczynami siedzącymi przy sąsiednim stoliku. Kiedy im się przyglądał, Hayal zastanawiała się, czy podoba się Wowie.

– Nie masz wrażenia, że nasze spotkania są bardzo specyficzne?

Nie zważając na okoliczności, Wowa spojrzał dziewczynie w oczy.

– Myślisz, że następna specyficzność znowu pojawi się zupełnym przypadkiem? Macie jakieś plany na jutro?

– Chodzi ci o moje plany czy o plany mojego narzeczonego? – zapytała Hayal z wymuszonym uśmiechem.

Mustafa chyba instynktownie wyczuł napięcie, ponieważ wychylił drugą połowę kofoli, mlasnął, po czym zapytał, co się dzieje.

– Rozmawiamy na temat różnic w tłumaczeniach Bułhakowa – wyjaśniła mu Hayal.

– Nudziarze...

Wąsacz wbił wzrok w ekran telewizora. Właśnie nadawano transmisję z meczu piłkarskiego czeskiej ekstraklasy.

– Gdzie się zatrzymaliście?

– W hotelu w Dún Laoghaire.

Był to dobry znak. Dún Laoghaire leżało na trasie DART-a.

– Byłaś już w Bray?

Pokręciła głową.

Mustafa zerwał się z krzesła i w triumfalnym geście wyrzucił w górę obie ręce. Wyglądało na to, że Banik Ostrawa zdobył gola.

– Dojedziesz tam podmiejską kolejką. Spotkamy się o czwartej na plaży.

– *Fuck!* – wykrzyknął Mustafa z nienagannym angielskim akcentem.

Wypowiedź najwyraźniej była skierowana do Wowy, który się przestraszył, że Turek zrozumiał rozmowę. Szybko zorientował się jednak, że chodziło tylko o dopiero co zmarnowaną stuprocentową sytuację bramkową.

Dopili piwo i kofolę, po czym wyszli przed lokal. Niebo zaciągnęło się chmurami, z których w każdej chwili mógł spaść kolejny tego dnia deszcz. Sądząc po panującym wokół zgiełku i tłoku, nikt się tym nie przejmował. Wowa pożegnał się z Turczynką i jej narzeczonym, po czym ruszył w stronę stacji.

Kiedy spojrzał za siebie, zobaczył, jak Mustafa chwyta ją za rękę. Zrobiło mu się tak przykro, że przez chwilę poczuł nawet chęć sięgnięcia po dłoń Alfreda. Wrócili na główny plac dzielnicy, gdzie siwy mężczyzna – ze spokojem w jednym oku i szaleństwem w drugim – grał na gitarze nieznane im smęty. Z naprzeciwka nadeszła wysoka dziewczyna, ocierając chusteczką oczy. Uliczny muzyk natychmiast przerzucił się na *No woman, no cry*.

Alfred również sprawiał wrażenie przygnębionego. Obydwaj rozmyślali o spotkaniu z Hayal i jej narzeczonym. W pewnej chwili na drodze ich melancholii stanął Pavel, który wyszedł ze stacji Tara Street, do której zmierzał Wowa.

– Dzień dobry, kamracie! – ucieszył się na jego widok. – Dokąd to tak wcześnie idziemy?

– Ku domowi.

W głosie Wowy wyraźnie brzmiało zniechęcenie.

– Ojoj, słyszę smutek w pańskim głosie! Niech pan zmieni kierunek kroków i pójdzie ze mną, a już za trzy minuty znajdziemy się w miejscu, w którym zapomni pan o wszelkich smutkach świata doczesnego...

Być może Wowa był tak przybity, że gotów był na wszystko. A może po prostu znowu doszła do głosu jego nieasertywność? W każdym razie, posłusznie ruszył za Pavlem na drugą stronę rzeki. Kilka kroków z tyłu człapał Alfred. W pewnej chwili, przed zupełnie niepozornymi drzwiami jakiejś niepozornej kamienicy, Czech przystanął, skinął głową czarnoskóremu ochroniarzowi, po czym otworzył drzwi i ruszył długimi schodami w dół. To samo uczynił Wowa, za nim zaś szedł psychoanioł, który również skinął głową ochroniarzowi, mimo że ten nie zdawał sobie sprawy z jego istnienia. Schody zdawały się ciągnąć w nieskończoność. Wowa nie był w stanie uwolnić się od myśli, że to zapowiedź piekła, które mogło go czekać już za cztery dni.

Kiedy jednak dotarli na miejsce, szybko uznał, że nie ma nic przeciwko takiej piekielnej opcji. Równie szybko się zreflektował, że po Pavle nie należało się spodziewać niczego innego. Na środku czarciej komnaty znajdował się bar, przy którym siedziało kilka osób, w większości płci pięknej. Przy ścianach stały czteroosobowe stoliki obsadzone w podobnych proporcjach przez młodych ludzi. Jedyna różnica między mężczyznami a pięknymi dziewczynami znajdującymi się w lokalu polegała na tym, że mężczyźni byli ubrani, a dziewczyny – nie do końca. Ten miły dla oka widok można było obserwować dzięki padającym gdzieniegdzie czerwonym i fioletowym światłom. W pobliżu baru znajdowała się samotna metalowa rura. Dziewczyny zajęte były kursowaniem między klientami oraz słaniem im zalotnych spojrzeń i takich samych słów. Kiedy upatrzyły już sobie ofiarę, dosiadały się do niej i nawiązywały rozmowę.

Po raz kolejny tego dnia Wowa zamówił whiskey. Przyszło jej mieszać się w jego żołądku z ciemnym guinnessem. Ponieważ nie lubił wyróżniać się z otoczenia, odżywiał się głównie właśnie tymi potrawami.

Usiedli z Pavlem przy barze. Alfred znalazł bardziej interesujące miejsce. Po lokalu kręciły się niewiasty maści wszelakiej: blondynki, brunetki, rude, Murzynki, mulatki, skośnookie, Latynoski i jedno dziewczę o skórze pomalowanej zieloną farbą. Jej targetem byli radykalni ekolodzy i wegetarianie.

Niektóre z nich podchodziły kolejno do wszystkich mężczyzn i, niczym kasjerki w supermarkecie, pytały z uśmiechem: „Chcesz ze mną zatańczyć?". Przez chwilę Wowa był przekonany, że akurat trafił na biały taniec, a półnagie dziewczyny mają po prostu ochotę pląsać po parkiecie. Zmienił pogląd, kiedy rozejrzał się uważniej i dostrzegł, że lokal nie posiada parkietu. Odnotował także, że nie każda z tych miłych dziewczyn traktuje swoją pracę mechanicznie. Niektóre przez dłuższy czas szukały ofiary, po czym przystępowały do ataku, który zaczynał się następująco:

– Jak się nazywasz, przystojniaczku?

– Wawrzyniec – odpowiadał z niechęcią.

– A ja Hermenegilda! – oburzała się panna, po czym odchodziła, wielce urażona.

Wowa posiadał broń, która pozwalała mu odstraszać nieproszonych rozmówców. Nie mógł się tym poszczycić Pavel, który padł ofiarą uroczej Rumunki, z którą bardzo długo rozmawiał o swoich muzycznych pasjach i o nowym wzmacniaczu. Generalnie – o życiu. Po czterdziestu minutach dziewczyna była już tak znużona rozmową, że wypowiedziała ceremonialne „Chcesz ze mną zatańczyć?", czego Pavel chciał od samego początku, jednak zdążył o tym zapomnieć w trakcie swojego pasjonującego monologu. Dyskretnie umieścił w dłoni dziewczyny zwinięty banknot, ta przekazała go barmance, po czym udał się z piękną Rumunką za kotarę, gdzie dziewczyna miała pokazać mu, co to znaczy „taniec". Wowa zorientował się, że tam właśnie przebywa jego psychoanioł.

Po szybkim powrocie Pavla obok Wowy zjawiła się miła pani, której nie interesowało jego imię. Zapytała, czy dobrze się bawi i czy podobają mu się jej pośladki. Ze względu na wizję zbliżającej się śmierci oraz z powodu spotkania z Hayal i z byłą żoną bawił się jak na pogrzebie babci. Jednak pośladki dziewczyna miała boskie, co sprawiło, że Wowa zrezygnował ze swojej chwilowej nieprzystępności i stwierdził, że może z nią porozmawiać. Dziewczyna dosiadła się do niego i zaczęła opowiadać o różnych rzeczach, pomijając jednak świat gitar i brzmień; te tematy zarezerwował dla siebie Pavel, który siedział już przy barze z jakąś blondynką.

Przedstawiła się jako Samanta. Wowa zdawał sobie jednak sprawę, że to zupełnie inny przypadek niż jego, a imię dziewczyny jest całkowicie umowne. Miała na sobie ciemną, ale prześwitującą koszulkę, buty na obcasach i majteczki, które ciężko było dostrzec. Była Hiszpanką, przez co jej angielski niektórym wydawał się seksowny, innym zaś po prostu słaby i śmieszny. Mieszkała w Dublinie od dwóch lat. Przyjechała na studia, które mieli finansować jej rodzice. Przez pierwszy rok właśnie tak było. W trakcie przerwy wakacyjnej jej matka zaszła w ciążę, a ojciec uznał, że wystarczająco długo już utrzymywał córkę i lepiej żeby wzięła się w końcu do roboty, a nie ciągle siedziała pośród jakichś zagranicznych książek, z których i tak nie będzie żadnego pożytku. Familijne dofinansowanie się skończyło, lecz Samanta studiowała ekonomię, dzięki której wiedziała, że świat kręci się wokół dwóch rzeczy. O jednej dopiero dowiadywała się na uniwersytecie, postanowiła więc zarabiać drugą.

Pavel przez cały czas rozmawiał z blondynką, uparcie wpatrując się w jej na pół odkryty biust. Wykład na temat kompensacji dynamiki dźwięku musiał dziewczynę niezwykle zainteresować, ponieważ patrzyła na Czecha niemal tak, jakby był ostatnim mężczyzną na świecie. W pewnej chwili Pavel odwrócił się w stronę Wowy i wytłumaczył mu przyczynę swojego wielkiego powodzenia u kobiet.

– One wszystkie lecą na gitarzystów – powiedział z zadumą. – Ma to chyba swoje źródło w symbolice... Gitara to przedłużenie fallusa, bodajże. – Czech zamyślił się przez chwilę, gładząc podbródek palcami.

– Powiem ci szczerze, bracie, że muzyce zawdzięczam wszystko. Swoją gitarą dokonałem więcej niż czymkolwiek innym. Uwielbienie i podziw wszystkich kobiet zyskałem dzięki mojemu gibsonowi. – Zrobił kilkusekundową pauzę. – Pewnie gdyby nie muzyka, byłbym gejem... – rozmarzył się wyraźnie.

Wyznanie playboya Pavla wstrząsnęło Wową do tego stopnia, że zamówił kolejną szklankę whiskey. Samanta również wyglądała na zszokowaną, więc i jej zafundował ten pożywny trunek.

Obydwaj wrócili do rozmów z dziewczynami. Pavel ponownie zaczął mówić coś na temat jakości wzmacniaczy, przeplatając monolog komplementami na temat oczu blondynki. Nikt nie wiedział, o które oczy mu chodzi, ale blondynka sprawiała wrażenie usatysfakcjonowanej. Pavel spojrzał ponownie na jej wydatny biust i już miał skorzystać z jej tanecznych usług, już sięgał po portfel, kiedy poczuł niezdarnie zadany cios w twarz.

– Ty palancie skończony! – wykrzyknął ktoś po czesku.

Pavel się obrócił. Przerażenie i smutek zagościły na jego twarzy. Przed nim stała bowiem, całkiem ubrana, jego luba.

– O wszystkim już wiem! – krzyknęła Markéta, grożąc mu palcem wskazującym.

Czech spojrzał niepewnie najpierw na półnagą blondynkę, następnie na Wowę.

– Jak bardzo o wszystkim?

– O wszystkim, wszystkim – sprecyzowała ukochana.

– Ale ja tu jestem pierwszy raz... – Pavel zawahał się chwilę. – To Wowa mnie tu zaciągnął! Dzielnie stawiałem opór, ale on użył wobec mnie przemocy fizycznej i zaprowadził mnie tu, trzymając za uszy. Wiesz, jak to bolało? Ciągnął cię ktoś za uszy przez ponad kilometr?!

Markéta zastanowiła się chwilę. Wyraz jej twarzy nie dawał jednoznacznej odpowiedzi na to pytanie.

– Dobrze wiesz, że mówię nie tylko o tym!

Blondynka z Hiszpanką przyglądały się przez chwilę scenie zazdrości, po czym opuściły Pavla i Wowę i udały się w stronę kolejnych potencjalnych klientów.

– O wszystkich wiem! – Markéta krzyczała po czesku, lecz mimo barier językowych zdołała wzbudzić zainteresowanie osób siedzących przy sąsiednich stolikach. – O Włoszce, Japonce, Portugalce, Amerykance, Nigeryjce... O tej całej twojej chorej mapie... O tym, że wielce się tym szczyciłeś!

– Ale przecież nie zaznaczałem na mapie imion kochanek! To były tytuły piosenek zainspirowanych muzyką etniczną z danego regionu...

Półnaga barmanka pokiwała głową z politowaniem. Można by uznać, że rozumiała Markétę bez słów.

– Chyba nie myślisz, że uwierzę w te brednie! – Dziewczyna Pavla nadal mówiła podniesionym głosem, który co wrażliwsi określiliby jako krzyk. – O wszystkim nie dowiedziałam się przecież z głupiej mapy, tylko od twojego serdecznego kolegi, który serdecznie opowiedział mi historie twoich podbojów.

Zerknęła z pogardą na przechodzącą obok niej Rumunkę.

– Ale o Brazylijce pewnie nie wiesz? – zapytał nieśmiało Pavel.

Dziewczyna spojrzała na niego ze zdziwieniem.

– Ha! – wykrzyknął z zadowoleniem. – Nie zdążyłem nanieść jej na mapę!

– Jesteś chory...

Markéta nerwowo rozejrzała się wokół, po czym wyrwała Wowie szklankę z whiskey i rzuciła nią w głowę Pavla.

Wowa nieraz z nim pił i wiedział, że Pavel głowę ma całkiem mocną. Dzięki temu szklanka nie rozbiła się na nim, a dopiero na podłodze. Wywołało to tylko jeszcze większą frustrację Markéty. Pięści dziewczyny mocno się zacisnęły i zaczęły całkiem rytmicznie uderzać twarz jej byłego boga.

– Kochanie, uspokój się… – Pavel próbował mówić i jednocześnie robić niezdarne uniki.

– To był tylko seks…

Szczere wyznanie wzniosło poziom agresji u Czeszki na kolejne piętro. Jej wzrok przeniósł się w miejsce, które rządziło Pavlem i było wyłączną przyczyną całej awantury.

Cojones Czecha zostały zgniecione przez kolano Markéty.

– Aaaaa… – jęknął Pavel, po czym osunął się na podłogę.

Korzystając z tego, że przeciwnik obiema rękami zakrywa przyrodzenie, jego ukochana zadała mu jeszcze serię ciosów w potylicę, nos i zęby, a nawet zdobyła się na poważne szarganie świętości, szarpiąc go za włosy i pozbawiając tym samym fragmentów jego precyzyjnie wypielęgnowanej fryzury.

Ludzie przyglądali się całemu zajściu z pewnym zaciekawieniem, nikt jednak nie zdobył się na odwagę, by powstrzymać falę przemocy płynącą z pozornie słabych kobiecych rąk. Takiego przedstawienia nie mógł opuścić także psychoanioł. Przybiegł w podskokach, zaciekawiony, jak tylko usłyszał dźwięk tłuczonej szklanki.

– Kobieta go bije! – wyraził swój entuzjazm.

– Nigdy ze mną szczerze nie rozmawiałeś! – Markéta wypominała Pavlowi błędy, nadal go bijąc. – Od dawna nawet mnie nie przytuliłeś!

Dumny z siebie Alfred wskazał na Markétę.

– Obszary mózgu rozbudowane u kobiet to te, które odpowiadają za emocje, przywiązanie, więzi społeczne, mowę i języki. Mózg męski to pojęcia abstrakcyjne, kształty, przedmioty...

– Przecież kupiłem ci porządny samochód! – próbował się bronić Pavel. – Nic dla ciebie nie znaczą wakacje na Kanarach, laptop i kwiaty niemal codziennie?

Te słowa wprawiły Markétę w coś, co niesłusznie można by wziąć za ekstazę.

– Myślisz, że to jest dla mnie najważniejsze? Pewnie swoim międzynarodowym dupom też sprawiałeś piękne prezenciki!

Psychoanioł po raz pierwszy w swoim eterycznym życiu był niezwykle zadowolony z faktu uczęszczania na szkolenia z psychologii.

Pavel próbował się tłumaczyć ze swoich licznych kochanek. Czynił to do tego stopnia niezdarnie, że przez chwilę Wowa miał nawet zamiar podsunąć mu argument troski o przetrwanie gatunku ludzkiego. Wowa szybko wlał w siebie nową porcję whiskey. Nerwowa atmosfera trochę mu się udzieliła i miał nadzieję, że w ten sposób nieco uspokoi swoje rozdygotane wnętrze.

Markéta spojrzała na niego tak, jakby i on zrobił jej krzywdę.

– A ty się nie ciesz! – pogroziła mu palcem. – Dobrze wiem, że to ty go tu przyciągnąłeś za uszy!

Czwartek

Wowa obudził się z wielce ambitnym planem zmiany swojego życia. Aby go zrealizować, najpierw musiał przeżyć. W tym celu zamierzał odwiedzić tajemniczego człowieka o przezwisku Siniak. Cel wizyty był tylko jeden – zakup broni, dzięki której mógł wyprzedzić tę przedwczesną lafiryndę zwaną śmiercią.

Szczegółowo zaplanowane zmiany w życiu mają jednak to do siebie, że przypominają noworoczne postanowienia. Jakaś nieznana siła i tak kieruje wszystko na stare tory. Czasami tą siłą jest lenistwo, czasami jest nią bliżej nieodgadniony los. Czwartkowego poranka Wowa miał szczęście zetknąć się z tym drugim.

– Halo... – odebrał telefon, który niespodziewanie rozwrzeszczał się na niego swoim dzwonkiem.

– Czy rozmawiam z panem Łał... Łał... rii... raj... – w słuchawce zabrzmiało niepewne żeńskie dukanie po angielsku.

– Chyba tak...

– Artysta?

– Nie, emerytowany sprzedawca pierogów.

Po drugiej stronie rozległ się serdeczny śmiech.

– Ach wy, ludzie sztuki, nigdy nie przestajecie...

Wowa zadumał przez chwilę nad znaczeniem tych słów. Nie zdążył jednak dorobić im żadnego istotniejszego sensu, ponieważ przeszkodziła mu w tym informacja, którą usłyszał chwilę potem:

– Chcemy panu zaproponować indywidualną wystawę w Long Submarine Gallery.

Najpierw pomyślał, że to żart, po chwili jednak przypomniał sobie, że nikomu nigdy nie mówił o tym, że wysyłał tam swoje portfolio. Nie mógł mieć więc do czynienia z żartem. Miał do czynienia z szansą na spełnienie marzeń związanych ze swoimi specyficznymi projektami, i to nie byle jakich marzeń, lecz tych najśmielszych. Long Submarine Gallery nie była bowiem pierwszą lepszą galerią. Była najważniejszą galerią sztuki współczesnej w całej Irlandii. Owiana legendą, usytuowana w podziemiach jednej z hal w okolicach portu, nazwę wzięła od swojego podłużnego kształtu, ulokowania poniżej poziomu morza oraz od statków znajdujących się w pobliżu. Podczas wernisaży w Long Submarine Gallery widziano już niemal wszystkich znanych irlandzkich malarzy, fotografów, architektów, aktorów, muzyków, kompozytorów, pisarzy, a nawet kilku czołowych graczy futbolu gaelickiego. Podobno dwukrotnie pojawił się tam sam Banksy. Oczywiście incognito. Za pierwszym razem w charakterze szatniarza, w drugim przypadku jako drobny pijaczek, którego ostatecznie nie wpuszczono do środka. To wszystko dowodziło tylko, jak istotna była to galeria. Indywidualna wystawa w Long Submarine była zazwyczaj biletem w daleki rejs po szerokich wodach oceanu światowej sztuki współczesnej. Ci, którzy tu wystawiali, byli następnie zapraszani do najważniejszych galerii na całym świecie.

– Jest tylko jeden mały problem. – Rozmówczyni postanowiła w końcu sprowadzić Wowę na ziemię. – A w zasadzie problemy są dwa… Wernisaż chcemy zrobić w najbliższą sobotę. Tak, w najbliższą. Za dwa dni. Mamy też w zwyczaju prezentować dziesięć prac debiutującego u nas artysty. Wie pan, łatwiej je zapamiętać, ponumerować, a liczba dziesięć jest dosyć znacząca, symboliczna nawet, bym powiedziała. A z prac, które nam pan zaprezentował, wybraliśmy dziewięć. Jak łatwo się zorientować, brakuje jednej. Byłoby wyśmienicie gdyby mógł pan coś jeszcze dołączyć. Wie pan, jak będzie dziewięć, to ludzie zaczną tej dziesiątej wszędzie szukać. A z tego jeszcze się jakieś zamieszanie wywiąże niepotrzebnie. Zatem potrzebny jest jeszcze jeden projekt. Obojętnie jaki. Może to być rzeźba, fotografia, instalacja, happening. Najważniejsze, by zdążyć do soboty.

Wowa wziął zimny prysznic. Pomyślał, że trzeba się hartować przed nadchodzącymi dniami. Kiedy opuścił łazienkę, przed drzwiami czekał na niego Borys.

– Co, kocie? Głodny jesteś? Zaraz dostaniesz coś dobrego.

Kot spojrzał na niego z pogardą.

– Czy on zawsze będzie mówił tylko o potrzebach mojego żołądka?! – myślał głośno Borys. – A co z moją duszą? Czy ona nic dla niego nie znaczy? Czy on uważa mnie tylko za kawałek futra owiniętego wokół żołądka?

Borys obrócił się i schował pod łóżko, spod którego nadal słychać było jego czarne myśli.

– Jak żyć w tak nieuduchowionym świecie? Jak tu nie myśleć o śmierci, która mogłaby być jedyną bramą do świata metafizyki?

Wowa przejrzał swoją kolekcję płyt. Wybrał Griega, który doskonale pasował do duchowych poszukiwań kota. Otworzył szafkę z książkami, wyciągnął jedną i położył ją na podłodze. Było to *Mieć czy być* Ericha Fromma. Gdyby okazało się, że Borys potrafi nawet czytać, powinien poczuć się zadowolony.

W kuchni dowiedział się od Marka, że Markéta spakowała w nocy swoje rzeczy, zamówiła taksówkę i wyprowadziła się do koleżanki z pracy. Polak zdawał się być niezmiernie przygnębiony tym faktem. Wowę zdziwiła jego reakcja. Sytuacja była co prawda przykra, ale żeby od razu smutek z powodu wyprowadzki Markéty? Wowa wyczuwał w tym nutkę jakiejś podejrzanej perwersji.

– A co na to Pavel?

Zastanawiał się, czy Czech zacznie rozpaczać po stracie dziewczyny, czy może będzie jeszcze intensywniej uzupełniać swoją mapę.

– Poszedł z gitarą na Killiney Hill, żeby porozmyślać nad tym, kto mógł powiedzieć o wszystkim Markécie. Zamierza tej osobie urwać *cojones*.

– Hm... Byłby to bardzo romantyczny gest.

Marek podszedł do okna. Przyjrzał się uważnie tęczy formującej się nad okolicą.

– Zaczynam obawiać się tego romantyzmu.

– Wyluzuj, bracie. Turcy zajadają przy piwie wielbłądzie *cojones*, to i my możemy spróbować tego, co przyniesie nam Pavel.

Marek gwałtownie zgiął się wpół, po czym zwymiotował do zlewozmywaka. Wowa zdawał sobie sprawę z tego, że geje bywają wrażliwi, ale nie wiedział, że aż tak bardzo.

– Ulala... – skomentował najsubtelniej, jak potrafił.

Rodak spojrzał na niego z wyrzutem, trzymając się ciągle za brzuch.

– Nawet nie mów takich rzeczy!

– OK, już nigdy nie wspomnę przy tobie o kulinarnych zwyczajach obcych kultur.

Marek z trudem się wyprostował, po czym podszedł do drzwi, rozejrzał się, by sprawdzić, czy nikogo nie ma w pobliżu, a następnie wrócił do rozmowy, przerażając Wowę swoim z lekka opętanym wzrokiem.

– To ja powiedziałem o wszystkim Markécie! – Marek zdecydował się na swój kolejny w życiu *coming out*. – Musiałem to zrobić.

Przez głowę Wowy przemykały najróżniejsze myśli i osoby. Był wśród nich nawet Konrad Wallenrod.

– Ty teraz tego nie zrozumiesz... – Marek oddychał ciężko. – Ale pewnie za dwa, trzy dni wszystko będzie jasne. Będziesz wiedział, dlaczego to zrobiłem.

Marek zacisnął pięści i uderzył nimi kilkukrotnie w ścianę, wykrzykując przy tym jedno z najpopularniejszych słów w Polsce.

Wowa najadł się do syta, kotu pozostawiając na śniadanie wyłącznie strawę duchową. Następnie wypił dwie kawy, których smak wzbogacił trzema pożywnymi papierosami. Wychodząc do ogródka, udało mu się zlokalizować swojego psychoanioła, który leżał sobie uśmiechnięty na trawniku i przyglądał się tęczy.

Opuścili dom, który czekała wojna polsko-czeska, i udali się tam gdzie zwykle, czyli na stację DART-a. Tuż przed wejściem Wowa dostrzegł Czecha z gitarą. Swobodę jego słynnych włosów ograniczała przepaska we wzór moro, co w dość mało subtelny sposób oznaczało, że kolega nie jest w nastroju pozwalającym się cieszyć przyjazną pogodą, łagodnie szumiącym morzem, zielenią pobliskich wzgórz i podobnymi dobrodziejstwami świata. Kolega był w nastroju bojowym.

– Wkurwiony jestem – powitał go Pavel. – Na całego jestem wkurwiony.

Aby poprawić mu nieco humor, Wowa potraktował jego opaskę tanim komplementem.

– Dzięki, stary – Czech zalotnie poprawił fryzurę.
– Myślisz, że laskom też się spodoba?

Po usłyszeniu twierdzącej odpowiedzi Pavel wyciągnął z kieszeni skórzanej kurtki ciemne okulary. Spojrzał w niebo, założył je, po czym uśmiechnął się, sprawiając wrażenie osoby całkowicie z siebie zadowolonej.

– Ale... – uśmiech Pavla na chwilę oklapł – i tak nie daruję temu, który powiedział o wszystkim Markécie. Wykastruję go dziadkiem do orzechów!

Od strony Bray było już słychać zbliżający się pociąg, w związku z czym Wowa musiał zakończyć tę przemiłą konwersację. Pavlowi chyba też było przykro z powodu ich rozstania, ponieważ zagrał na gitarze fragment sonaty b-moll Fryderyka Chopina, znanej powszechnie jako marsz pogrzebowy.

Niebo od strony morza było już niemal całkiem bezchmurne. Niechciane brudy niebios zostały wypchnięte przez wiatr w głąb wyspy, tak aby z zewnątrz wszystko wyglądało nieskazitelnie. Nawet pogoda stosowała czasem ludzkie schematy. A może to ludzie postępowali niekiedy zgodnie z naturą? Błękit w leniwe południa zdawał się bliżej irlandzkiej ziemi niż innych miejsc. Wowa obawiał się trochę, że w ten sposób zbliża się do niego, dając mu czas na przyzwyczajenie.

Pięknie niebieskie obawy przerwał SMS: „Czy kochałeś się już na zboczu klifu? Marzenia mogą się spełnić...". W pierwszej chwili pomyślał, że to jakiś SMS-owy konkurs prowadzony przez operatora sieci. Coś w rodzaju: „Wygraj nowy telefon albo ekscytujący weekend na wybrzeżu z naszymi hostessami". Autorką wiadomości okazała się jednak jego była żona.

Zostawił wiadomość bez odpowiedzi i udał się na północ miasta, by dokonać poważnego zakupu. Po drodze zastanawiał się, jaka broń będzie najbardziej odpowiednia.

– Żadna – stwierdził stanowczo psychoanioł.

Wowa przyjrzał mu się uważnie, licząc na to, że usłyszane przed chwilą słowa okażą się żartem. Twarz Indianina pozostawała jednak niewzruszona.

– Chcesz zabijać, żeby żyć?

Pogładził się po swoich długich czarnych włosach. Wowa dopiero teraz dostrzegł, że śnieżnobiały fartuch Alfreda wciąż nie stracił nic ze swej świeżości.

– Nie mam zamiaru nikogo zabijać! – Spojrzał wprost w ciemne indiańskie oczy. – Nie mogę jednak pozostać bez niczego. Potrzebuję tej broni chociażby jako najzwyczajniejszego straszaka.

– Straszaka możesz kupić w każdym sklepie z zabawkami. I jaka przy tym oszczędność!

Ten pomysł nie przypadł Wowie do gustu.

– Ten pomysł nie przypadł mi do gustu – stwierdził stanowczo.

– Nie mogę cię do niczego zmusić. – W oczach psychoanioła pojawił się żal. – Moim obowiązkiem jest jednak poinformować cię, że nie powinieneś tego robić. I że ja z pewnością nie pójdę tam z tobą.

– Do mieszkania Siniaka?

– Właśnie.

Psychoanioł skrzyżował ręce na klatce piersiowej w geście obrazy.

– Dlaczego?

– Takie mamy zasady!

Alfred odwrócił się od Wowy i wbił nos w szybę pociągu. Przez kilka minut przyglądał się uważnie tęczy. Kiedy tory skręciły, przez co widoki za oknem nabrały znacznie bardziej industrialnego charakteru, powrócił do rozmowy.

– Nigdy nie pojawiamy się w miejscach, gdzie są duże skupiska broni. Taka jest zasada. To nie my produkujemy broń. To ludzie sami sobie stwarzają niepotrzebne problemy. Nas przy tym po prostu nie ma. Prawdopodobnie dlatego na wojnach ginie tyle osób. Słyszałeś kiedykolwiek o psychoaniele na wojnie?

Wowa również skrzyżował ręce na klatce piersiowej w geście obrazy.

– Wystarczy, że wcześniej nie słyszałem o waszym istnieniu.

Odwrócił się od Alfreda i wbił nos w szybę pociągu, urażony faktem, że psychoanioł nie chce mu pomóc w tak ważnej sprawie.

Po kilku minutach ciszy wysiadł samotnie na Connolly Station. Miał stąd bliżej do mroczniejszej, północnej części centrum. Zresztą, jakakolwiek północ kojarzyła się Wowie zawsze z czymś złym. Nawet kiedy w wieku kilku lat oglądał serial *Północ-Południe*, kibicował wówczas Południu, bo kojarzyło mu się z czymś znacznie jaśniejszym i cieplejszym.

Dotarł na miejsce, do obskurnego mieszkania Siniaka. W środku panował półmrok, a jedyne okno wychodziło na podwórze, na którym okoliczni złodzieje mieli w zwyczaju palić kradzione samochody. Mieszkanie składało się z jednego pokoju, aneksu kuchennego oraz niewielkiej łazienki. Ściany wszystkich pomieszczeń miały kolor zmęczonej życiem bieli. Umeblowanie jedynego pokoju stanowiły jednoosobowy materac oraz ogromna szafa, która pamiętać mogła nawet czasy sprzed odzyskania niepodległości przez Irlandię. Gospodarz sprawiał jednak wrażenie zadowolonego z lokalu.

Siniak był łysym i tęgim czterdziestolatkiem, ubranym w biały podkoszulek, niczym bohaterowie amerykańskich filmów sensacyjnych. Na oko miał około dwóch metrów i sześciu centymetrów wzrostu. Sprawiał wrażenie profesjonalisty, z którym nie powinno się żartować, rozmawiać o pogodzie ani degustować guinnessa. Nie zadawał zbędnych pytań, wręcz sam zaczął się tłumaczyć, że wybór ma niewielki, ponieważ na co dzień zajmuje się handlem zupełnie innym towarem. Wowa także postanowił pominąć niewygodne pytania.

Handlarz wyciągnął zza materaca lotniczą walizkę. Otworzył ją i pokazał pierwszy przedmiot.

– Browning, kaliber dziewięć milimetrów– Spojrzał z dumą na broń. – Środkowoeuropejska, czeska produkcja. Pistolet działa na zasadzie odrzutu swobodnego zamka. Posiada dwurzędowy magazynek oraz przyrządy celownicze umożliwiające strzelanie w złych warunkach oświetleniowych.

Przydałby się, gdybym spodziewał się jednocześnie mordercy i awarii prądu – pomyślał Wowa.

Siniak zadumał się przez chwilę, po czym podszedł do olbrzymiej szafy. Zaczął szperać pomiędzy bluzami dresowymi i starymi skarpetkami, by w końcu wyciągnąć coś znacznie większych rozmiarów.

– AK, znany na całym świecie jako kałasznikow. – Uśmiechnął się, prezentując braki w uzębieniu. – Magazynek mieści trzydzieści pocisków kalibru siedem sześćdziesiąt dwa, waga: około czterech kilogramów. W skład zestawu wchodzą olejarka dwukomorowa, przybornik i wycior.

Ho, ho, no jak dają wycior, to biorę! – Wowa znów zakpił sobie w myślach, po czym kiwnął głową z uznaniem i dał znać, że czeka na więcej.

– Na koniec chciałbym przedstawić rewolwer ruger KGP. – Siniak położył kałasznikowa na materacu i powrócił do swojej podróżnej walizki. Wyciągnął z niej coś, co od razu spodobało się Wowie: srebrny rewolwer z drewnianą rękojeścią. – Jest to magnum, kaliber trzy pięć siedem. Magazynek mieści sześć pocisków.

Wowa przyjrzał się broni i stwierdził, że chyba przeważą względy estetyczne. Był wszak miłośnikiem piękna, a ponadto rewolwer wydawał mu się czymś bardzo romantycznym. Nawet jeśli nie dawali do niego wycioru.

Siniak podszedł do Wowy z bronią w ręku.

– Sprawdź, czy dobrze leży w dłoni.

Wowa był bliski przejęcia rewolweru, kiedy w lokalu niezwykle głośno rozbrzmiały słowa piosenki: „Małgośka, mówią mi, on nie wart jednej łzy, oj głupia ty, głupia ty, Małgośka, wróżą z kart, on nie jest grosza wart, a weź go czart, weź go czart". Wowa i Siniak spojrzeli na siebie ze zdziwieniem. Zaskoczenie handlarza miało związek z natężeniem dźwięku, co skomentował krótkim, a treściwym pytaniem: „What the fuck?". Zaskoczenie Wowy wiązało się najpierw z tym, że u irlandzkiego handlarza bronią usłyszał polską piosenkę, następnie z tym, że wydobywała się ona z jego własnego telefonu, mimo że nigdy jej tam nie wgrywał, a na koniec z tym, że wyświetlacz pokazywał wyraźnie, że jest to dzwonek sygnalizujący próbę połączenia z rozmówcą o nazwie „Odbierz Natychmiast". Wowa natychmiast odebrał. Zrobił to odruchowo, by jak najszybciej wyłączyć dzwonek świdrujący w uszach.

– Wyjdź natychmiast! – usłyszał w słuchawce.

Siniak spojrzał na Wowę ze zdumieniem.

– Przepraszam na chwilkę. – Wowa przeprosił handlarza i rozpoczął rozmowę telefoniczną. – Chcesz mnie zabić?

Handlarz, choć nie rozumiał zadanego po polsku pytania, zdawał się z lekka poirytowany.

– Nie dotykaj tej broni! – krzyknął rozpaczliwie psychoanioł.

– O czym ty mówisz? Czy ty naprawdę chcesz mi pomóc?

Siniak chrząknął ze wzburzeniem, dając Wowie prawdopodobnie do zrozumienia, że ten zachowuje się co najmniej nietaktownie, zostawiając go samego z rewolwerem i oddając się dyskusji przez telefon.

– To potrwa tylko sekundkę – Wowa wyjaśnił swoje faux pas, po czym powrócił do rozmowy z psychoaniołem. – Chcesz, żebym nie kupił broni i dał się zabić?

– Nie dotykaj niczego! – krzyknął Alfred.

– Czego nie dotykać?

– Niczego! – z rozpaczą w głosie wykrzyczał psychoanioł. – Nie bierz do ręki żadnej broni. Wszystko było używane. Bardzo źle używane... Od tej broni ginęli niewinni ludzie. Niektórzy może i nie byli najświętsi... W sumie, to wyłącznie bankierzy i handlarze narkotyków. Typowe porachunki półświatka.

– I w związku z tym ja mam dać się zabić tak samo jak oni? – oburzył się Wowa. Jego wzburzenie udzieliło się Siniakowi, który zaczął nerwowo wymachiwać rewolwerem.

– *Fuck, man.* To nie jest budka telefoniczna.

– Jesteś aż tak wypruty z uczuć czy do tego stopnia brakuje ci wyobraźni? – oburzył się głos w słuchawce. – Pomyślałeś o tym, jak będziesz się czuć, mając przy sobie broń, którą zabito kilka osób? A jeśli już twoje serce jest aż takie puste, że nie robi to na tobie żadnego wrażenia, jeśli nie potrafisz go użyć, skorzystaj chociaż z rozumu. Oni tylko czekają na to, aż ktoś kupi tę broń. Albo przynajmniej zostawi na niej odciski palców. Od razu znajdzie się sprawca tajemniczych morderstw dokonanych w ciągu ostatnich kilku lat. Już widzę te nagłówki w prasie: *Wowa – seryjny morderca*, *Psychol z galerii...*

– Skąd twoja pewność, że to właśnie ta broń?

Siniak na chwilę przestał wymachiwać Wowie przed oczami rugerem KGP. Gangsta-raperskie ruchy zdawały się nie przynosić żadnych rezultatów, podszedł więc do materaca, podniósł z niego kałasznikowa, załadował magazynek i wymierzył lufę prosto w Wowę.

– *Fuck*, kończ już tę rozmowę! Jesteś skończonym chamem!

– Jeśli chcesz po raz kolejny sprawdzać moją wiarygodność, powiem ci tylko, że ten pistolet maszynowy ma po lewej stronie dwudziestocentymetrową rysę – wyjaśnił Alfred. – Widzisz ją?

Wowa lekko odsunął słuchawkę od ucha, po czym wyciągnął szyję, by przyjrzeć się bliżej wymierzonemu w niego kałasznikowowi.

– Rzeczywiście, jest rysa.

– *Voilà!* – ucieszył się psychoanioł. – Skoro wszystko jest jasne, możesz teraz opuścić to szemrane lokum.

Wowa ponownie przyjrzał się broni.

– Mogę mieć z tym pewne trudności...

– *Foooock!* – wrzasnął handlarz z irlandzkim akcentem w sposób tak desperacki, że z jego ust wydobył się dźwięk zbliżony do falsetu nastolatka. Można by pewnie wytłumaczyć to poważną kontuzją odniesioną na placu boju.

– Słyszę jakieś krzyki – zdziwił się Alfred. – Czy coś się stało?

– Jeszcze nie – odparł Wowa z udawanym spokojem. – Ale ktoś celuje do mnie z kałasznikowa.

– Co? – Wystraszył się psychoanioł. – Co się tam dzieje?

– Chyba popełniłem faux pas. To nie jest budka telefoniczna.

– Rozumiem – westchnął psychoanioł.

– Mogłem wykupić wszystkie części kursów korespondencyjnych... – W głosie Wowy zabrzmiał szczery żal.

– Nie wiem, czy to by pomogło. – W słuchawce na kilkanaście sekund zapanowała cisza. – A może po prostu skończymy tę rozmowę?

W mieszkaniu i w słuchawce ponownie zapadła cisza. Wowa zamyślił się nad propozycją Alfreda, przyglądając się przy tym uważnie Siniakowi.

– Chyba jest już na tyle zły, że nawet i to może nie pomóc. Mam wrażenie, że chce mnie zastrzelić...

– Spokojnie, dzisiaj jest czwartek – ucieszył się Alfred. – Ty możesz umrzeć tylko w niedzielę.

Wowa odetchnął z ulgą i uśmiechnął się do handlarza.

– Chociaż... – psychoanioł zawahał się przez chwilę. – Istnieje możliwość, że dzisiaj zostaniesz postrzelony z karabinu, następnie przez trzy dni będziesz się wykrwawiać, by w końcu, na skutek powikłań, odejść w niedzielę.

– Co?! – Wowa krzyknął tak, że Siniak podskoczył ze strachu, o mało nie naciskając przez to spustu kałasznikowa.

– Nie martw się, Wowa, mam pomysł! – ucieszył się po chwili psychoanioł. – Jak wygląda ten facet?

– To jest teraz takie istotne? Chcesz się z nim umówić na randkę?

– Mały, ciemna karnacja i dredy czy może łysy, na oko ma około dwóch metrów i sześciu centymetrów?

– Raczej to drugie.

– Wyśmienicie! – Alfred ucieszył się jeszcze bardziej. – Wiem o nim naprawdę wiele. Kiedyś prenumerowałem miesięcznik „Najtrudniejsze Misje Anielskie". Nie będę się teraz wdawać w szczegóły, ale przypadek twojego znajomego był tam dosyć szeroko omawiany. Możesz z tego wybrnąć w bardzo prosty sposób. Musisz tylko powiedzieć mu, że rozmawiasz z mamą...

– Chcesz, żeby ten wariat rozstrzelał mnie zaraz serią z kałasznikowa?!

– Wowo, człowieku małej wiary...

Wowa potarł czoło, spojrzał we wściekłe oczy Siniaka i w mały punkcik, z którego w każdej chwili mogła się wydobyć seria strzałów. Uśmiechnął się porozumiewawczo i wskazał na telefon.

– Mamuśka dzwoni...

Twarz Siniaka posiniała z wściekłości.

– Kłamiesz! – Ścisnął mocniej broń w dłoniach. – Pokaż telefon!

Podszedł jeszcze bliżej, wycelował lufę w sposób jeszcze bardziej ostentacyjny i asertywnie poprosił o pokazanie telefonu. Wowa był już przygotowany na przejęcie broni i szaleńczą ucieczkę, ale okazało się to niepotrzebne. Gdy tylko Siniak zerknął na wyświetlacz, wszelkie objawy złości znikły z jego twarzy.

– Przepraszam bardzo za swoje zachowanie – wydukał, zmieszany, chowając broń do szafy. – Nie wiedziałem, że to telefon od mamusi.

Wowa ze zdziwieniem spojrzał na swoją komórkę. Na jej ekranie wyświetlał się wielki napis „Mama".

– Proszę się rozgościć. – Siniak wskazał ręką na stary materac. – Proszę sobie w spokoju dokończyć rozmowę.

Propozycja była kusząca, tym bardziej że Siniak zaproponował również mrożoną herbatkę i krakersy. Wowa zaryzykował jednak kolejne faux pas.

– Bardzo dziękuję za miłą propozycję, ale korzystając z dogodnej okazji, pozwolę sobie kontynuować rozmowę na klatce schodowej. Wie pan, zasięg słaby,

a im bardziej przerywa, tym bardziej mamusia zanie-
pokojona.

– Nie pozwolę na to... – W głosie handlarza ponownie zabrzmiał stanowczy ton. Siniak szybkim
ruchem sięgnął do szafy. Wowa był już przekonany,
że cała historia z telefonem od mamusi nie odniosła
pożądanego skutku i jego rozmówca ostatecznie postanowił go zastrzelić za aroganckie prowadzenie rozmowy telefonicznej.

– Nie pozwolę na to... – powtórzył handlarz, wyj-
mując z szafy jakiś przedmiot – ...by mój gość podczas rozmowy z mamą nie poczęstował się nawet
herbatą.

Wowa otrzymał wielki metalowy kubek, do którego łysy handlarz bronią przelał mrożony napój z pół-
litrowej plastikowej butelki. Wowa podziękował
uprzejmym skinieniem głowy, opuścił lokal i powrócił do rozmowy telefonicznej.

– Skąd wiedziałeś o mamusi?

– Z kursów – odparł z powagą psychoanioł. – Wiedziałem o nim tylko tyle, że nienawidzi ludzi, bo
przypominają mu jego ojca. Domyśliłem się więc, że
musi zatem kochać swoją mamę. Bo przecież trzeba
kogoś kochać.

Wowa spokojnym krokiem ruszył w dół po schodach. Na ulicy czekał już na niego Alfred. Wowa po-

dziękował mu w myślach. Akurat w tym przypadku całkowicie to wystarczyło.

Ponownie znaleźli się w kolejce DART, tym razem bogatsi o metalowy kubek z herbatą. Wowa próbował ochłonąć, jednak wydarzenia dnia nie bardzo mu na to pozwalały. Jak tylko zapomniał na chwilę o Siniaku, jego myśli zaczęły natarczywie krążyć wokół Long Submarine Gallery.

– To pewnie był jakiś głupi żart – powiedział sam do siebie i wyciągnął telefon, w którym od dawna miał zapisany stacjonarny numer galerii, w której składał kiedyś swoją aplikację.

– Siofra O'Sullivan, Long Submarine Gallery, w czym mogę pomóc?

Wowa rozpoznał głos, który słyszał podczas porannej rozmowy.

– Dzień dobry, tu Wowa... – przyznał szczerze.

– O, miło, że pan dzwoni! – ucieszyła się Siofra. – Jak idą przygotowania do dziesiątego projektu?

– Doskonale.

Do Wowy w końcu dotarło, że poranny telefon nie był jednak żartem.

– Cieszę się bardzo. W czym zatem możemy jeszcze panu pomóc?

Wowa zastanowił się chwilę nad tym, czego w zasadzie chce.

– A w zasadzie to co miałbym jeszcze zrobić?

– Właściwie nic – uspokoiła go Siofra. – Wszystko już przygotowaliśmy. Mamy już wszystko, co niezbędne. Nawet jeśli chodzi o te miejskie ławki, dajemy sobie radę. Trzy udało się nam już znaleźć, odinstalować i przewieźć do galerii.

Minęli stację Dún Laoghaire. Zaczął padać deszcz, choć jeszcze dwadzieścia minut wcześniej niebo było całkiem czyste. Wowa miał wystarczająco dużo czasu, by przyrządzić sobie obiad, wypalić kilka, a może nawet kilkanaście papierosów, i dopiero po tym wybrać się na spotkanie z Hayal. Była duża szansa, że dom będzie pusty, dzięki czemu mógłby w końcu pohasać trochę nago, co zawsze dawało mu wiele satysfakcji.

Niestety, ktoś był w środku. I to nie tylko Alfred, którego Wowa zapomniał uwzględnić w swoich naturystycznych planach. Z pierwszego piętra dobiegały dziwne hałasy, być może było to nawet przestawianie mebli. Wowa poszedł utwierdzić się w przekonaniu, że Pavel robi przemeblowanie po wyprowadzce Markéty. Pavla jednak nie było. Zajrzał do pokoju chłopaków. Na podłodze walały się porozrzucane ubrania, kosmetyki i płyty. Na środku stał Miguel, a wokół niego leżały dwie torby i walizka. Wowa zapytał go, czy wyjeżdża na dłuższe wczasy, ale Miguel nie chciał rozmawiać. Był pochłonięty składaniem swoich ubrań. Odezwał się dopiero po pięciu cichych minutach.

– Wracam do Stanów.

Z wyprowadzką Markéty Wowa mógł jeszcze się pogodzić, ale kiedy dom opuszczała już druga osoba w ciągu tygodnia, zaczynał przeczuwać ponurą atmosferę końca.

– A co z Markiem?

Miguel przerwał składanie ubrań i wbił wzrok w walizkę.

– Nie wiem… – Zastanowił się chwilę. – Wiem tylko to, że dłużej tak nie potrafię. Marek już o wszystkim wie.

Wowa nie miał pojęcia, o czym Marek już wiedział.

– O Travisie – wyjaśnił w końcu Meksykanin. – Przyleciał tu z Los Angeles specjalnie dla mnie. Przez pewien czas spotykaliśmy się w tajemnicy. Przedwczoraj powiedziałem o wszystkim Markowi.

Wowa miał wrażenie, że czas zataczał jakieś dziwne koło. Może było ono wytworem chorej wyobraźni, potrzebą usystematyzowania rzeczywistości? Coś musiało być z Wową nie tak, choćby dlatego że przyszło mu przeżywać po raz drugi ten sam tydzień życia. Czyżby wszystkie zegary świata najzwyczajniej kłamały?

Po raz trzeci tego dnia Wowa znalazł się na stacji DART-a, która ponownie ucieszyła go billboardem przedstawiającym odkurzacz trzymany przez „Van Helsinga hrabstwa Wicklow i południowych dzielnic Dublina". Tym razem czekała go bardzo krótka podróż. Znowu poprosił Alfreda, żeby go opuścił. Samotność, a następnie bycie z Hayal wyłącznie w cztery oczy były tym, czego potrzebował najbardziej.

Stacja Bray przywitała się malowidłami w konwencji socrealizmu. Wowa opuścił dworzec i ruszył ciasną uliczką w stronę plaży. Niebo znowu się rozjaśniało, spodziewając się ich spotkania. Jednak niebiosa czasem miewały dobre zamiary względem Wowy.

Usiadł na kamienistej plaży. Na nic lepszego w okolicy nie mógł liczyć. Akurat wpatrywał się w spokój morza, kiedy dostał kolejnego SMS-a od swojej byłej żony: „Pamiętasz wieżę widokową?".

Oczywiście, że pamiętał. Już nigdy później nie kochał się, mając przed sobą tak szeroką perspektywę.

Hayal pojawiła się punktualnie.

– Hayal... – spróbował przywitać się onieśmielony Wowa.

Turczynka się zaśmiała.

– Przecież nie mam na imię Al.

Zanim weszli na górę, widoczną nie tylko w całym Bray, lecz także z całego pobliskiego wybrzeża, odczytali na głos wszystkie swoje myśli. Co prawda, Wowa miał ułatwione zadanie, ale jak wytłumaczyć to, że Hayal wiedziała o nim co najmniej tyle, co on sam? Weszli na najwyższą górę w okolicy, ale może to jeszcze wyższa góra z góry to wszystko zaplanowała? I widziała to tak: oto wchodzą, wpatrzeni i wsłuchani w siebie, nie zwracając zupełnie uwagi na stromiznę ścieżki, że niespodziewany deszcz, choć słaby, jednak zaczyna padać, że co chwilę mijają ich schodzące w dół kilkuosobowe grupy turystów wystraszonych możliwością ulewy. Kiedy po mniej więcej godzinnej wędrówce docierają na szczyt, wiedzą już o sobie więcej niż najlepsi przyjaciele. I zamiast spoglądać na okoliczności przyrody – zatokę, morze, okoliczne wzgórza i miniaturki miasteczek znajdujących się nieopodal – siebie tylko oglądają, siebie doglądają z niepewnością małego kota, który udaje, że wszystko w porządku, wszystko pod jego kontrolą, jednak zerka co chwilę niepewnie w obawie, że pan zaraz wyjdzie z domu i nigdy już nie wróci. Wśród wszystkich swoich różnic wynajdują coraz więcej podobieństw, coraz więcej wspólnych miejsc, dosłownych i niedosłownych. Widzą podobieństwa w swoich ufnościach, widzą podobieństwa w swoich lękach, widzą to samo w swoim Paryżu, w którym nigdy nie byli, celowo omijając go przez lata, by w końcu znaleźć się w nim z tą najwłaściwszą osobą, która tak samo tego wyczekiwała. Widzą siebie oglądających *Casablancę*. Nigdy jej nie widzieli, tak samo obydwoje wyczekując kogoś, kto będzie czuć tak samo, kogoś, z kim obejrzy się ją i pierwszy, i ostatni raz.

Wypowiadają myśli od lat kłębiące się w nich i czekające na zrozumienie, tłumią swoje lęki, by jeszcze zdążyć z Paryżem, by zdążyć z *Casablancą*. Pada na nich deszcz i padają na nich strumienie światła, prześlizgujące się spośród chmur kłębiących się nad morzem. I tak przez kolejne, mniejsze już wzgórza spacerują, aż zupełnym przypadkiem znajdują się na polu golfowym, pośród tych wszystkich piłeczek, dołków i meleksów, pośród zdziwionych emerytów, ani trochę niezdziwieni swoim zbłądzeniem, a ciągle sobą zadziwieni.

– Jedźmy dokądś...

Pospiesznie zeszli do stacji Greystones. Wowa nie wiedział nawet, jak długo jechali do Dún Laoghaire ani dlaczego akurat tam, a nie do jego domu. Czas znowu prowadził swoje dziwne gierki, pozostawiając ich w spokoju.

W jakiś sposób znaleźli się w hotelu, w jakiś sposób byli już w pokoju Hayal. I pewnie byłoby im tam całkiem dobrze, gdyby nie to, że po niespełna dwóch minutach usłyszeli odgłos klucza przekręcanego w zamku. Drzwi otworzyły się i stanął w nich Mustafa z nadzwyczajnie głupią miną.

Turek spojrzał na Wowę, przerzucił wzrok na Hayal, po czym w oczach zapłonęło mu coś, co nazwać by można żądzą krwi. Być może to szkodliwe dla zdrowia uczucie sprawiło, że Mustafa podbiegł do kominka, gdzie leżał całkiem spory i całkiem metalowy pogrzebacz. Zgodnie z przewidywaniami Wowy, złapał pręt i wymierzył w głowę mężczyzny.

Wowie było niezmiernie przykro, że on sam akurat nie miał pod ręką żadnego pogrzebacza. W sytuacjach kryzysowych wypada jednak zachować spokój, a bronić należy się za pomocą wszelkich możliwych środków. Rewolwer pozostał u Siniaka. Jedynym znajdującym się w pobliżu środkiem obronnym była zatem półtorametrowa lampa podłogowa.

Postanowił działać z zaskoczenia, więc na dobry początek rzucił w Mustafę abażurem. Turek chyba się tego nie spodziewał, ponieważ nie zrobił żadnego uniku, przez co oberwał w lewe ucho. Spojrzał na Wowę ze zdziwieniem i powiedział coś w swoim języku. Prawdopodobnie był to odpowiednik polskiego „auć". Po chwili zwątpienia Mustafa przystąpił do ofensywy. Próbował przeciąć Wowę na pół pogrzebaczem, ten jednak, aby zapobiec tak nie-szczęśliwemu obrotowi sprawy, postanowił bronić się za pomocą pozostałości lampy.

Mniej więcej po trzydziestej próbie uczynienia Wowy dwiema martwymi istotami Turek zaczął zdradzać pierwsze oznaki zmęczenia. Tymczasem Wowa starał się uderzyć przeciwnika lampą w najważniejszą część ciała, czyli w głowę – niestety bez powodzenia. Postanowił zatem wykorzystać fakt, że jego broń posiadała coś, czego pogrzebacz Mustafy nie miał. Chodziło o najzwyczajniejszy w świecie kabel. Uczynił zeń lasso, co nieco zaskoczyło Mustafę, po czym za pomocą tego przyrządu odebrał broń adwersarzowi. Wykorzystując zaskoczenie Turka, uderzył go następnie w część ciała, którą podobno raczył wyjadać wielbłądom.

Mustafa zwinął się wpół, ułatwiając Wowie zadawanie kolejnych ciosów, a kiedy leżący na podłodze Mustafa zaczął nucić pod nosem jakąś melancholijną pieśń z Bliskiego Wschodu, Wowa ostrożnie, acz stanowczo przywiązał go do łóżka. Oczywiście, za pomocą kabla od swojej ulubionej lampy.

Sądząc po minie Hayal, dziewczyną targały sprzeczne uczucia. Nie zastanawiając się, komu tak naprawdę kibicowała, Wowa podszedł do niej i z dzikością, mieszczącą się jednak w granicach dobrych manier, wessał się w jej usta. Trudno orzec, czy Hayal się to spodobało; ten czyn z pewnością nie uszczęśliwił Mustafy, który wydał z siebie bardzo wysoki dźwięk. Ten przykry odgłos, przypominający dęcie w róg na polowaniu, uzmysłowił Wowie, że czas ruszać w drogę.

Opuścił hotel z Hayal. Prostota i naiwność Wowy podpowiadały mu, by jechać do jego domu. Hayal była innego zdania. Pocałowała go jeszcze kilkunastokrotnie, po czym zamówiła taksówkę.

– Dobrze wiesz, że to się nie może udać.

Nie powiedziała, dokąd jedzie. Jej twarz znikła razem z odjeżdżającym samochodem. Patrząc w punkt, w którym po raz ostatni widoczna była taksówka, Wowa wypalił cztery papierosy, po czym zaczął błąkać się po okolicy jak pies wyrzucony z domu i wywieziony w obce miejsce. Włóczył się, próbując tą bezcelową wędrówką cofnąć czas, który wydawał się już tak oswojony.

Piątek

Przednie łapy Borysa leżały na książce Ericha Fromma. Jego głowa regularnie się obracała – szybko w lewą i znacznie wolniej w prawą stronę. Nawet nie zareagował na swojskie „kici, kici". Dopiero kiedy Wowa wstał z łóżka – a moment ten nie zwykł następować zbyt szybko po jego przebudzeniu – usłyszał jego myśli.

– Ja pierdzielę... Czytam już ten fragment chyba setny raz. Czy ktoś łaskawie zechciałby przewrócić mi kartkę tej pasjonującej książki?

Wowa spełnił prośbę, a raczej żądanie swojego kota, po czym zawołał go na śniadanie.

– Dzisiaj nie jem – pomyślał głośno Borys. – Po bardzo pilnej lekturze dwóch stron stwierdzam, że natenczas wybieram opcję „być", a nie „jeść".

Wowa zaczynał żałować, że już wcześniej nie podsuwał swojemu kotu lektur prawdziwych idealistów.

Dzięki temu mógłby całkiem sporo zaoszczędzić na kitekacie.

W łazience Wowę czekało usuwanie fizjologicznych zapachów i smaków oraz golenie śladów przemijalności z twarzy. Wszystko po to, by walczyć z czasem. By b y ć młodszym. Lub m i e ć władzę nad ostatecznością. Należało spłukać pot nocy, usunąć z ust świadectwa działania soków trawiennych, które nachalnie próbowały sugerować tymczasowość istnienia, należało też usunąć z twarzy zarost dnia wczorajszego, tak dokładnie, by móc spokojnie o nim zapomnieć.

Dom był pusty. Szanse na to wzrosły dwukrotnie po wyprowadzce Markéty i Miguela. Wowa zrobił sobie kawę i wyszedł do ogródka, by w przyjemnych okolicznościach przyrody cieszyć się związkiem kawy i papierosa, który jeszcze do niedawna uznawał za najpiękniejszy związek na świecie. Konsumując go, uświadomił sobie, że musi być już całkiem dojrzała godzina. Może nawet południe. Nie wywnioskował tego po słońcu chowającym się za chmurami, lecz po pieśni dobiegającej z domu sąsiadów. Południe było bowiem czasem pochwały Allacha. Sąsiedzi chwalili Allacha, a Wowa, na swój dekadencki sposób, chwalił sąsiadów. Zapalił za ich zdrowie fajkę pokoju, choć akurat pokoju w okolicy nie brakowało. Tylko przy jednej ulicy, oprócz Irlandczyków, mieszkali Chińczycy, Brazylijczycy, Nigeryjczycy i Hiszpanie. Irlandia ziściła ich sen o pokojowym współżyciu z innymi ludźmi i z tysiącami euro. Jedyną rysą na tym śnie było tak często doświadczane poczucie tymczasowości. Większość imigrantów przyjechała tu wyłącznie na chwilę, łudząc się tym, że sen o Irlandii przeniosą do swoich krajów wraz z zarobionymi pieniędzmi. Inni traktowali wyspę jako przystanek w drodze do jeszcze odleglejszych miejsc. Nikt nie czuł się jeszcze Irlandczykiem. Nikt też nie czuł się już do końca Polakiem, Brazylijczykiem czy Nigeryjczykiem. Emigranci to osobny naród. Żyjący zawsze w poczuciu, że życie jest gdzie indziej. Czujący to zarówno we własnym państwie, jak i w kraju, który wybrali.

Czy Wowa był inny? Nie czuł się Irlandczykiem, ale nie czuł też żadnej potrzeby, by nie tyle wracać, ile nawet odwiedzać Polskę. W ciągu dwóch lat nad Wisłę wybrał się raz. Żeby utwierdzić się w przekonaniu, że ojczysty kraj przeraża go coraz bardziej. Oczywiście, miewał przeczucia, że życie jest jeszcze gdzieś indziej. Na wszelki wypadek nie kupował więc żadnych mebli ani nieruchomości, aby pewnego dnia, bez większych problemów, spakować się w trzy walizki i po raz kolejny przenieść całe swoje życie w nowe miejsce.

Tradycyjna kolejność została zachowana: Wowa wypił kawę, wypalając przy tym kilka papierosów, dopiero później zjadł śniadanie. Ledwo je skończył, a już niepokojąco odezwał się telefon.

– Cześć, synu...

Byłby mniej zdziwiony, gdyby zadzwonił premier Bertie Ahern, proponując mu swoje stanowisko. W słuchawce usłyszał głos ojca, który od czasu jego wyjazdu do Irlandii konsekwentnie dzwonił do syna wyłącznie pierwszego dnia każdego miesiąca. Telefony w inne dni zdarzały się tylko w przypadku śmierci lub ślubu kogoś z rodziny, ewentualnie w celu obwieszczenia wyboru nowego włodarza Stolicy Apostolskiej.

– Wesele czy zgon? – zapytał Wowa, uwzględniając brak prasowych doniesień na temat nowej sytuacji w Watykanie.

– Dziadek Czesiek – padła niepokojąca informacja. – Ale nie żaden zgon czy ślub, no co ty pleciesz, Wowa? Dziadek chce do ciebie przylecieć!

Na kilka sekund w słuchawce zapanowała cisza.

– Dziadek? Do Dublina?

– No przecież nie do Kabulu – roześmiał się ojciec. – Chociaż pewnie wolałby właśnie tam cię odwiedzić.

Żart nie był przypadkowy ani czerstwy, ponieważ dziadek Czesiek po przejściu na emeryturę odkrył swoją nową pasję, jaką była szeroko rozumiana wojskowość. Przez całe życie wykonywał prace biurowe, którymi mało kto się interesował. Nikt z rodziny nie wiedział nawet dokładnie, czym się zajmował. Niektórzy twierdzili, że był księgowym, inni, że statystykiem, część była przekonana, że przez długie lata pracował jako doradca asystenta, pozostali uważali, że był jednak asystentem doradcy. Odchodząc na emeryturę, dziadek doszedł do wniosku, że wszystko, co robił przez długie lata, było okropnie nudne, a czasem, który wspomina najlepiej, była wojna światowa. Dziadek zamienił marynarkę na kurtkę moro, a wiejskie pejzaże wiszące na ścianach jego pokoju zastąpił plakatami z *Pearl Harbor*. Następnie zapisał się na strzelnicę i siłownię. Wszyscy byli przekonani, że to mocno spóźniony kryzys wieku średniego, jednak gdy dziadek skończył osiemdziesiąt lat, a fascynacja wojskiem osiągnęła apogeum, lekarze wykryli u niego lekkie zaburzenia pracy mózgu. Zapewnili jednak, że nie są zbyt groźne, a nawet służą dziadkowi, ponieważ wyłącznie dzięki nim regularnie odwiedza siłownię, przez co jego zdrowie fizyczne jest na poziomie czterdziestolatka.

– Dziadek przylatuje do ciebie jutro, bo ma dla ciebie jakiś specjalny prezent urodzinowy – wyjaśnił ojciec, dając przy tym Wowie do zrozumienia, że sam nie wie, o jaki prezent chodzi.

– O ile dobrze pamiętam, ostatnio dostałem od niego roczną prenumeratę „Komandosa".

– Być może dziadek odkrył, że już dawno się skończyła. – Ojciec przypomniał sobie o jeszcze jednej istotnej niespodziance. – Zupełnie zapomniałbym o dość istotnej sprawie... Dziadek nie będzie nocować u ciebie. Uparł się, że chce spać w hotelu. Ma już nawet zarezerwowany pokój. Obawiam się, że całkiem oszalał i liczy na to, że pójdzie tam na dancing i pozna jakąś uroczą starszą panią.

Wowa zastanowił się przez chwilę.

– Nie wiesz może, gdzie jest ten hotel?

– Gdzieś pod Dublinem, po twojej stronie. Jakaś taka dziwna nazwa...

– Dún Laoghaire?

– Tak jest! – wykrzyknął entuzjastycznie ojciec.

Czyżby w Irlandii był tylko jeden hotel? – pomyślał Wowa. Po chwili jednak zauważył, że owszem, dzięki dziadkowi narazi się na niebezpieczeństwo, ale też będzie mógł ponownie spotkać Hayal, naturalnie o ile dziewczyna nadal nocuje w tym samym miejscu. Wowa ostatecznie uznał dziadkowy wybór noclegu za bardzo symboliczny i romantyczny. Sytuacja przypominała mu dawną rodzinną historię, po której dziadek Czesław został uznany za znakomitego swata.

Ojciec Wowy pracował kiedyś w fabryce traktorów. Nie było to jego wymarzone miejsce, ale z tą pracą wiązało się wiele korzyści. Ze względu na deficyt personelu zaoferowano mu w miarę przyzwoitą pensję, mieszkanie, za które potrącano mu z wypłaty jedynie symboliczną sumę, a po przepracowanym roku – własny traktor! Kiedy go otrzymał, postanowił podarować go swoim rodzicom.

Ojciec miał przed sobą długą drogę. Postanowił do woli rozkoszować się krajobrazem. Kiedy zaczął padać deszcz, z dumą włączył wycieraczki. Miał najnowszy model traktora z wycieraczkami! Deszcz padał coraz mocniej, zaczęło grzmieć, a ojciec dumnie sunął drogą, pogwizdując ludowe piosenki. Zastanawiał się, czy matka się ucieszy z prezentu od syna. Mieszkała co prawda w mieście, ale miała za domem kawałek placu, więc traktor zawsze mógł się przydać. Tym bardziej, że miał wycieraczki.

Kiedy już oczami wyobraźni widział swoją rodzicielkę po raz pierwszy dumną z syna, po raz pierwszy zadowoloną z prezentu, jaki jej sprawił, coś nagle wybuchło i traktorem zakołysało. Pojazd mało się nie przewrócił, a ojciec Wowy, który w kryzysowych chwilach zawsze czuł przypływ religijności, pomyślał, że czas jego egzystencji minął, gdyż uderzył weń piorun kierowany gniewem Pańskim. Kiedy otworzył oczy, okazało się jednak, że to nie piorun, a drzewo, na którym wylądował dzięki samochodowi marki Syrena.

Z auta wyszedł, a w zasadzie wypadł, mężczyzna. Wypadek był ewidentnie z jego winy, jednak ojciec się przestraszył, że człowiekowi coś się stało. Sam był w doskonałej formie fizycznej, mimo że traktor nadawał się do kasacji. Ojciec zapytał kierowcę, czy nic mu nie jest; około pięćdziesięcioletni mężczyzna spojrzał ze zdziwieniem przed siebie i wymamrotał: „Traktor". A dokładniej rzecz biorąc, powiedział „Tak-to"...

Rozmowa z kierowcą wyglądała mniej więcej w taki oto sposób:

OJCIEC: Pan jest kompletnie pijany!

KIEROWCA: Pe-asza-ardo... (Miał na myśli: Przepraszam bardzo)

OJCIEC: Widzi pan, co się stało?

KIEROWCA: Aksa... (Kraksa)

OJCIEC: Panie, to jest skandal! Ja zaraz dzwonię na milicję!

KIEROWCA: Po-o i-isja? Fsy-o za-a-fie! (Po co milicja? Wszystko załatwię!)

Wzburzony ojciec Wowy zamierzał udać się w kierunku pobliskiej restauracji, w której zapewne zapił jego rozmówca. Pomyślał, że na pewno jest tam telefon, z którego będzie mógł zadzwonić na milicję. Po

chwili przypomniał sobie jednak wszystkie trauma-
tyczne doświadczenia w kontaktach z milicją obywa-
telską i doszedł do wniosku, że mundurowi pewnie
odwrócą kota ogonem, widząc wielki traktor i nie-
duży samochód osobowy, i wyjdzie na to, że to on,
będąc w stanie nietrzeźwości, wjechał traktorem
w syrenkę. Postanowił więc wysłuchać propozycji kierowcy. W tym celu udali się na kawę do pobliskiej
restauracji.

Po spożyciu trzech filiżanek kawy po turecku mężczyzna zaczął mówić trochę wyraźniej. Wielokrotnie
przeprosił ojca Wowy za doszczętne skasowanie jego
traktora, wyjaśnił, że tak niezręczna sytuacja zdarzy-
ła mu się po raz pierwszy, zapewne dlatego że po raz
pierwszy prowadził samochód tuż po wyjściu z bardzo tradycyjnej stypy, po czym zapewnił, że zaraz po
wytrzeźwieniu rozważy wszelkie możliwe formy za-
dośćuczynienia. Dał ojcu Wowy spisać swoje dane
z prawa jazdy, po czym zadzwonił po taksówkę, która zawiozła ich z powrotem do Warszawy.

Na drugi dzień ojciec Wowy zawitał na Stary Mo-
kotów, aby odwiedzić sprawcę wypadku. Mężczyzna
był w zdecydowanie lepszej formie niż dnia poprzedniego. Zaprosił ojca do pokoju na herbatkę i ciastecz-
ka, po czym rozpoczął bardzo swobodną dyskusję.
Zaczęli rozmawiać o swoich zainteresowaniach, o tym,

że obydwaj nie pochodzą z Warszawy, ale miasto bardzo im się podoba. Nawet się polubili.

Po rozeznaniu sytuacji materialno-zawodowej ojca Wowy mężczyzna zapytał go, czy nie chce zmienić pracy.

– To zależy – odpowiedział z wahaniem ojciec.

Sprawca nieszczęśliwego wypadku zaproponował mu stanowisko zastępcy kierownika produkcji w fabryce azbestu. Kiedy zapewnił, że dostanie służbowe mieszkanie na stałe, a nie do wynajmu, jak dotychczas, i że będzie zarabiał niemal dwa razy więcej niż obecnie, ojciec Wowy przyznał grzecznie, że propozycja jest warta rozważenia. Była to propozycja, którą nieładnie byłoby odrzucić już na samym wstępie, prędzej czy później należało natomiast odmówić – chociażby z powodu jej podejrzanego charakteru, a także z powodu szczerej miłości do traktorów. Ojciec Wowy nie mógł wówczas wiedzieć, że niefortunny kierowca nie miał żadnych złych intencji. Wszystkie złe uczucia kierował bowiem ku Gibkiemu Andrzejowi, swojemu największemu wrogowi w fabryce. Nie darzył go sympatią od samego początku znajomości. Gibki Andrzej był mistrzem intryg, nieczystych zakulisowych zagrań oraz nieprzyzwoitych pomówień, i to właśnie on miał zostać zastępcą kierownika produkcji. Nie wszystko było jednak przesądzone, dyrekcja się wahała, a przed niepożądanym rozwojem wypadków można się było uchronić wyłącznie za pomocą jeszcze większej gibkości od tej, którą dysponował Andrzej, czyli zaprezentowania dyrekcji idealnego kandydata na zastępcę kierownika. Takim idealnym kandydatem wydawał się ojciec Wowy.

Umówili się, że za trzy dni ponownie odwiedzi nierozsądnego kierowcę żałobnika, by poinformować go o swojej decyzji i omówić ewentualne szczegóły transferu z traktorów do azbestu.

Trzy dni później ojciec Wowy przywdział swój jedyny garnitur. Niepewnym krokiem wysiadł z autobusu i ruszył w stronę miejsca biznesowego spotkania. Zapukał do drzwi, gdyż w jego mniemaniu było to bardziej dostojne niż korzystanie z dzwonka. Kiedy się otworzyły, ojciec oniemiał. Drzwi otworzyła mu szczupła brunetka, która jak dowiedział się ojciec, była córką nierozsądnego kierowcy.

Ojciec Wowy odmówił przyjęcia pracy w fabryce azbestu, natomiast córka kierowcy żałobnika została jego żoną, a następnie matką Wowy.

– Umarłem... – powiedział stłumionym głosem Alfred, który dopiero teraz pojawił się w jadalni.

Smutek na jego indiańskiej twarzy malował się tak wyraźnie, że przez chwilę Wowa naprawdę obawiał

się, że jakieś nieczyste siły pozbawiły go jego psychoanioła.

– Całą noc grałem w szafie, już tak dobrze mi
szło, aż tu dziesięć minut temu mój Simek wyzionął
ducha...

Alfreda najwyraźniej dopadła chandra wymagająca
przyjacielskiej pomocy.

Wowa otworzył lodówkę, wyciągnął kostki lodu,
colę i jamesona. Południe już minęło, więc jako gen-
tlemani nie musieli się martwić, że popełniają faux
pas. Po dwóch drinkach i trzech papierosach psychoanioł przestał się zamartwiać Simsami, a na widok
kota sąsiadów nawet się ożywił. Wyjaśnił, że historie
o braterstwie dusz tych zwierząt z duszami czarownic
nie są ani trochę przesadzone.

– A i psychoanioły mają bardzo dobry kontakt
z tymi futrzakami. Tylko spójrz...

Alfred rzucił się w szalony pościg za białym per-
sem. Ten spojrzał z przerażeniem na skrzydlatego
Indianina i wskoczył na dach ogrodowej altany. Alfred musiał jednak mieć za sobą także szkolenia
z gimnastyki artystycznej, ponieważ z podobną zwin-
nością znalazł się naprzeciwko kota, wykonując jeszcze przy tym salto i klaszcząc dwukrotnie za plecami.
Kot wrzasnął przeraźliwie. Dźwięk chyba spodobał
się Borysowi, ponieważ postanowił porzucić na

chwilę swoją filozoficzną lekturę, zbiegł z drugiego piętra i przyłączył się do pościgu. Kot Wowy już nieraz gonił persa sąsiadów, nigdy jednak nikt mu w tym nie towarzyszył. Pers przeskoczył na pobliski płot, co nie było chyba najsłuszniejszym rozwiązaniem. To samo uczynili bowiem Borys i Alfred, którzy osaczyli przeciwnika niczym polska husaria.

– Miauuuuu! – wydobył z siebie biały kot.

– Nauczyłbyś się języków obcych, a nie tylko „miau" i „miau"! – prychnął do niego Borys.

Pers zeskoczył na drugą stronę płotu. Psychoanioł, wykonując całkiem sprawny piruet, uczynił to samo. W tych okolicach płoty były bardzo szczelne, przez co Wowa miał mocno ograniczoną widoczność. Chwilami widział tylko strzępy latającej sierści i białe skrzydła unoszące się ponad płotem. Pers w jakiś sposób wymknął się jednak swoim oprawcom i wskoczył przez okno do całkiem nie swojego domu. Borys powrócił do Wowy, psychoanioła natomiast nigdzie nie było widać. Wowa stanął na palcach i dojrzał go, wślizgującego się do sąsiedniego domu.

Wrócił po jakichś trzech minutach. Z jego ust wystawały kłaki białej sierści.

– Nie mogłem na to pozwolić – wyjaśnił zdyszany. – Śmiał się z tego, że nasz Borys nie ma dziewczyny.

Przypomniało to Wowie, że umówił się na spotkanie pod Bankiem Centralnym. Jak widać, dobra książka czasem nie wystarczy. Borys potrzebował towarzyszki życia.

Wowa udał się w oczywiste miejsce, czyli na stację DART-a. W pociągu psychoanioł zadręczał go wszelkimi możliwymi piosenkami miłosnymi, sprawiając tym samym, że Wowa ciągle myślał o Hayal. Kiedy psychoanioł zaczął wyć *Unchained melody*, Wowa nie wytrzymał i rzucił w niego zapalniczką. Nie uwzględnił niestety tego, że zapalniczka przeleci przez jego ciało jak przez mgłę i trafi w rudą nastolatkę o powierzchowności Lolity.

– Kolo, jak chcesz mnie poderwać, to zafunduj jakąś krechę, a nie graj ze mną w dwa ognie!

Znowu zachował się nieasertywnie. Zawstydzony, wysiadł z kolejki o trzy stacje za wcześnie, nie wiedząc, jak inaczej wybrnąć z tak niezręcznej sytuacji. Tym bardziej, że nie miał krechy. Na Pearse Station dotarł zatem następnym pociągiem.

Plac przy Banku Centralnym jak co dzień był pełen młodych osób o twarzach przebitych gwoździmi i innymi ostrymi przedmiotami. Niektórzy mieli na głowie kolorowe irokezy, jeszcze inni rozległe tatuaże. Większość nosiła czarne ubrania: czarne buty, czarne spodnie, czarne koszule, czarne swetry, czarne kurtki.

Wśród przedstawicielek płci pięknej czerń czasami łączyła się efektownie z ostrym różem. Wowa przystanął na placu i zaczął się rozglądać. Akurat tutaj Aoife nie wyróżniałaby się ani trochę, więc przegląd zajął mu trochę czasu. Czasu, w trakcie którego sam stał się obiektem zainteresowania.

– *Hey, man* – zagadnął do niego nastolatek ubrany w tenisówki, czarne spodnie, czarny T-shirt i czarną kurtkę. – LSD?

Wowa roześmiał się.

– Nie, dzięki. Wystarczy mi psychoanioł.

– Psychoanioł? – Zdziwił się chłopak. – Wolę dziś nie eksperymentować. Na pewno nie masz do sprzedania LSD?

– Do sprzedania?

Wowa był równie zaskoczony jak rozmówca.

– Ty sprzedajesz, ja kupuję – wyjaśnił tamten.

– Ty może i gdzieś kupisz, ale ja na pewno niczego nie sprzedam.

– Nie? – Nastolatek sprawiał wrażenie rozczarowanego. – A wyglądasz na takiego, co sprzedaje.

Wowa przyjrzał się sobie. Był ubrany w lniane beżowe spodnie i niebieską koszulę. Na placu przed Bankiem Centralnym prezentował się co najmniej kontrowersyjnie. Wyróżniał się na tyle, że mógł być dobrze zaopatrzonym dilerem.

Aby uniknąć dalszych nieporozumień, oddalił się od centrum placu. Rozglądając się cały czas w poszukiwaniu Aoife, wyciągnął z kieszeni telefon i wybrał numer zapisany trzy dni wcześniej.

– Moje uszanowanie – zabrzmiał w słuchawce niezwykle dystyngowany głos.

– Dzwonię do pana w sprawie... – Wowa próbował wyjaśnić przyczynę wykonanego połączenia telefonicznego, jednak głos po drugiej stronie uprzejmie, choć stanowczo przerwał jego wypowiedź:

– To naprawdę nieistotne, może pan wyjaśnić to później.

W słuchawce zapadła cisza. Przerwał ją dziwny świst.

– Fore!!! – rozmówca wrzasnął do słuchawki, ogłuszając z lekka Wowę. – Najmocniej pana przepraszam – wyszeptał po chwili, zawstydzony.

Wowa bezskutecznie próbował rozszyfrować nietypowy kod rozmowy.

– Co się stało?

– Najmocniej przepraszam – głos w słuchawce przeprosił raz jeszcze. – To przez mój karygodny zwyczaj łączenia pracy z przyjemnością i ochroną ptaków. Rozumie pan?

Wowa próbował zrozumieć. Zanim jednak zdążył poskładać układankę w logiczną konfigurację, rozmówca pospieszył z bardziej precyzyjnymi wyjaśnieniami.

– Widzi pan... Omal nie trafiłem w mewę. A do tego łączę pracę z przyjemnością. To wszystko jest trochę niebezpieczne... Wie pan, muszę mieć kontakt z klientami, fonia wokół... A do tego ta piękna zieleń i „świst"!

Wowa już wiedział, co miał na myśli rozmówca.

– Cieszę się, że zdołał pan ostrzec przelatującą mewę – oznajmił z podziwem. – Gra w golfa wbrew pozorom może być niezwykle absorbująca. Na szczęście jest ostrzegawczy okrzyk „fore". Jak mniemam, ma pan założony zestaw słuchawkowy, żeby mieć kontakt z klientami, stąd ten okrzyk wprost do telefonu?

– W rzeczy samej. Cieszę się, że tak dobrze się rozumiemy!

Nie było to jeszcze nadawanie na tych samych falach, lecz bliski temu poziom zwany porozumieniem. Wynikało z tego, że Wowa dobrze rozumiał się z Cillianem O'Brienem, Van Helsingiem hrabstwa Wicklow i południowych dzielnic Dublina. Zafascynowany billboardem, na którym wyłaniał się z morza, trzymając odkurzacz, Wowa postanowił zapisać jego numer telefonu i nie zawahać się go użyć. Detektyw nie chciał omawiać dręczącego Wowę problemu przez telefon, ponieważ obawiał się podsłuchów, w związku z czym umówił się z nim w miejscu niewzbudzającym jego zdaniem żadnych podejrzeń. Mieli się spotkać na wyścigach konnych w Leopardstown, miejscu znajdującym się naprzeciw pola golfowego, nad którym przelatywały nieostrożne mewy.

Wowa był zadowolony ze swojego pomysłu, żeby zasięgnąć porady profesjonalisty. Tym bardziej, że Cillian O'Brien zdawał się człowiekiem nietuzinkowym, śmiało wykraczającym poza utarte schematy. Któż bowiem ostrzega mewę przed nadlatującą piłeczką golfową? I który detektyw reklamuje się w tak wysublimowany sposób? Billboard nie przedstawiał detektywa z wielką lupą. Nie ukazywał też detektywa w kapeluszu, trzymającego w dłoni fajkę. To wszystko było zbyt banalne. Tak reklamować mogli się tylko amatorzy bez wyobraźni. A cóż bez wyobraźni może zdziałać detektyw? Ta reklama ukazywała mężczyznę wynurzającego się z morza wraz ze starym odkurzaczem. Cóż za przepiękna metaforyka – zachwycił się Wowa. Woda była w tym przypadku symbolem rozmycia, zagmatwania, może nawet zatopienia. Wszystkie sprawy, które ktoś chciał rozwikłać, mogły zostać przez nią w niezauważalny sposób rozmazane lub zakryte tak, by ich rozwiązanie

nigdy nie wynurzyło się na powierzchnię. Tymczasem Cillian O'Brien wydobywa z tej złowieszczej
wody odkurzacz będący symbolem porządku, czyli
ułożenia i rozwikłania wszelkich tajemniczych spraw.
Jak na reklamę outdoorową to bardzo ciekawe
– uznał Wowa. I ten slogan! „Van Helsing hrabstwa
Wicklow i południowych dzielnic Dublina". Wska-
zywał na precyzję detektywa i jego dobrą znajomość
topografii najbliższej okolicy. Powołanie się na bohatera *Draculi* mówiło z kolei o tym, że jest otwarty na
niekonwencjonalne rozwiązania, także te bezpośrednio związane z metafizyką.

Wowa uśmiechnął się do siebie, przyglądając się
pojedynczym drzewom wyrastającym z wielkich do-
nic ustawionych na placu przed Bankiem Centralnym. Sielankowe rozmyślania, podczas których Alfred pogwizdywał *Dirty Old Town*, przerwał Wowie
jakiś człowiek, który szturchnął go przypadkowo.
Przeprosił go, Wowa odpowiedział, że wszystko w porządku, ale tamten najwyraźniej miał ochotę na dłuż-
szą rozmowę. Wowa nie podzielał jego chęci, więc
postanowił zbyć go jak najgłupszą odpowiedzią na
jego pytanie. Mianowicie, zapytany o narodowość,
odpowiedział, że pochodzi z Albanii, wierząc, że
pewnie nikt w Irlandii nawet o niej nie słyszał. Miał
jednak pecha.

– Z Albanii?! – zachwycił się mężczyzna. – Niesamowite! Jestem Włochem i znam mnóstwo Albańczyków. We Włoszech jest was pełno. Tylko nie rozumiem, czemu większość to mordercy i prostytutki.

Wowę czekała dłuższa debata.

– Ale wierzę, że nie wszyscy tacy jesteście – ciągnął Włoch. – Ty na przykład wyglądasz na bardzo sympatycznego człowieka.

– Pozory mylą. Gdybyśmy byli teraz w Albanii, już dawno bym cię zabił!

Mężczyzna natychmiast postanowił zakończyć konwersację i oglądając się co chwila przez ramię, w pośpiechu opuścił plac. Psychoanioł spojrzał z dumą na swojego podopiecznego, a następnie na przerażonego Włocha.

Po kilkunastu minutach przed Bankiem Centralnym pojawiła się Aoife z olbrzymim koszem.

– To jest Molly – przedstawiła siedzącą w środku kotkę. – Traktuj ją dobrze, bo dosyć się już w życiu nacierpiała.

Wowa obdarzył zwierzę pełnym współczucia spojrzeniem.

– Ktoś ją wyrzucił?

Dziewczyna zastanowiła się nad pytaniem Wowy.

– Nie. Dlaczego?

– Powiedziałaś, że dosyć się już nacierpiała.

– No i co z tego? – obruszyła się dziewczyna. – Miałam na myśli Weltschmerz. Ból istnienia.

Kotka była cała czarna, choć podobno nie przynosiła pecha. Wowa miał nadzieję, że przypomni Borysowi jego czarne siostry, dzięki czemu będzie mu łatwiej się nią zaopiekować. Teraz wszystko zależało od kocich sympatii. Na wszelki wypadek wymienił się z dziewczyną adresami.

Wrócili DART-em z Alfredem i z kotką, wzbudzając wielką sympatię u współpasażerów. Molly miauczała przez całą drogę, przez co byli w centrum uwagi całego wagonu. Nie robiła tego jednak ze względu na lęk przed podróżą, lecz ze względu na psychoanioła, który po raz kolejny postanowił popisać się swoją umiejętnością rozmowy z kotami i cały czas miauczał coś do nowej koleżanki, a ta wdała się z nim w dość poważną dyskusję.

– Nie zgadzamy się w kwestii podatków, ale muzykę lubimy podobną – podsumował rozmowę Alfred.

Dotarli do domu. Borys siedział znowu na książce w swoim pokoju i rytmicznie kiwał głową przyglądając się literom.

– Widzisz, mądralo... – pomyślał głośno kot. – Nauczyłem się samodzielnie odwracać kartki!

Książka Borysa rzeczywiście była otwarta znacznie dalej niż poprzednio. Mimo to Wowa postanowił oderwać go od lektury, przedstawiając mu jego nową towarzyszkę.

– Poznajcie się. To jest Molly.

– Poznajcie i pokochajcie! – Oficjalnym tonem zaproponował Alfred.

Borys zerknął od niechcenia na kotkę. Jego wzrok wracał już na kolejne strony książki, kiedy nagle coś wzbudziło jego zdziwienie. Źrenice kota zmniejszyły się, a czoło zmarszczyło. Borys nagle wstał znad publikacji Fromma.

– Oto początek wielkiej miłości! – Zachwycił się Alfred.

Koty przyglądały się sobie, zachowując przy tym ponadmetrowy dystans. Wowa starał się ukryć wzruszenie.

– Widzę, że to jakaś plaga... – Borys zerknął w stronę Wowy. – Wszyscy tu jesteście dewiantami!

Z pogardą odwrócił się na pięcie i szybkim krokiem poszedł w stronę okna. Zapanowała cisza. Borys wskoczył na parapet i westchnął.

– Miauuuu... – odezwała się po raz pierwszy Molly.

– Taa... Molly... – prychnął Borys. – Chyba Mol! Nie wiem, po co w tym domu kolejny kocur? Chcą mnie wykończyć?

Spojrzenia Wowy i Alfreda przeniosły się na Molly.

– To jest Mol! – wzburzył się ponownie Borys.

– Kurde mol!

W domu zapanowała cisza. Borys ostentacyjnie wpatrywał się w okno, przyjmując pozę stworzenia oczekującego przeprosin. Wowa wraz ze swoim psychoaniołem zapadli się w bagna konsternacji. Sytuacja ta trwałaby pewnie długo, gdyby w końcu Alfred nie postanowił podejść do nowo przybyłego kota i przyjrzeć mu się z bliska. Nie wiedząc, jak się do tego zabrać, przykucnął i zaczął krążyć wokół niego niczym pies naokoło jeża. W pewnej chwili przycisnął głowę do podłogi i wytężył wzrok. Po kilku sekundach zapadł wyrok.

– Kurde mol... To rzeczywiście jest Mol!

Wowa upodobnił się do swojego kota. Oburzył się na wszystkich i z rezygnacją podszedł do okna. Po chwili wpatrywania się w chmury nagle odwrócił się i wycelował palec wskazujący w psychoanioła.

– Wiedziałeś, że to kocur!

Alfred, zaskoczony atakiem, starał się zrobić unik przed wymierzonym w niego palcem Wowy. Następnie twarz Indianina przybrała wyraz całkowitego niezrozumienia.

– Przecież rozmawiałeś z nią... z nim... w drodze do domu!

– To irlandzki kot – odparł atak psychoanioł.

– Rozmawialiśmy po angielsku. Jak dobrze wiesz, czasowniki w tym języku nie posiadają formy męskiej i żeńskiej.

Napiętą sytuację rozluźnił trochę telefon Wowy, który radośnie zadzwonił. Odezwał się w nim głos Cilliana O'Briena.

– Moje uszanowanie.

– *Good morrow* – przywitał się równie dostojnie Wowa, czym nieco zbił detektywa z tropu.

– Tak... hm... Zatem... – O'Brien próbował zebrać myśli. – Chciałem niniejszym potwierdzić swą obecność na wyścigach konnych w Leopardstown. Zamierzam tu jeszcze nieco zabawić, więc nie warto marnotrawić pieniędzy na połączenia telefoniczne. Pozna mnie pan po krótkim telefonicznym sygnale ostrzegawczym w pubie. Zjawię się tam wówczas w ciągu pięciu minut. Chyba że konie... Wówczas może być mały poślizg. Osiem minut.

Wowa cieszył się na spotkanie z Van Helsingiem hrabstwa Wicklow i południowych dzielnic Dublina. Dobrze rozumiał sposób interpretowania i przedstawiania rzeczywistości przez O'Briena, a nawet upatrywał w tym swoją nadzieję. Uważał, że tylko osoba w pewnym stopniu podobna do niego samego będzie mogła go zrozumieć i w profesjonalny sposób uchronić przed przeznaczeniem. Był przede wszystkim zafascynowany odkurzaczem z billboardu, ale pozorny chaos wypowiedzi potwierdził wyobrażenia Wowy dotyczące detektywa.

Wrzucił do torby plan miasta, notatnik, mapę samochodową Irlandii, ulotkę promocyjną hotelu w Dún Laoghaire, którą zabrał Mustafie, kiedy ten leżał owinięty kablem od lampy, dwa banany, dwieście euro na poczet zaliczki dla detektywa, dwieście euro na poczet zakładów bukmacherskich oraz dwie kostki cukru dla konia.

Zamówił taksówkę i zaczął ubierać się w jeden ze swoich ulubionych zestawów. Założył na siebie rybaczki w biało-niebiesko-granatową kratę, kremowy sweter z owczej wełny oraz kowbojski kapelusz. Po chwili uświadomił sobie, że wszystko to zaczął nosić dopiero po rozstaniu z Dezyderią. Wcześniej było to niemożliwe, ponieważ była żona miała liczne zastrzeżenia do każdej z części składowych stroju. Same jej zastrzeżenia nie powstrzymałyby Wowy przed ubieraniem się we własnym stylu. Problem stanowiło dawanie wyrazu zastrzeżeniom za pomocą prób podpalenia ubrań. Wowa nie zakładał więc ich, obawiając się, że taka próba mogłaby nastąpić w chwili. kiedy będzie je miał na sobie.

Taksówka zatrzymała się przed domem. Wowa wyszedł z pokoju i skierował się w stronę drzwi wyjściowych. Już prawie był przy nich, kiedy drogę zastąpił mu Borys.

– Nie jedziesz beze mnie! – parsknął kot z niesamowitą pewnością siebie.

Siedział i bez zmrużenia oczu wpatrywał się wprost w Wowę. Było to siedzenie nie tyle bezczelne czy desperackie, ile raczej pełne przekonania o słuszności swych decyzji.

– Nie chcesz zostać z Molem?

Wowa rozejrzał się za drugim kotem. Zlokalizował go tuż obok miski z polskim twarogiem, pogrążonego we śnie.

W spojrzeniu Borysa pojawił się cień zniecierpliwienia.

– Chyba żartujesz... – wymiauczał. – Muszę jechać z tobą. *I gotta feeling...*

– Zaraz, zaraz... – Wowa przyjrzał się uważnie swojemu kotu. – Ty mnie rozumiesz?

– Też jestem tym trochę zaskoczony – przyznał z zadumą Borys.

– Brawo! – Psychoanioł radośnie zaklaskał w dłonie. – Właśnie osiągnęliście najwyższy poziom porozumienia. Prawdopodobnie nastąpiło to dzięki silnemu stresowi i niedawnej traumie Borysa.

Wowa przyjrzał się obu kotom. Ogarnęły go smutek i wstyd z powodu narażenia ich na tak dyskomfortową sytuację. Musiał to jakoś wynagrodzić swojemu rudzielcowi. Być może mógł go pocieszyć widok stada dużo większych czworonogów biegnących bez żadnego konkretnego powodu.

Siedzenie obok kierowcy było już zajęte przez uśmiechniętego Alfreda. Wowa usiadł z tyłu, z Borysem na rękach. Taksówkarz przyjrzał się im uważnie. Miał kilkudniowy zarost, postrzępione czarne włosy do ramion, pięćdziesiąt lat, a na sobie dżinsową kurtkę z wyciętymi rękawami, dzięki czemu światło dzienne ujrzeć mógł jego tatuaż – wielka błyskawica, pod którą znajdował się znacznie mniejszy napis „Rock on”.

– To kot? – zapytał, mrużąc przy tym oczy, po czym sam odpowiedział sobie z zachwytem: – *Cool!*

Po tej krótkie wymianie zdań taksówkarz puścił z odtwarzacza piosenkę *Old Time Rock'n'Roll*, po czym zaczął rytmicznie potrząsać głową. Piosenkę powtarzał aż do samych torów wyścigowych, a głowa przez całą drogę kiwała się konsekwentnie z góry na dół.

Kiedy dotarli do Leopardstown, zaczął padać lekki deszcz. Wowa miał przy sobie dwa banany i dwie kostki cukru, ale nie miał parasola. Z powodu obecności kota trochę go to zaniepokoiło. Zapłacił za taksówkę, po czym wyciągnął z torby samochodową mapę Irlandii, którą zakrył głowę Borysa.

Na szczęście na miejscu były zadaszone trybuny i pub z widokiem na tor. Do pierwszej gonitwy pozostało jeszcze czterdzieści minut, więc na miejscach dla publiczności dostrzec można było zaledwie kilkadziesiąt osób – reszta kręciła się wokół bukmacherów lub przebywała w lokalach gastronomicznych. Z głośników dobiegały zapowiedzi wielkich emocji oraz informacje o największych gwiazdach wieczoru: Hyżym Brianie, Klawej Czkawce, Upadającym Kapitalizmie, Smutnej Poziomce i Samuraju Który Musiał Zejść z Góry by Dostrzec Szczyty. Aż cztery z wymienionych koni miały na koncie ważne wygrane w najbardziej prestiżowych gonitwach na świecie: w Dubaju, Paryżu, Baltimore i Ascot. Samuraj mógł się poszczycić tylko piątym miejscem w japońskich zawodach Satsuki Shō, ponieważ jednak przybył z tak daleka, również wymieniono go wśród najważniejszych koni wieczoru.

Wowa postanowił odnaleźć Cilliana O'Briena. Chcąc zrobić mu niespodziankę, nie użył w tym celu telefonu, tak jak się umówili, lecz psychoanioła.

Alfred dokonał szybkiego rozeznania okolicy, po czym powrócił do swojego zleceniodawcy.

– Stoi przy stanowisku bukmacherskim numer osiem. Starszy o niemal dekadę.

Wowa rozejrzał się w poszukiwaniu stanowiska numer osiem. Z wysokości trybun dostrzegł przy nim mężczyznę w tweedowej marynarce. Mężczyzna trochę przypominał Van Helsinga z billboardu, jednak nie miał ani odkurzacza, ani połowy włosów widocznych na reklamie. Zamiast nich miał natomiast dodatkowych kilkanaście kilogramów.

Należało zweryfikować mało wiarygodną opinię Alfreda, w związku z czym Wowa sięgnął po telefon i wybrał numer detektywa. Mężczyzna w tweedowej marynarce wyciągnął komórkę z kieszeni, zerknął na ekran, po czym obrócił się o sto osiemdziesiąt stopni i spojrzał dokładnie w stronę Wowy. Wowa poczuł niepokój. Skąd ten człowiek wiedział, gdzie się znajduje? Dlaczego po prostu nie rozejrzał się powoli, tylko bez problemu zlokalizował go już po pierwszym sygnale? Kim tak naprawdę był Van Helsing hrabstwa Wicklow i południowych dzielnic Dublina? Czy aby nie był to człowiek (ha, czy to w o ogóle był człowiek?) podstawiony przez Alfreda? To spojrzenie i ten billboard miały bowiem w sobie moc. To nie było zwykłe spojrzenie. To nie był zwykły billboard.

Cillian O'Brien powiedział coś do bukmachera, po czym spojrzał ponownie na Wowę, pomachał mu radośnie niczym małe dziecko i szybkim krokiem ruszył w jego stronę.

– O'Brien, moje uszanowanie – przywitał się.

Wowa wpatrywał się w niego niczym w wytwór własnej wyobraźni. Przeniósł wzrok na Alfreda, psychoanioła w indiańskim stroju, po czym ponownie przyjrzał się lokalnemu Van Helsingowi, usiłując znaleźć jakieś podobieństwa.

– Pewnie zastanawia się pan, dlaczego tak łatwo pana zlokalizowałem? – Detektyw przeszywał Wowę przenikliwym spojrzeniem. – Otóż wszyscy, z którymi umawiam się na wyścigach konnych, wypatrują mnie dokładnie z tego miejsca. – Cillian O'Brien wskazał na krzesełko, na którym chwilę wcześniej siedział Wowa. – Proszę się rozejrzeć wokół. – Detektyw szerokim gestem określił zasięg tego „wokół". – Z tego miejsca wszystko widać najlepiej. Ilekroć ktoś po raz pierwszy pojawia się na tym torze, siada tutaj, aby uważnie się wszystkiemu przyjrzeć.

Wowa spojrzał na krzesełko, na którym siedział, po czym rozejrzał się dookoła. Istotnie, był to najlepszy punkt widokowy na całą okolicę. Doskonale widać było stąd cały tor wyścigowy, wszystkie stanowiska bukmacherskie, a także ludzi zmierzających w stronę lokali gastronomicznych.

Wiarygodność Cilliana O'Briena została przywrócona.

– To część mojej pracy – stwierdził radośnie detektyw. – Dużo obserwuję. I prowadzę statystyki!

Po wyjaśnieniach miejscowy Van Helsing zaprosił Wowę do pubu na szklankę whiskey. W drodze do lokalu opowiedział mu o swoich lękach i pragnieniach.

– Widmo recesji krąży nad krajem – przyznał Irlandczyk ze strachem w oczach. – Jak już wspominałem, prowadzę statystyki. Mam też kilku znajomych za oceanem. Czasu jeszcze trochę mam, a tu czarne chmury. Wszystko czarne. Smutek. Wydaje się, że to kwestia kilku miesięcy, kiedy do nas dotrze. Kryzys za kilka miesięcy, a emerytura dopiero za cztery lata. Znajomi z Bostonu mówią, żeby mieć się na baczności. Ale ja prowadzę statystyki od zawsze, więc tak łatwo się nie poddam. Widzi pan, wszystko klasyfikuję, ludzie mówią „po co?", a ja mówię „bach, recesja". A oni dalej nie rozumieją i znowu się pytają: „secesja?".

Wowa zaśmiał się serdecznie, ponieważ bardzo lubił dzieła Antonia Gaudiego. Cenił też innych przedstawicieli secesji.

– I wówczas tłumaczę im, jak w takich sytuacjach przydaje się statystyka – kontynuował swój wywód O'Brien. – Gdy nadchodzi recesja, nie można spodziewać się zbyt wielu klientów. Zdrady, pomówienia, kradzieże zwierząt: wszystko to idzie w niepamięć. Ludzie mają wówczas znacznie poważniejsze problemy, zatem ja muszę być na to przygotowany statystycznie. Mam nadzieję, że los będzie dla Irlandii łaskawy, jednak jeśli tak miałoby nie być i w przyszłym roku miałby się tu rozpocząć czas smuty, ja wówczas wyciągnę swe koło ratunkowe... – Detektyw wydobył zza pazuchy gruby granatowy zeszyt i z namaszczeniem zaczął go przeglądać. – Proszę bardzo! – z dumą podsunął zeszyt Wowie. – Tu jest wszystko, to prawdziwy przetrwalnik na czas kryzysu.

Wowa z zainteresowaniem przyjrzał się zeszytowi. Było w nim ponad trzysta stron tabel i statystyk. Niektóre dotyczyły dość specyficznych kategorii, takich jak trawa, geny czy stolec.

– Podobnie jak w pracy detektywa, tu również liczy się precyzja – wyznał O'Brien, chowając do teczki cenny zeszyt. – Te statystyki to efekt mojej kilkumiesięcznej pracy. Rzecz jasna, wymagają jeszcze dopracowania i uzupełniania na bieżąco, jednak to dzięki nim mogę w spokoju spać. Koledzy z Ameryki straszą, ale ja się już nie boję. Emerytura dopiero za cztery lata, jednak ja już teraz mam spokój w swoim zeszycie.

Wowa domyślał się, że w przypadku kryzysu i braku zleceń detektyw zamierzał aż do chwili przejścia na emeryturę utrzymywać się z wygranych na wyścigach konnych. Miał mu w tym pomóc skrupulatnie prowadzony zeszyt ze wszelkimi możliwymi statystykami dotyczącymi koni startujących w wyścigach. Zastanawiał się jednak, czy ten plan udało się już choćby w najmniejszym stopniu wprowadzić w życie.

– Pewnie się pan zastanawia, czy te statystyki na coś się już przydały? – O'Brien zadał sam sobie pytanie, o którym Wowa ledwo zdążył pomyśleć. – Proszę sobie wyobrazić, że korzystam z nich dopiero od czterech miesięcy, a już zdążyłem wygrać dokładnie trzy tysiące siedemset dwadzieścia pięć euro. – Przez twarz detektywa przemknął dumny uśmiech. – Pozornie to całkiem dobry wynik – zasmucił się zaraz potem. – Niestety, koszty operacyjne są na razie dosyć, że się tak wyrażę, wysokie. Po uwzględnieniu biletów wstępu, stawek do obstawienia u bukmacherów, literatury poświęconej metodologii badań oraz wynagrodzenia dla stajennych dostarczających najcenniejszych informacji, ostateczny zysk netto oscyluje na razie wokół stu osiemnastu euro.

W chwili, kiedy przekraczali progi pubu, Cillian O'Brien pogrążył się we własnych myślach. Można by odnieść wrażenie, że rozmyśla nad sposobami udoskonalenia swojego systemu bukmacherskiego, lecz jego rozważania dotyczyły kwestii znacznie bardziej aktualnej; zastanawiał się mianowicie nad tym, który stolik będzie najodpowiedniejszy dla dwóch dżentelmenów z kotem.

Po krótkim przeglądzie sali usiedli przy stoliku najbardziej oddalonym od wejścia. Niewielki okrągły stół znajdował się nie tylko z dala od drzwi wejściowych, lecz także w dosyć znacznej odległości od witryny, przez którą goście lokalu mogli obserwować tor wyścigowy. Miejsce idealnie nadawało się na spokojną rozmowę, ponieważ większość gości skupiła się przy witrynie i wokół baru, tuż obok drzwi.

O'Brien zamówił dwie szklanki whiskey i miskę mleka. Borys podziękował za pamięć, po czym ostrożnie przystąpił do degustacji.

– Na wstępie chciałbym podziękować za wolę skorzystania z mych usług – rozpoczął oficjalną część spotkania Cillian O'Brien.

Wowa uprzejmie uniósł szklankę.

– Cieszę się tym spotkaniem – przyznał szczerze.
– Niezwykłe jest to, że dotychczas byłem pewien, że

jestem całkowicie odporny na wszelkiego rodzaju komunikaty perswazyjne. Tymczasem pański outdoor sprawił, że niemal się wzruszyłem.

– Ten z odkurzaczem? – z lekka zdziwił się O'Brien.

Wowa potwierdził, lecz mimo to wyraz zaskoczenia nie znikł z twarzy detektywa.

– Wszyscy detektywi pojawiają się z lupami albo z fajkami, ale odkurzacz... To ma siłę! – Wowa zademonstrował ją za pomocą zaciśniętej pięści. – To jest doprawdy bardzo interesująca metaforyka: woda i odkurzacz...

– Metaforyka? – Van Helsing zdawał się jeszcze bardziej zaskoczony.

Wowa uznał, że jego rozmówca nie dosłyszał wypowiedzi z powodu brzęku szkła dobiegającego zza baru, powtórzył więc głośniej:

– Metaforyka! Woda i odkurzacz! Zamęt i porządek! Rozmycie i odkrycie! Roztopienie i odnalezienie!

– Niezrozumienie... – dorzucił nieśmiało detektyw.

Pewnie to kwestia hałasu albo nieprecyzyjnego wyrażania się – pomyślał Wowa.

– Chodzi o bardzo interesującą symbolikę – powiedział powoli i wyraźnie. – Odkurzacz to niezwykle ciekawy pomysł.

Na twarzy Cilliana O'Briena pojawił się wreszcie wyraz zrozumienia, a także serdeczny uśmiech.

– Domyślam się, że nie czytał pan „The Irish Express" z dnia czwartego września dwutysięcznego roku?

Grymas zdziwienia zagościł tym razem na twarzy Wowy.

– Zdjęcie z odkurzaczem pochodzi właśnie z tej gazety – ciągnął O'Brien. – Konkretnie ze strony dwunastej, aczkolwiek krótka zajawka tekstu opisującego całą sprawę znalazła się na pierwszej stronie – dodał z dumą.

– Sprawę pańskiego odkurzacza? – zdziwił się Wowa.

Dopiero po tych słowach Cillian O'Brien zrozumiał, że jego rozmówca nie ma bladego pojęcia nie tylko o genezie zdjęcia, lecz także o najsłynniejszej sprawie rozwikłanej przez Van Helsinga hrabstwa Wicklow i południowych dzielnic Dublina. Przez chwilę detektywowi zrobiło się z tego powodu przykro, jednak po krótkim namyśle postanowił zachować się profesjonalnie, stłumić namiętności i wyjaśnić Wowie wszystko od samego początku.

– Jesień, taka ani wczesna, ani późna, lecz wiatr hula już po wybrzeżu niczym narwany młodzieniec na swojej pierwszej dyskotece, wieczór już zaawansowany – rozpoczął opowieść O'Brien. – Dzwoni telefon. Odbieram go z lekką niechęcią, a w słuchawce słyszę czystą rozpacz. Ukradli mój odkurzacz!, ktoś krzyczy do słuchawki, ukradli go! Proszę człowieka o zachowanie spokoju i wyjaśnienie, czy sprawa jakiegoś odkurzacza jest naprawdę aż tak pilna, że dzwoni do mnie o wpół do dwunastej w nocy. Ten twierdzi jednak, że jest tak pilna, że zadzwoniłby nawet o czwartej nad ranem. Następnie błaga mnie o natychmiastowe spotkanie w Dalkey. Lubię Dalkey wieczorową porą, więc jadę tam, podekscytowany. Czeka na mnie elegancki mężczyzna ubrany w garnitur i błękitny krawat, jego buty błyszczą się reprezentacyjnie, włosy też, bo jak mniemam, jest na nich brylantyna. Twierdzi, że jest ważnym pracownikiem ważnego banku i że skradziono mu odkurzacz. Pytam go, czy skoro jest taki ważny, to nie łatwiej byłoby mu kupić nowy, i jako argument podaję przykładowe ceny odkurzaczy oraz cennik własnych usług detektywistycznych. Bankier zaczyna denerwować się jeszcze bardziej, aż w końcu przechodzi do sedna sprawy: to nie jest zwykły odkurzacz. To odkurzacz Freddiego Mercury'ego. Dokładnie ten, który pojawił się w teledysku do piosenki *I Want to Break Free*.

O'Brien rozejrzał się wokół, sprawdzając, czy aby nikt poza Wową go nie słyszy. Przysiadł się bliżej, po czym kontynuował opowieść nieco przyciszonym głosem.

– Bankier z Dalkey twierdzi, że kupił odkurzacz na aukcji w Londynie, ponieważ jest wielkim fanem zespołu Queen. Przyznaje jednak, że fani grupy bywają bardzo zachłanni i przebiegli, dlatego przypuszcza, że odkurzacz skradł mu jakiś inny wielbiciel twórczości Freddiego. Podejrzewa też, że jego cenna pamiątka może być już na statku płynącym do Anglii. Kiedy to mówi, jego wzrok rzadko spotyka się z moim, krąży gdzieś po okolicy, zlękniony jakby, natomiast gładko ułożona fryzura zaczyna się targać w różne kierunki, z przewagą północnego zachodu. Gdyby tak spojrzeć nań okiem laika, można by uznać go za człowieka o wyraźnych cechach osobowości zaburzonej. Jako detektyw z wieloletnim doświadczeniem nie poddaję się jednak złudnym wrażeniom, lecz korzystam obficie ze swych zdolności analitycznych, które sugerują mi, co następuje: fryzura bankiera potargała się na skutek silnego wiatru, którego i ja doświadczyłem, wiatr wiał dokładnie w tę stronę, w którą skierowała się większa część czupryny, co mogło świadczyć o małej ilości protein we włosach rozmówcy, najistotniejszy był jednak pozornie rozbiegany wzrok, który kierował się wyłącznie w miejsca, z których ktoś mógł nadejść, oraz w te, z których ten ktoś mógł nas obserwować. A to sugerowało rzecz najistotniejszą: bankier nie powiedział mi całej prawdy i prawdopodobnie nie zamierzał tego zrobić.

Wowę mocno rozczarowała prawdziwa historia billboardu z odkurzaczem. Na krótko pojawiła się nawet irytacja spowodowana poważną nadinterpretacją komunikatu perswazyjnego. Im bardziej jednak detektyw zagłębiał się w historię rzeczywistego powstania reklamy, tym szybciej złe emocje opuszczały Wowę, a ich miejsce zajmowała zwyczajna ciekawość. Siedział więc z niemal pełną szklanką whiskey w ręku i wpatrywał się w detektywa, wyczekując kolejnych szczegółów jego opowieści. To samo, choć bez szklanki, czynił psychoanioł.

– Pewnie bankier sam ukradł odkurzacz Freddiemu, złodziej jeden! – wykrzyknął Alfred.

– Odkurzacz nie był własnością bankiera? – Przetłumaczył Wowa na bardziej dyplomatyczny język.

– Ależ był! – O'Brien stwierdził stanowczo. – Już następnego ranka zażądałem wglądu w dokumentację, aby zyskać pewność, że nie mam do czynienia z człowiekiem łamiącym siódme przykazanie. Biorąc pod uwagę jego profesję, trzeba było zachować szczególną ostrożność. Okazało się jednak, że cała dokumentacja była jak najbardziej w porządku, co potwierdził następnie dom aukcyjny, w którym bankier nabył ów sprzęt. W takich przypadkach nie należy zbytnio koncentrować się na przedmiocie. Tu należało się skupić na podmiocie.

O'Brien spojrzał na kota, lekko się do niego uśmiechnął, uniósł szklankę wypełnioną whiskey i zaczął się jej przyglądać. Wowa zastanawiał się, czy jego rozmówca robi właśnie pauzę przed kulminacyjną częścią opowieści, czy też chce dać mu do zrozumienia, że powinien sam odkryć prawdę zanurzoną gdzieś w potoku słów. Pomyślał też, że detektyw mógł zgubić wątek lub – poprzez wpatrywanie się w szklankę whiskey – sugerować głębsze, symboliczne znaczenie swojej opowieści.

– Czekały mnie ciężkie dni i noce – odezwał się wreszcie O'Brien nostalgicznym tonem, nadal przyglądając się szklance. – Wiedziałem, że bankier coś ukrywa, więc musiałem zachować zdwojoną czujność. Przez dwa dni pilnie obserwowałem całe pobliskie wybrzeże, śledziłem, jak się później okazało, kilka osób zupełnie niewinnych, miałem też na oku samego bankiera, jego żonę oraz Williama, ich psa. Brałem pod uwagę różne okoliczności zniknięcia odkurzacza, dlatego też wszystko mnie interesowało. Okoliczni mieszkańcy mieli mnie już dosyć po tym, jak nieustannie ich nachodziłem, zadając kolejne dziwne pytania. Te pełne napięcia i trudów dni stały się jeszcze trudniejsze po tym, jak odkryłem, że nie jestem tylko śledzącym. Byłem także śledzonym. Trochę zepsuło mi to plany, ponieważ musiałem opuścić miejsce dotychczasowych poszukiwań i udać się aż do Tallaght, by zgubić swojego prześladowcę. Miałem tam wówczas swój tajny punkt w postaci mieszkania ciotecznego brata, gdzie dokonać mogłem ważnej czynności operacyjnej. Przywdziałem flanelową kraciastą koszulę krewnego, stare spodnie dżinsowe, przykleiłem sobie sztuczną brodę. W takim stroju przyszło mi kontynuować drugi dzień śledztwa. Udało mi się zgubić mężczyznę, który mnie śledził, od pewnej dobrej kobiety otrzymałem kawałek pizzy, a od przeuroczego starszego małżeństwa dwie kanapki, butelkę wody mineralnej oraz ulotkę z adresem noclegowni dla bezdomnych. To wszystko naprowadziło mnie na właściwy trop. Właśnie dzięki temu moje poszukiwania skierowały się we właściwym kierunku. Dzięki przypadkowej przebierance już trzeciego dnia śledztwa mogłem wyłowić odkurzacz ze zmąconych wód Morza Irlandzkiego.

Cillian O'Brien wypił do końca swoją whiskey. Następnie spojrzał w stronę wielkiego okna, podrapał się po głowie i wyciągnął z teczki rozpiskę gonitw, które miały się odbyć tego dnia, oraz swój cenny notatnik, po czym zaczął porównywać oficjalnie dostępne dane oraz własne informacje na temat Hyżego Briana i Nocnej Kolki. Po przeanalizowaniu statystyk spojrzał w sufit i po chwili głębokiego namysłu zdecydowanym ruchem przekreślił oba konie w oficjalnym informatorze.

– To było wielkie zwycięstwo dedukcji, statystyki i badań terenowych… – Detektyw nagle powrócił do swojej opowieści, wbijając przy tym wzrok w ścianę, na której wyświetliły się jego wspomnienia. – Mężczyzna, który mnie śledził, okazał się reporterem „The Irish Express". Odnalazł mnie ponownie, kiedy wyławiałem odkurzacz z morza. Dzięki temu powstało zdjęcie, które zna pan z billboardu. Dziennikarz był dosyć znany i miał w sobie prawdziwy dar przekonywania. Przyznał ze smutkiem w oczach, że kradzież słynnego rekwizytu z domu bankiera jest tematem decydującym o jego dalszych losach w redakcji. Zrobiło mi się go trochę żal, więc opowiedziałem mu całą historię kradzieży. Usłyszał zatem o międzynarodowej grupie fanatyków zespołu Queen, którzy działając pod kryptonimem „Kind of Magic", gromadzą różne przedmioty związane z Freddiem Mercurym, a następnie odprawiają wokół nich obrzędy mające przynieść im szczęście w miłości oraz zapewnić ponadprzeciętne zdolności wokalne. W tym przypadku ukradli odkurzacz znany z teledysku, a następnie podczas pełni księżyca zatopili go w morzu, tańcząc przy tym nago i śpiewając *I Want to Break Free*. Gazeta podała nawet szczegóły, o których napomknąłem reporterowi: wśród uczestników obrządku znajdowali się wyłącznie obcokrajowcy, głównie Japończycy mający za sobą świeże traumy rozstania. Tuż po zatopieniu odkurzacza udali się na lotnisko, skąd odlecieli do swoich krajów.

Wowa spojrzał na psychoanioła. Ten spojrzał na niego. Następnie obaj spojrzeli na Cilliana O'Briena i wybuchnęli śmiechem. Spazmatyczny śmiech udzielił się również detektywowi, zdołał on jednak opanować się na tyle, by opowiedzieć o medialnym epilogu całej historii.

– Proszę sobie wyobrazić, że już po kilku dniach nikt nie pamiętał o odkurzaczu i bankierze z Dalkey. Wszyscy skupili się na Japończykach odprawiających tajemnicze obrzędy. Przez kolejne tygodnie media informowały o poważnym zagrożeniu, jakie niosą ze sobą azjatyckie sekty, debatowano o różnicach kulturowych między Europą a Japonią, a jedna z gazet dotarła nawet do rzekomego członka grupy „Kind of Magic" i opublikowała na jego temat dwustronicowy reportaż. Nie muszę chyba dodawać, że sprzedaż płyt zespołu Queen wzrosła wówczas w Irlandii pięciokrotnie.

Wowie bardzo spodobała się ta historia. Była nawet lepsza niż jego własna nadinterpretacja.

– Naprawdę całą tę historię z Japończykami wymyślił pan na potrzeby mediów?

O'Brien znowu się zaśmiał.

– To była wyjątkowo pilna potrzeba.

– Powinien pan chociaż dostać podziękowania od grupy Queen...

– Nie tylko od nich! – zareagował żywo detektyw.

– Wie pan, gdzie mieszka Bono?

Pytanie było retoryczne. Dokładną lokalizację domu wokalisty U2 znał niemal każdy mieszkający na południe od rzeki Liffey i na północ od góry Bray.

– Wie pan, że z okien jego domu widać miejsce, w którym został odnaleziony odkurzacz? – Van Helsing uniósł palec, sugerując wielkie odkrycie. – Pamięta pan teledysk U2 *Electrical Storm*, który powstał dwa lata po zdarzeniach właśnie omawianych przeze mnie?

Po krótkim zastanowieniu Wowa przypomniał sobie czarno-biały wideoklip, w którym Bono jedzie pociągiem, a dziewczyna z lękiem w oczach biegnie przez plażę. Czego się tak bała? Wowa próbował to sobie przypomnieć. Po kilku sekundach miał już ten obraz przed oczami: dziewczyna biegnie, patrząc w stronę morza, boi się, że jej ukochany utonął. Ten jednak wyłania się z wody. Najpierw pokazuje się czubek jego głowy, następnie stopniowo cała reszta. Idzie spokojnie i w jednej ze scen trzyma w ręku telewizor, a w drugiej wannę. Oba sprzęty gospodarstwa domowego wyciąga z morza.

Wowa zamówił drugą kolejkę whiskey. Nadal nie miał pojęcia, dlaczego odkurzacz znalazł się w morzu. Zapytany o to detektyw uważnie rozejrzał się dookoła, po czym skupił spojrzenie na Wowie.

– Moje życiowe i detektywistyczne doświadczenie podpowiada mi, że jest pan człowiekiem dyskretnym – zaczął mówić przyciszonym głosem. – Wydedukowałem też, że ma pan na tyle poważne własne problemy, że nie zechce pan informować osób trzecich o tym, o czym teraz powiem. Gdyby pan takowych problemów nie miał, nie spotkalibyśmy się tu i teraz. Jak już chyba wspominałem, typowe zlecenia dla detektywa w Irlandii to zdrady, pomówienia i kradzieże zwierząt. W przypadku ważnego bankiera i słynnego odkurzacza rzecz przedstawiała się bardziej nietypowo. Ja jednak postanowiłem nie wykluczać banalnych rozwiązań i dzięki temu natrafiłem na właściwy trop. Jak już wspominałem, na trop ten wpadłem po powrocie z Tallaght we flanelowej koszuli i starych portkach. Wówczas nagle wszystko zaczęło się układać w logiczną całość. Dzięki swoim badaniom terenowym dowiedziałem się, że bankier bardzo często dokonywał zakupów odzieży damskiej. Sukienki, futra, spódnice w stylu retro. Na użytek osobisty prowadzę od kilku lat statystyki dotyczące trendów na rynku mody. Chcę po prostu wiedzieć, co kupować dzieciom i wnukom na urodziny. W sklepach, w których zakupów dokonywał bankier, dowiedziałem się, jakie konkretnie były to ubrania. Zorientowałem się, że jego żona nigdy nie nosiła żadnej z kupionych przez niego spódnic ani sukienek. Nasunęło się oczywiście podejrzenie o posiadanie kochanki, ale teza ta szybko została obalona. Wszystko stało się jasne... Już pierwszego wieczoru dostrzegłem mokry piasek na butach małżonki swojego zleceniodawcy, w koszu na pranie stwierdziłem zaś obecność dżinsów o nogawkach nasączonych wodą morską. To był konkretny trop, którym ruszyłem! Pewien życzliwy ochroniarz ze sklepu w pobliżu morza za drobną opłatą udostępnił mi nagrania z monitoringu. Widać na nich było żonę bankiera ubraną w dżinsy, które widziałem w koszu, oraz szarą bluzę z kapturem. Szybkim krokiem podążała na plażę z dużą torbą podróżną w ręce. Dzięki nagraniu mogłem się domyślić, w którym miejscu odkurzacz został zatopiony w morzu, ale ponieważ minęły już dwa dni, należało się liczyć z tym, że obiekt zmienił swoje położenie.

Z pomocą pospieszył mi przyjaciel pracujący w instytucie meteorologii. Udostępnił mi bardzo szczegółowe dane na temat warunków klimatycznych panujących w tym miejscu, przydała się też statystyka oraz podstawowe umiejętności nurkowania. Odkurzacz został odnaleziony.

O'Brien podrapał się po podbródku i wbił wzrok w stolik. Wowie brakowało w tej historii pewnego ważnego szczegółu; nie wiedział, czy powinien się go domyślić, czy detektyw już o nim wspomniał między wierszami, czy też wbijając wzrok w stół, ponownie chce zwiększyć napięcie. Zastanawiając się, dlaczego żona bankiera zatopiła jego cenny odkurzacz, pomyślał, że może w tej historii nie o proste detektywistyczne rozwiązania chodziło, lecz o miłość. Być może wszystkie historie w gruncie rzeczy traktują o miłości.

– Żona kochała go mimo wszystko?

Detektyw zastanowił się nad słowami Wowy, gładząc się lekko po swojej przerzedzonej fryzurze.

– Istotnie, żona musiała go ciągle kochać – przyznał po namyśle. – Chociaż nie ulega wątpliwości, że była też zazdrosna. Co prawda nie miał kochanki, ale była w tym wszystkim ta druga, o którą zazdrosna była żona, ta druga, która coraz bardziej zbliżała się do ideału i z którą tak ciężko było konkurować, ta druga, która była w nim samym. Od kiedy awansował w strukturach banku, zaczął się zachowywać dziwnie, żeby nie powiedzieć: obco. Najpierw pojawili się nowi znajomi z kręgów korporacyjnych, z czasem przyszły bezsenność, chorobliwe gromadzenie zbędnych przedmiotów, ostra rywalizacja z kolegami najpierw w ilości posiadanych krawatów, potem w ich jaskrawości, a w końcu to: potajemne przebieranie się za kobietę. Bankier usłyszał kiedyś na jednym z biznesowych spotkań, że crossdressing jest teraz w modzie, więc poczuł się zobowiązany wypróbować go na sobie. Z czasem wciągnął się w tę zabawę i kobiecą postać stworzoną przez siebie samego zaczął obdarowywać licznymi prezentami, głównie ubraniami, perfumami i biżuterią. Chciał być kobietą elegancką. Następnie nabył słynny odkurzacz, którego w kobiecym stroju używał sam Freddie Mercury. Dopiero wówczas żona odkryła jego skrzętnie ukrywane hobby. Zaczęła go podglądać i w końcu doszła do wniosku, że postać stworzona przez jej męża jest kobietą niemal idealną: nosi eleganckie ciuchy, ładnie pachnie, a do tego odkurza. Tego było za wiele. Pozbyła się więc odkurzacza.

– I to od pana bankier dowiedział się, że jego żona wie o wszystkim?

– To był dla niego prawdziwy wstrząs – odparł z powagą O'Brien. – Był przekonany, że wynajęty detektyw nie odkryje niczego poza odkurzaczem. A co dopiero żona! Taki wstyd… Widziałem jednak, że oboje chcą ratować tę miłość, zachęciłem ich więc do terapii małżeńskiej. Posłuchali mnie i zaczęli uczęszczać na spotkania prestiżowego klubu anonimowych bankierów.

Detektyw zakończył opowieść i spojrzał na zegarek. Do pierwszej gonitwy zostało zaledwie kilka minut. Wowa rozejrzał się za swoimi kompanami, lecz dostrzegł tylko zniecierpliwionego kota, przebierającego przednimi łapami, tak jakby sam chciał wystartować w gonitwie. Alfred, jako istota obdarzona pozaziemską intuicją i nadprzyrodzoną empatią, domyślił się zakończenia opowieści detektywa długo przed jej oficjalnym finałem, w związku z czym postanowił oddalić się od towarzystwa i uważniej przyjrzeć się aktualnym kursom u bukmacherów. Reszta załogi, na czele z Borysem, udała się w jego ślady, zgodnie z irlandzkim zwyczajem przekładając kluczową część spotkania na później.

Choć obstawiano dopiero pierwszą z siedmiu gonitw, wokół kilkunastu stanowisk bukmacherskich krążyli już podekscytowani gracze wyszukujący najkorzystniejszych kursów na wybrane przez siebie konie. Bukmacherzy przekrzykiwali się nawzajem w oferowanych wygranych za konkretnego zwycięzcę. Dwa za Freuda na Wakacjach, pięć za Pająka z Księżyca, osiem za Osiedlowego Chuligana, trzynaście za Jurnego Bankruta. Faworytem gonitwy zdawał się Freud na Wakacjach, gdyż każde postawione na niego euro mogło u większości bukmacherów co najwyżej się podwoić. W pewnej chwili wszyscy bukmacherzy zaczęli wykrzykiwać wyłącznie imię Pająka z Księżyca, konia zajmującego w oficjalnym katalogu miejsce tuż za faworytem. Pająk z Księżyca zjednoczył bukmacherów i graczy we wspólnej gorączce kursu zmieniającego się co kilka sekund. Pająk z Księżyca za cztery, Pająk z Księżyca za sześć, Pająk z Księżyca na ustach wszystkich.

– Tfu... – parsknął Borys. – Jak można było tak nazwać konia? Do tego nie ma najmniejszych szans na wygraną!

Słowa kota rozbawiły Wowę.

– To nie konkurs na najpiękniejsze imię, tylko na najszybszego konia.

Słowa Wowy rozbawiły kota.

– Zajmujesz się sztuką, a konie sprawdzasz w jakimś śmiesznym roczniku statystycznym? Tu należy słuchać głosu serca i spojrzeć koniowi w oczy. One powiedzą ci wszystko. – Borys przeciągnął się dumnie. – Tak się składa, że ja widziałem oczy ich wszystkich. O tam, z wysokości lokalu gastronomicznego, gdym zasiadł przy witrynie po spożyciu mleka, którym zechciał poczęstować mnie ten sympatyczny starszy pan.

Borys emanował pewnością siebie, Wowa natomiast nie wiedzieć czemu miał wrażenie, że kot chce go zrobić w konia.

– Widzę, że masz wątpliwości. – Borys zmierzył go przenikliwym spojrzeniem. – Aby je rozwiać, chciałbym zaproponować ci pewien bardzo korzystny układ.

Wowa starał się być człowiekiem jak najbardziej niezależnym i rzadko szedł na jakiekolwiek układy. Jednak układ z własnym kotem zdawał się czymś co najmniej interesującym. Z zainteresowaniem wysłuchał propozycji.

– Podam ci zwycięzców wszystkich siedmiu gonitw – zaczął kot. – Zakładając, że kwotę dwustu euro, którą chcesz przeznaczyć na hazard, rozbijesz po równo na każdą z gonitw, wygrasz dzisiaj tysiąc trzysta szesnaście euro. Gatunek ludzki ma niezwykle materialistyczne podejście do życia, w związku z czym będziesz mi ogromnie wdzięczny już po pierwszej gonitwie. To w niej będziemy świadkami największej niespodzianki, ponieważ ten wyścig wygra pomijany przez wszystkich Jeździec bez Głowy. U bukmacherów zajmuje ledwo trzecie miejsce od końca, dzięki czemu można na nim całkiem dobrze zarobić, a ja znacznie zyskam na wiarygodności.

– Skąd ta pewność, że wygra?

Mimo sytuacji, w jakiej się znajdował, Wowa musiał zadać to sceptyczne pytanie.

– Widziałem jego pełne dzikiej namiętności spojrzenia kierowane w stronę faworytki trzeciej gonitwy, Trudnej Zośki. Facet ma w sobie dzisiaj wiele zapału i ogromną motywację, by korzystnie zaprezentować się przed obiektem swych westchnień. Wygra tę gonitwę. Reszta się dziś nie liczy, zwłaszcza ten cały Pająk z Księżyca. Gość jest w głębokiej depresji, wiedzą to już nawet bukmacherzy. Od kiedy wycięto jabłonkę rosnącą tuż obok jego stajni, popadł w całkowity marazm. Cały czas ze smutkiem w oczach rozmyśla tylko o tym drzewku. Ot, esteta. Pająk z Księżyca.

Do zamknięcia zakładów pozostały już tylko dwie minuty. Cillian O'Brien odchodził właśnie od stanowiska numer cztery, w którym znalazł najkorzystniejszy kurs na Osiedlowego Chuligana. Ze statystyk jasno wynikało, że to właśnie on najczęściej wygrywa gonitwy rozpoczynające zawody, najlepiej radzi sobie, biegnąc na wewnętrznym torze, a do tego ma wyśmienite wyniki podczas mżawki, na którą według wyliczeń O'Briena właśnie się zanosiło.

Zegar informujący o końcu przyjmowania zakładów wyświetlał pięćdziesiąt sekund. Z każdą upływającą sekundą spojrzenie kota stawało się coraz bardziej przenikliwe. Wowa nadal nie wiedział jednak nic o najważniejszej rzeczy.

– Czego chcesz w zamian?

W oczach Borysa pojawił się błysk.

– Godziny wolności...

Wowa poczuł żal, zaskoczenie i lęk o kota.

– Mam cię zostawić samego do końca wyścigów?

– Nie bierz tego do siebie – odparł czule Borys. – Jestem kotem, muszę czasem trochę samotnie pohasać. Poza tym, jesteś mi coś winien za tę przykrą historię z Molem.

Po wysłuchaniu mocnych argumentów Borysa Wowa pozbył się obaw, że jego ukochany kot chce go opuścić w gniewie. Natura obdarzyła go jednak, jak wszystkie koty, niezwykłymi zdolnościami negocjacyjnymi, dzięki czemu krótko po tych słowach kocia łapa spotkała się z człowieczą dłonią na znak zawarcia umowy, Wowa natomiast szybko znalazł się przy najbliższym stoisku bukmacherskim.

– Trzydzieści na Jeźdźca bez Głowy.

Stary Irlandczyk podał Wowie kwitek wyglądem przypominający zwyczajny sklepowy rachunek. Wynikało z niego, że w przypadku zwycięstwa Jeźdźca bez Głowy Wowa otrzyma trzysta euro.

Zgodnie z przewidywaniami Cilliana O'Briena niebo groziło mżawką. Konie szykowały się do pierwszej gonitwy, a ludzie i koty szukali najdogodniejszych punktów obserwacyjnych. Najlepsze, z których wyśmienicie widać było zarówno tor wyścigowy, stanowiska bukmacherskie, jak i lokale gastronomiczne, zajęli czterej dżentelmeni: Wowa, Alfred, Cillian i Borys. Ten ostatni sprawiał wrażenie wyjątkowo pobudzonego, o czym świadczyły dwa dzikie miauknięcia. Nie były one przypadkowe, o nie. To były miauknięcia witające uczestników pierwszej gonitwy, a przede wszystkim Jeźdźca bez Głowy, który miał zaskoczyć wszystkich i nie biec, nie galopować, nie pędzić, lecz frunąć, miał lecieć na skrzydłach miłości, którymi zupełnie nieświadomie obdarowała go Trudna Zośka.

Deszcz padał coraz mocniej. Tłum na trybunach wstrzymał oddech. Kot zmrużył oczy. Jeździec bez Głowy pomyślał o Trudnej Zośce. I...

Poszli! Padł strzał i cała ósemka ruszyła przed siebie grzywa w grzywę. Konie weszły w pierwszy zakręt, wśród publiczności słychać było „komą, komą", na prowadzenie wyszedł Freud na Wakacjach, „komą, komą" nadal na trybunach, Freud na Wakacjach i na prowadzeniu, Freud na Wakacjach i na pełnym gazie, tuż za nim Jurny Bankrut, reszta za nimi w równym szeregu, patataj, patataj, drugi zakręt, patataj, patataj, wszystko się zmieniło, jak to na zakrętach, Jurny Bankrut osłabł, spadł na ostatnią pozycję, wielkie zamieszanie, wielkie przetasowanie, wielkie „komą, komą" na trybunach, konie wyszły na ostatnią prostą, Pająk z Księżyca, Pająk z Księżyca, „komą, komą", a Pająk jakby to słyszał dobrze, jakby wiedział, jakby rozumiał i czuł tę nadzieję w nim pokładaną, nabrał szaleńczego tempa, minął Freuda na Wakacjach, minął Osiedlowego Chuligana i mknął, natchniony, jako pierwszy w całej ekipie, za nim Freud i Chuligan niczym bracia syjamscy, równo jak gładzią szpachlową przyłożył, a za tą trójką niepozorny, nieuwzględniany, romantyczny Jeździec bez Głowy, lecz trybuny niemal całe o Pająku z Księżyca się rozmarzyły, leć, Pająku, fruń, chudonogi owadzie z kosmosu, krzyczą, lecz Pająk osłabł niezmiernie, zwolnił nagle szaleńcze tempo, jakby ktoś wtyczkę wyciągnął, spadł na drugą, spadł na trzecią pozycję, dokładnie w tym samym momencie, gdy Jeździec bez Głowy znów pomyślał o oczach Trudnej Zośki, pomyślał o nich kilka metrów przed

metą, pomyślał, gdy miał jeszcze przed sobą słabną-
cego Pająka, pomyślał o nich jeszcze intensywniej,
gdy przed nim biegł już tylko Osiedlowy Chuligan,
na trybunach wrzawa, Pająk, Pająk, krzyczy trzy
czwarte publiczności, Chuligan, Chuligan, zaciska
pięści Cillian O'Brien, trzy metry do mety, Pająk
opada z sił niczym trafiony kapciem, Chuligan rwie
do przodu, lecz w tym samym czasie Jeździec bez
Głowy zaskakuje wszystkich, przestaje gnać, nie biegnie już wcale, wszyscy dziwią się, co robi ten mało
komu znany ogier, podczas gdy Chuligan biegnie, ile
sił w nogach, Jeździec bez Głowy frunie, leci jak od-
rzutowiec, nie sposób dostrzec jego nóg, tu trzeba
doszukiwać się skrzydeł, tu trzeba szukać silnika
najpotężniejszych samolotów myśliwskich, gdyż to
z nich chyba chciałby ustrzelić serce Trudnej Zośki,
prawdziwy myśliwiec, myśliwiec bez głowy, ale za to
z wielkim sercem. Jęk zawodu na trybunach. Pająk
ostatecznie na miejscu szóstym. Zaskoczenie O'Briena, który pospiesznie spogląda w swoje statystyki.
Osiedlowy Chuligan drugi. Kot pręży się dumnie.
Zaskakujące zwycięstwo Jeźdźca bez Głowy.

Detektyw z podziwem spojrzał na Wowę.

– Gratuluję.

Wowa na chwilę przeprosił rozmówcę i oddalił się
wraz z kotem w miejsce, gdzie znacznie słabiej dało

się słyszeć okrzyki rozczarowania. Dotarli do stanowisk bukmacherskich. Wowa wypuścił z rąk kota i spojrzał na niego z niepokojem.

– Uważaj na siebie...

Kot otarł się głową o nogę swojego człowieka.

– Nic się nie martw – odparł radośnie. – Lepiej zapisz sobie zwycięzców następnych sześciu gonitw.

– Dzięki. – Wowa pokręcił głową. – Wystarczy mi, że wrócisz cały i zdrowy.

– Twoja szlachetna postawa jest wzruszająca. – W kocich oczach łatwo można było dostrzec błysk ironii. – W takim razie zapamiętaj sobie chociaż zwycięzcę gonitwy numer pięć. Będzie to Niespodziewana Malinka. *Unexpected Love Bite, understood?*

Wowa spojrzał na kota z uznaniem.

– To będzie największa niespodzianka wieczoru, *really unexpected* – kontynuował futrzak. – Zupełnie nieznany koń z hrabstwa Donegal. Nie muszę chyba wyjaśniać, jakie będą motywy jego wyśmienitego startu? Wystarczy, że zrobił to już duet Lennon i McCartney, pisząc piosenkę *All You Need Is Love*.

Kot dostojnym krokiem odszedł w sobie tylko znanym kierunku. Wowa do samego końca przyglądał się coraz bardziej oddalającemu się rudemu ogonowi, aż ten zniknął w końcu za zakrętem. Ponownie poczuł niepokój, jednak po chwili zdał sobie sprawę, że Borys nie tylko jest bardzo inteligentny i wrażliwy, lecz także jest wybitnym obserwatorem i poliglotą, a z takimi kwalifikacjami powinien sobie poradzić w najtrudniejszych warunkach.

Wowa pospiesznie obstawił przypadkowego konia, po czym zaprosił detektywa do pubu na kolejną szklankę whiskey. Podczas drugiego posiedzenia, odbywającego się dokładnie w tym samym miejscu co poprzednie, obaj panowie uznali, że już najwyższy czas, by przejść do konkretów. Pominęli więc grzecznościowe pogaduszki oraz historie o billboardach i odkurzaczach. Tym razem skupili się na Mustafie. Wowa przekazał szczątkowe, choć istotne informacje na temat Turka, O'Brien zaś skrupulatnie zanotował je w swoim kolejnym zeszycie, zakreślając słowa klucze zielonym markerem. W zasadzie było to jedno słowo: „wąs". Wowa nie wdawał się w zbędne szczegóły. Choć wypił już kilka szklanek whiskey, nie rozprawiał na temat złożoności swojej relacji z Mustafą. Takie rzeczy wolał zachować dla siebie. Szczegółowo opisał natomiast jego fizjonomię, prawdopodobne miejsce pobytu, problemy natury lingwistycznej, zamiłowanie do bałkańskich trunków i czeskiego futbolu oraz możliwą awersję do hotelowych lamp. To miało wystarczyć Van

Helsingowi hrabstwa Wicklow i południowych dzielnic Dublina, żeby wytropić Turka, a następnie śledzić go i szczegółowo informować Wowę o każdym jego ruchu.

Spotkanie nie trwało długo, dzięki czemu Wowa i O'Brien przegapili tylko jedną gonitwę. Detektyw postanowił jednak zrekompensować sobie tę stratę, stawiając w trzecim biegu na wybranego konia kwotę dwukrotnie wyższą od wcześniej założonej. Nie przyniosło to pożądanego rezultatu, a wręcz podwójne rozczarowanie. O'Brien z niepokojem zerknął do swoich notatek. Nie tak miał wyglądać ten dzień, pomyślał. W czwartej gonitwie postawił zatem kwotę trzykrotnie wyższą. Strzał na Broadwayu nie okazał się jednak strzałem w dziesiątkę, mimo że wszelkie statystyki wyraźnie wskazywały na to, iż właśnie ten wieczór powinien należeć wyłącznie do niego. Detektyw wyglądał już na potrójnie strapionego. Wspomniał nawet o ratach kredytu, które będą musiały poczekać. Wowie, któremu w poprzednich dwóch gonitwach również się nie wiodło, zrobiło się żal O'Briena. W głębi duszy żywił jednak nadzieję, że w tropieniu ludzi detektyw jest znacznie lepszy niż w dysponowaniu finansami. Postanowił więc zaufać kotu oraz sile miłości. Postawił sto euro na Niespodziewaną Malinkę, a kupon podarował detektywowi. Ten najpierw długo opierał się przed przyjęciem prezentu, kiedy jednak dowiedział się, którego konia wybrał Wowa, wziął od niego podarunek i zadeklarował, że w przypadku zwycięstwa Malinki całą wygraną przeznaczy na ich wspólne trunki w miejscowym lokalu.

Kilkanaście minut później wszyscy zgromadzeni na torze przecierali oczy ze zdumienia, a O'Brien miał do zainkasowania ponad dwa tysiące euro.

– To całkowicie wbrew wszystkim danym, jakie zebrałem! – krzyczał, podekscytowany. – Chyba czeka nas dziś wielki irlandzki *craic*!

Wowa długo odwodził go od pomysłu, by całą wygraną zainwestować w napoje alkoholowe. Ostatecznie zgodził się na pożegnalne dwie kolejki w zamian za to, że O'Brien resztę wygranej przeznaczy na zaległe rachunki.

Uzgodnione dwie kolejki okazały się tylko kurtuazyjnym wstępem i szybko zamieniły się w cztery. Zgodnie postanowili nie wracać już na tor, uznając, że zwycięstwo Niespodziewanej Malinki wyczerpało ich limit szczęścia. Pozostali więc w lokalu gastronomicznym, a radosny świat wyścigów konnych nabierał w ich oczach bardzo płynnych konturów. Interesujące zjawisko optyczne dotyczyło także szklanki stojącej przed Wową, która co jakiś czas zdawała się poddawać procesowi duplikacji.

O ile szklanka whiskey oraz inne przedmioty codziennego użytku chwilami zdawały się podwójne, o tyle nie wiedzieć dlaczego, Borys, który właśnie powrócił z wojaży, objawił się obu dżentelmenom w poczwórnej postaci.

– Kotku... – ucieszył się Wowa z powrotu przyjaciela, próbując przy tym ustalić, która z jego czterech postaci jest prawdziwa.

O'Brien pochylił głowę i zmrużył oczy, przyglądając się kotu. Po dokładnych oględzinach zadumał się, przyjmując przy tym pozę filozoficzną.

– Optyka jest dziedziną nadal niezbadaną...

Wowa z powagą przytaknął towarzyszowi.

– Cześć – odezwał się jeden z czterech Borysów. – Chciałbym przedstawić ci moją ukochaną.

Dwa koty wskazały głowami stojące obok dwa koty. Wowa poczuł się mocno zdezorientowany. Pochylił się nisko i dopiero z odległości kilkunastu centymetrów dostrzegł, że obok dwóch Borysów widzi dwa zupełnie inne koty, nieco mniejsze i szaro-bure.

– Moje uszanowanie – ukłonił się uprzejmie.

– To jest Keely – kontynuował Borys. – Połączyła nas miłość od pierwszego wejrzenia.

Wowa z uznaniem kiwnął głową.

– W związku z powyższym chciałbym cię poinformować, że zamierzamy razem zamieszkać i spędzić ze sobą resztę życia.

O'Brien ze zdziwieniem obserwował wpatrzonych w siebie Wowę i Borysa. Ostatecznie uznał, że wieczór jest na tyle szalony, iż musi udać się do baru po następną kolejkę whiskey i cztery miski mleka.

– Bardzo się cieszę twoim szczęściem – odparł Wowa z powagą. – Ale czy nie znacie się aby za krótko?

– Za krótko? Z tą twoją rzekomą Molly nie znałem się wcale, co jakoś nie przeszkodziło ci mnie z nią swatać!

Na twarzy Wowy pojawiło się zakłopotanie. Zupełnie zapomniał, że w jego domu znajduje się jeszcze jeden kot, zwany przez niektórych Molem. Postanowił zmienić temat.

– Jak się poznaliście?

Borys zmierzył go przenikliwym spojrzeniem.

– Zapomniałeś, że jestem kotem?

– Zazwyczaj staram się o tym pamiętać – przyznał szczerze Wowa.

– W takim razie powinieneś wiedzieć, że mam wrodzoną intuicję, której nie waham się użyć. Od dłuższego czasu czułem, że to właśnie dziś spotkam miłość swojego życia. Trochę zbiłeś mnie z tropu tym swoim Molem, ale na szczęście moja intuicja podpowiadała mi, że stanie się to z dala od domu.

– Istotnie, sprawiałeś dziś wrażenie wyjątkowo podekscytowanego. Ale powiedz mi lepiej, skąd wzięła się Keely?

– Kręciła się po okolicy. – Borys zrobił maślane oczy do kotki. – Błąkała się tak od dłuższego czasu, smutna, bez celu i wiary. Aż tu nagle okazało się, że mamy bardzo podobne usposobienia, charaktery i zainteresowania. Z początku obawiałem się, że nie zrobię na niej wrażenia swoją dosyć pospolitą powierzchownością, więc próbowałem nadrabiać intelektem. Odniosłem sukces na obu polach, okazało się bowiem, że rude dachowce mają tutaj spore wzięcie. Jesteśmy tu rzadko spotykanym gatunkiem. Zaskakujące, nieprawdaż?

Do lokalu powrócił psychoanioł, który przez cały czas lewitował nad trybunami. Podekscytowany, usiadł obok Wowy i zaczął niezwykle szczegółowo relacjonować ostatnie dwie gonitwy. Wowa przerwał jego opowieść, wskazując na siedzące tuż obok dwa koty. Umilkł na chwilę i uśmiechnął się do nich serdecznie.

– Mówiłem przecież, że to miłość od pierwszego wejrzenia. Molly nie jest żadnym facetem!

– Ale to zupełnie inna kotka...

Psychoanioł uważnie przyjrzał się kotom, Wowa zaś wypił ostatnią kolejkę whiskey z O'Brienem. Wzruszony detektyw po raz kolejny podziękował za kupon i zaczął snuć plany stworzenia wyśmienitego duetu. Wowie bardzo spodobał się ten pomysł, ponieważ był przekonany, że jego rozmówca nie mówi o tandemie obstawiającym wyścigi, lecz o duecie detektywistycznym, a w tej wizji ujrzał ich razem wynurzających się z morza i wspólnie trzymających na rękach wielki odkurzacz. Po kilku minutach obaj zmienili temat, nie wyjaśniając sobie jednak nieporozumienia. Najzwyczajniej w świecie uznali, że robi się już późno, więc czas wracać do domu. O'Brien potwierdził oficjalne przyjęcie zlecenia i obiecał rychły i częsty kontakt ze zleceniodawcą.

Po kilku minutach przyjechała taksówka zamówiona przez Wowę. Kierowca miał na sobie dżinsową kurtkę bez rękawów, odsłaniającą tatuaż składający się z błyskawicy i postulatu „Rock on". Alfred zasiadł obok kierowcy, Wowa z tyłu, razem z kotami. Taksówkarz odwrócił się, przyjrzał się kotom i głęboko się zastanowił.

– Dwa koty? *Cool!*

Dom był pusty. Mimo spożycia sporej ilości alkoholu, przerażony wizją przyjazdu dziadka Wowa zabrał się do sprzątania. Wyszedł z założenia, że nie zajmie mu to zbyt wiele czasu, a odkładane od dawna prace porządkowe pozwolą spożytkować energię alkoholu krążącego w jego żyłach. Po dwóch godzinach harówki, pozbywszy się większości promili, postanowił zrobić sobie przerwę i wyjść do ogrodu. W chwili, kiedy zapalił papierosa, usłyszał odgłosy świadczące o tym, że ktoś wrócił do domu. Po chwili w ogródku pojawił się wściekły Pavel.

– Normalnie spuściłem mu łomot! – wyjaśnił na dzień dobry.

Wyglądał na zestresowanego człowieka, któremu jednak trochę ulżyło.

– Cholerny pedzio Marek powiedział o wszystkim Markécie! – doprecyzował poprzednią wypowiedź. – Nie spodziewałem się tego po nim. A najlepsze jest to, że podobno zrobił to dla mnie! Sam się przyznał, palant jeden! Zrobił to dla mnie, bo... bo mnie kocha!

– Ożeeeż... – skomentował Wowa najlepiej, jak potrafił.

– Właśnie: ożeeeż. – Pavel najwyraźniej podzielał jego zdanie. – Ale mniejsza o to... Szukała cię dziś jakaś satanistka.

– Satanistka?

– Wyznawczyni kultu diabła – wyjaśnił Pavel.

Wowa podrapał się po głowie.

– Czego chciała?

– Kota! – wykrzyknął z przerażeniem Pavel.
– Myślałem z początku, że chodzi jej o twojego Borysa, więc mówię jej „Idź do diabła, wariatko", ale ona na to, że nie chce żadnego Borysa i że zaszła jakaś pomyłka. I wtedy na korytarzu pojawia się jakiś inny kot, przyznam, że trochę byłem tym wszystkim zaskoczony i przerażony, bo może to i nie twój Borys, ale jednak nie wiem, czy ta satanistka nie zechce go zjeść podczas czarnej mszy. Mówię jej więc o tym otwarcie, że zwierzętom należy się szacunek, że też mają swoje uczucia. Ale ta patrzy na mnie z politowaniem i mówi, że jestem śmieszny, a to nie jest żadna Molly, tylko jakiś Puszek. Kot leci do niej jak ćma do ognia i wskakuje jej na ręce. Następnie odjeżdżają czyimś czarnym samochodem. Przykro mi, stary.

Wowa uśmiechnął się.

– Nie martw się, to nie satanistka, tylko zwykła nastolatka. A kot należy do niej. Przeszedł tylko transformację płciową.

Pavel spojrzał na niego podejrzliwie.

– Nie wiem, co ty i twoi znajomi wyrabiacie ze zwierzętami, ale wiedz, że ja na pewno nie chcę w tym brać udziału. – Czech podrapał się po głowie, próbując sobie coś przypomnieć. – A tak w ogóle... zapomniałbym. Jesteś dzisiaj bardzo popularny. Proszę przyjść tutaj! – zawołał w kierunku domu. – Pewna miła pani do ciebie przyszła. – Zmrużył porozumiewawczo oko. – Tym razem nie jakaś nastoletnia satanistka, tylko prawdziwa diablica.

Wowa poczuł przyjemny skurcz serca. Czyżby Hayal ponownie go odnalazła?

Pavel wrócił do domu. W drzwiach zaś stanęła Dezyderia.

– *Hello...* – przywitała go kokieteryjnie.

Wowa nie potrafił ukryć zdziwienia. Znowu zaczął się zastanawiać, dlaczego była żona go nachodzi, dlaczego nagle, po dwóch latach, knuje jakąś intrygę, udając przy tym, że zebrało jej się na wspomnienia i ochotę na niego. Gdyby chodziło o inną kobietę, Wowa podejrzewałby, że to zasługa jego nowej fryzjerki; w przypadku Dezyderii zdawał sobie sprawę, że intencje nie mogą być szczere, tym bardziej po tym, gdy usłyszał jej rozmowę z ojcem.

– Co cię do mnie sprowadza?

– Wina – odpowiedziała krótko, acz treściwie.

Wowa nie spodziewał się takiej odpowiedzi. Pomyślał, że być może to zapowiedź wielkiego wyznania, które mogłoby mu pomóc w powstrzymaniu byłej żony lub byłego teścia przed dokonaniem morderstwa.

– Nie spodziewałem się takiej odpowiedzi – przyznał szczerze. – Chcesz mi w końcu powiedzieć, co kombinujesz?

Dezyderia spojrzała na niego ze zdziwieniem.

– O czym ty mówisz? – Uśmiechnęła się. – Powiedziałam tylko, że przyniosłam wina. Czerwone, półwytrawne.

Z wielkiej torby wyciągnęła cztery butelki. Wowa przyjrzał się im dokładnie, przeczytał etykiety, po czym doszedł do wniosku, że nie może odmówić udziału w konsumpcji tak wybornych trunków.

Usiedli na kanapie w salonie i zajęli się pierwszym winem.

Rozmawiali o Dublinie i Belfaście, następnie Dezyderia zainteresowała się nowymi dokonaniami artystycznymi Wowy. Opowiedział jej o tym, jak na pobliskiej plaży rozsypał dwa kilogramy proszku do prania. Proszek miał przypominać kokainę, a cały projekt nawiązywał do filmu *Niebiańska plaża* i zwracał uwagę na kojące właściwości morza. Dezyderia słuchała z zainteresowaniem. Z zaciekawieniem przyglądała się również instalacji stojącej w salonie. Był to stary grzejnik, na którym Wowa namalował zdeformowaną mapę świata. Projekt nosił nazwę „Ciepłe kraje" i przestrzegał ludzkość przed używaniem dezodorantów.

Otworzyli drugie wino.

Dezyderia rozpoczęła wywód na temat wyższości funtów nad euro, jednak zorientowawszy się szybko, że nie jest to najlepsza pora na debaty ekonomiczne, opowiedziała Wowie o losie ich wspólnego chomika, którego zostawił, kiedy się rozwodzili. Chomik bardzo tęsknił za Wową i całymi dniami wypatrywał go przez okienko swego małego drewnianego domku. W oczach gryzonia widać było tylko smutek. Z dnia na dzień cały posiwiał. Nie minęło wiele czasu, a stres spowodował, że chomik całkowicie wyłysiał. W konsekwencji matka Dezyderii pomyliła go ze swoją starą rękawiczką i kiedy spał, wyrzuciła na śmietnik.

– Pewnie do dziś biedaczek szuka cię po całym mieście – powiedziała Dezyderia ze smutkiem.

Otworzyli trzecie wino.

Po krótkiej pogawędce na temat wyższości polskiego pieczywa nad pieczywem wyspiarskim Wowa postanowił w końcu wykorzystać fakt, że wzrok Dezyderii jest już nieco mętny. Czekał na to cały wieczór.

– Co słychać u twojego ojca?

Nagła zmiana tematu wyraźnie zaskoczyła Dezyderię, co z kolei bardzo ucieszyło Wowę.

– Jest teraz w Dublinie – przyznała z rezygnacją. – Ale miałam ci o tym nie mówić, żeby cię nie denerwować.

Wowa poczuł się nieco zbity z tropu. Jeszcze bardziej zdziwił się, kiedy była żona sama wspomniała o tym, że tuż po spotkaniu z nim umówiła się ze swoim ojcem. Uznał, że Dezyderia być może mówi prawdę, a on sam, przez całą tę przykrą historię ze zbliżającą się śmiercią, zaczął wpadać w paranoję. Wciąż jednak brał pod uwagę możliwość, że jego podejrzenia są słuszne, ale że szczere wyznania muszą poczekać do następnej butelki wina.

Otworzyli czwartą butelkę.

Dezyderia zaczęła wspominać pierwsze miesiące związku z Wową. Uznała, że wszystko było wtedy magiczne. Wowa stwierdził, że żal mu chomika. Dezyderia wstała z kanapy, by udać się do toalety, a po drodze potknęła się o „Ciepłe kraje". Wowa zaczął rozmyślać o Hayal. Dezyderia wróciła. Potknęła się o pustą butelkę. Wyznała Wowie, że jest zadowolona ze swojej nowej odżywki do włosów. Wowa wyznał, że żal mu chomika. Dezyderia otarła się o nogę Wowy, wstała i kazała uważnie spojrzeć na siebie. Zaczęła się rozbierać, ale kiedy ściągała bluzkę, ta utknęła na jej głowie. Dezyderia potknęła się o „Ciepłe kraje", osunęła się na podłogę i zasnęła.

Wowa z trudem wstał z kanapy, podszedł do byłej żony, pochylił się nad nią i podniósł z podłogi. Trzymając ją na rękach, przypomniał sobie ich ślub i chwilę, kiedy przenosił ją przez próg mieszkania. Wówczas miał do pokonania tylko jedno piętro. Tym razem czekały go dwa. Niepewnym krokiem, obijając przy tym Dezyderię o ściany i balustrady, pokonał schody i trzymając w objęciach chrapiącą byłą żonę, wszedł do swojego pokoju. Kiedy położył ją na łóżku, otworzyła oczy i znów zaczęła się rozbierać, posyłając mu lubieżne spojrzenia.

Wowa wyłączył światło, wyszedł i zamknął drzwi od pokoju. Zszedł po schodach do salonu i położył się na kanapie. Zaskoczona i zdezorientowana Dezyderia znów zaplątała się w ubranie, po czym osunęła się na łóżko i ponownie zapadła w sen.

Sobota

Pogoda była nieco irlandzka. Wypalając przed domem pierwszego sobotniego papierosa, Wowa dostał od niej solidnego otrzeźwiającego kopniaka. Poszedł do kuchni i włączył elektryczny palnik, by zagotować wodę na kawę. Zaczął kroić bagietkę na małe kawałki i nakładać na nie, co następuje: masło (prawdziwe, 82 procent tłuszczu), ser żółty typu maasdamer, baleron, zielony ogórek, paprykę (żółtą), pomidor (czerwony), węgierski sos pomidorowo-paprykowy. Zawsze starał się dogadzać swoim kobietom.

Już miał pomknąć z kanapeczkami po schodach ku byłej żonie, kiedy poczuł okrutny swąd. W pierwszym odruchu rozejrzał się za kotami, ale to nie było to. Tym razem to on narozrabiał.

– *Fuck!*

Na włączonym palniku elektrycznym stał plastikowy czajnik. Wyglądało na to, że obecność Dezyderii jednak trochę stresowała Wowę.

Czajnik raczej nie nadawał się już do użytku. W każdym razie, Wowa nie miał ochoty tego sprawdzać. Wbrew zapewnieniom Alfreda brał pod uwagę możliwość, że wcale nie padnie ofiarą morderstwa, tylko zginie w inny sposób, na przykład od porażenia prądem.

Nie pozostało mu więc nic innego, jak udać się na górę z kanapkami i dwiema szklankami soku. Domyślał się, że to połączenie o porannej jeszcze porze sprawi, że Dezyderia się wścieknie, zrobi mu awanturę, mówiąc, że rano normalny człowiek pije kawę, a nie sok jak jakiś pijaczyna, w konsekwencji zaś podejrzanie arkadyjska szczęśliwość odejdzie w siną dal. Wowa zatrzymał się na schodach i zaczął się zastanawiać, czy nie byłoby to dobre rozwiązanie tej tajemniczej sytuacji. W końcu doszedł do wniosku, że powinien doprowadzić byłą żonę do wściekłości, a może dzięki temu pozna jej prawdziwe intencje. Realizacja planu nie nastręczała problemów: w przeszłości przedmiotem połowy ich kłótni były za słaba lub za mocna kawa oraz niewłaściwy skład śniadania.

Wowa wrócił do kuchni, schował kanapki do lodówki, z szafki zaś wyciągnął przeterminowane chipsy o smaku octu.

Dezyderia siedziała na brzegu łóżka i paliła papierosa.

– Przyniosłem pyszne śniadanie! – wykrzyknął dumnie Wowa.

Dwa lata wcześniej jego ówczesna żona wpadłaby w histerię, widząc coś takiego. Dziś jednak reakcja Dezyderii wyjątkowo nie usatysfakcjonowała Wowy.

– A jakie smaki? – spytała z zaciekawieniem.

– O, ocet i żurawina... Świetne połączenie! – ucieszyła się.

Sięgnęła po octowe chipsy. Zjadła prawie wszystkie, popijając żurawinowym sokiem. Ta mieszanka nie wpłynęła chyba zbyt dobrze na jej samopoczucie, ponieważ chwilę po przełknięciu ostatniego kęsa Dezyderia nagle pożegnała się z Wową i opuściła dom, próbując się uśmiechać i równocześnie nie zwymiotować.

Wowa udał się do łazienki. Odkręcił wodę pod prysznicem i starał się zmyć z siebie delikatnego kaca oraz cały niepokój związany z rozpoczynającym się weekendem. Choć woda doskonale spełniała swoje terapeutyczne zadanie, Wowa postanowił opuścić kabinę już po czterdziestu minutach. Zrelaksowany, przesunął przeszklone drzwi i... usłyszał przeraźliwy koci jęk. Zarzucił na siebie ręcznik i wybiegł z łazienki. W pokoju zastał śpiącą Keely oraz otwarte okno. W myślach zarysowały mu się najczarniejsze scenariusze, łącznie ze zgonem lub trwałym kalectwem ukochanego zwierzęcia. Zbiegł po schodach, mało nie łamiąc sobie przy tym nóg, po czym desperacko rzucił się do drzwi wejściowych. Po ich otwarciu ujrzał Borysa stojącego na wycieraczce.

– Dzień dobry – burknął kot.

Wowa odetchnął z ulgą. Zwierzę nie straciło ani żadnej kończyny, ani nic ze swojego tupetu. Spojrzał Borysowi w oczy, oczekując szczerej odpowiedzi.

– Możesz mi powiedzieć, dlaczego znowu to zrobiłeś?

Kot był wyraźnie zaskoczony pytaniem.

– Ponieważ znów była okazja – odparł obojętnym tonem.

Wowa wpuścił kota do domu i zamknął drzwi.

– Chcesz powiedzieć, że będziesz to robić przy każdej możliwej okazji? – Wziął Borysa na ręce, żeby nim potrząsnąć. – A co ze mną, co z twoją Keely? Chcesz nas tak po prostu wszystkich zostawić przez jakieś swoje wydumane smutki?

W wielkich oczach kota nie było ani krzty zrozumienia.

– O czym ty mówisz?

– O twoich permanentnych próbach samobójczych!

– O czym?

– O tym, że po raz kolejny skaczesz z drugiego piętra!

– Wydaje ci się, że tak po prostu skaczę? – Kot lekko się zirytował. – Masz mnie za szaleńca? Przecież mógłbym sobie połamać gnaty!

– No właśnie…

Borys czule spojrzał Wowie w oczy.

– Robię to dla ciebie, matołku!

– Skaczesz dla mnie z okna?

Wowa postawił kota na podłodze.

– Ja zaliczyłbym to raczej do kategorii wypadków przy pracy. – Borys przygładził łapą wąsy. – Ilekroć próbuję go schwytać, on znika, a ja spadam na samo dno, a konkretnie na krzaki przed wejściem.

Spojrzenie Wowy wyrażało całkowity brak zrozumienia.

– Niczego nie rozumiesz! – zbulwersował się kot. – Co widzisz za oknem?

Wowa zastanowił się przez chwilę.

– Jabłonkę typu Bramley… – odrzekł niepewnie.

– Artysta… – parsknął ironicznie Borys. – Co widzisz wyżej?!

Wowa wyjrzał przez okno, wygiął szyję i zmrużył oczy.

– Tęczę?

– No pewnie, że tęczę. Ale kogo interesuje tęcza, którą widać tu niemal codziennie? Chodzi o to, co znajduje się na jej końcu...

– Garnek złota?

– Dwa razy już niemal miałem go w łapach! – Oczy Borysa zalśniły. – Widzę go tuż obok, skaczę, ale on za każdym razem znika. Pewnie stoi za tym ten podstępny Leprokonus, nie sądzisz?

Pytanie nieco zaskoczyło Wowę. Sprawę irlandzkich skrzatów miał nie do końca przemyślaną.

– Po co ci ten garnek? – zapytał, stąpając po znacznie pewniejszym, racjonalnym gruncie.

Borys spojrzał na niego z kocim smutkiem.

– Jak to po co? Dla ciebie!

– Dla mnie? Uważasz, że jest mi potrzebny?

– Jak mniemam, raczej by ci się przydał.– Kot ponownie pogłaskał się łapą po wąsach. – Do niedawna uważałem cię za pospolitego materialistę, i choć ostatnio znacząco zweryfikowałem swój pogląd, to uważam, że pokaźny zastrzyk gotówki mógłby rozwiązać wiele twoich problemów. Chociażby ta praca... Cały czas się dziwię, dlaczego zajmujesz się czymś tak idiotycznym jak sprzedaż pierogów. Mógłbym cię zrozumieć, gdybym wiedział, że to po prostu lubisz. Odnotowano wszak przypadki, kiedy istoty ludzkie wręcz ubóstwiały swoje posady bankierów, maklerów czy innych podawaczy ręczników. Ale ty? Nie znosisz tej pracy! Gdybym dla ciebie zdobył ten garnek, mógłbyś w końcu rzucić robotę i zająć się swoimi, jak je nazywasz, projektami. Nie znam się zbytnio na tym i przyznam, że czasem niektóre z nich naprawdę mnie irytują. Chociażby takie „Ciepłe kraje", przez które poparzyłem sobie niegdyś zadek. Ale mniejsza o mnie. Wiem, że to jest to, co naprawdę kochasz. Dlatego skaczę.

Łzy wzruszenia napłynęły Wowie do oczu. Próbował przytulić kota, ale miał problem z jego znalezieniem. Kot wyręczył go, ocierając się głową o jego nogawki.

– A więc nigdy nie próbowałeś popełnić samobójstwa?

– Jakżebym śmiał? – obruszył się kot. – Mam rodzinę, przyjaciół, wiele filozoficznych lektur czeka w kolejce... Ponadto, chyba nie wyobrażasz sobie, aby samobójstwo popełniał ktoś, kto jest afirmatorem bycia? Jakiż to byłby absurd! Przecież ja kocham życie! Choć może nie jestem mistrzem w okazywaniu tego... Z drugiej strony, przyznasz chyba, że ty sam nie należałeś nigdy do najradośniejszych osobników ludzkich. Stąd ta tęcza i ten garnek, próba odzyskania twojej radości po prostu...

– Jesteś najlepszym kotem na świecie. – Wowa pogłaskał Borysa za uchem. – Ale proszę cię, nie skacz
już więcej za tym garnkiem. Dzisiaj mam swoją
pierwszą wystawę, a w środę wyrzucili mnie z pracy.
– Naprawdę? – ucieszył się Borys. – Chyba za
rzadko ze sobą rozmawiamy...

Borys powrócił wraz z Wową na drugie piętro,
gdzie Keely nadal spała, nieświadoma dramatycz-
nych wydarzeń rozgrywających się tuż obok. Panowie
postanowili wykorzystać jej słodki sen na długą mę-
ską rozmowę, w trakcie której opowiedzieli sobie
o swoich planach, marzeniach, fascynacjach i lękach.
Potem uznali, że warto się nieco rozerwać. Wowa wyciągnął z szafy wysłużone scrabble, przywiezione
z Polski. Rozpoczął się długi pojedynek, w którym
nie sposób było wytypować faworyta. Czoła graczy
pokryły się tak głębokimi zmarszczkami, jakby obaj
stali już u wrót starości. W końcu postanowili porzucić planszówkę na rzecz znacznie bardziej przystęp-
nej rozrywki. Odpalili na konsoli najnowsze wydanie
gry FIFA. Takiego wydarzenia nie mógł przegapić
Alfred, który z wielkim entuzjazmem przyłączył się
do wspólnej zabawy.

Kilka godzin później Wowa udał się do centrum
Dublina, gdzie wypożyczył czarnego forda mondeo,
takiego samego jak ten, którego wybrał ojciec Dezy-

derii. Jako że od kilku lat nie prowadził samochodu, chwilami nie mógł się zdecydować, którą stroną ulicy powinien jechać. Uświadamiali mu to współuczestnicy ruchu drogowego.

Hrabstwo Dublin słoneczniło się do swojego przybysza z odległej Polski. Być może żegnało się z nim czule jak kochanka, której po przyjemnym poranku już nigdy więcej nie zobaczysz. A może było to słońce nadziei, tej matki głupców, która wysyłała na zwiady detektywa, by tropił każdy ruch, każde poczynanie wąsacza z Trabzonu? Wszystko jeszcze mogło się zmienić. Wowa liczył na to, że nadal jest panem swego losu, że wszystko, co stanie się po północy, będzie wyłącznie efektem jego poczynań. Chciał rozegrać z losem partię szachów. Kto zwycięży, bierze wszystko. Dla niego – Hayal, dla losu – śmierć Wowy.

Wszystko mogło jeszcze się zmienić. Tak też zazwyczaj bywało. Słoneczne promienie lały się z nieba, docierając do najodleglejszych zakamarków wyspy, a ta mrużyła ze zdziwienia oczy. Potem wszystkie kolory nieba łączyły się ze sobą w misterną konstrukcję świateł wznoszących się nad morzem, nad wzgórzami, nad miastami i pastwiskami, a marzyciele zaczynali szukać garnka złota. Zanim go znaleźli, okolica znowu się rozświetlała, trochę lżej, trochę czerwieniej, ale tak samo czysto.

– Tak tu właśnie wygląda niemal codziennie – wytłumaczył dziadkowi w drodze z lotniska.

Dziadek po chwili zadumy nad krajobrazem zapytał o siłę militarną tego niewielkiego państwa, po czym uznał, że jego brygada bez niczyjej pomocy uczyniłaby z tego kraju swoje lenno.

Wowa zadzwonił do detektywa. Zrobił to, nie przerywając prowadzenia samochodu ani nie korzystając z tak zwanego zestawu głośnomówiącego, którego najzwyczajniej w świecie nie posiadał. To naganne postępowanie nie spotkało się z potępieniem pasażerów.

– Jak tam sytuacja na froncie? – zapytał językiem, do którego w ciągu kilkudziesięciu minut zdążył się już przyzwyczaić.

– Dziewczyny w ogóle nie było w tym hotelu – odparł O'Brien. – Mustafa wyszedł dwie godziny temu i udał się do centrum, gdzie obecnie spożywa hamburgera w restauracji McDonald's.

– Hamburgera?

– Chwileczkę... – Detektyw zamilkł na chwilę. – To nie hamburger, to WieśMac!

Detektywi powinni być precyzyjni, pomyślał Wowa.

Zajechali przed hotel dobrze znany Wowie i wypakowali dwie niewielkie torby dziadka, w których oprócz ubrań znajdowały się: lornetka, bidon, kompas, pistolet na kapiszony oraz amerykański poemat *Jak dobrze być żołnierzem*. Po wyjściu z samochodu uaktywnił się psychoanioł, który przez całą drogę na lotnisko oraz z powrotem w milczeniu oglądał miasto.

– Ciekawe, czym dzisiaj będziemy się tu bić? Tosterem?

Jak tylko dziadek rozgościł się w pokoju, razem z Wową udał się na obiad do hotelowej restauracji.

– Dla mnie bigos – oświadczył dziadek na wstępie, jeszcze przed wejściem.

Wowa zamówił danie składające się z bekonu, parówek, ziemniaków i cebuli, czyli tradycyjne dublińskie *coddle*, dzięki któremu dziadek zapomniał o bigosie. Było tak samo tłuste i męskie.

Obiad przebiegał w miłej, rodzinnej atmosferze, którą zepsuł telefon od Van Helsinga. Detektyw ostrzegł Wowę przed Mustafą powracającym do hotelu.

– Może być groźny. Ma przy sobie zabawkę z zestawu Happy Meal!

Wowa musiał podwoić czujność. Co chwila zerkał na drzwi restauracji, a równocześnie bacznie obserwował dziadka, gdyż obawiał się, że ten lada chwila wyciągnie zza pazuchy pistolet na kapiszony, by przejąć kontrolę nad restauracją. Przez kwadrans całkowicie panował nad sytuacją. Potem do lokalu wkroczył wąsaty Turek. Wowa, niewiele myśląc, dał nura pod stół.

– Co się dzieje? – zdziwił się dziadek.

– Szukam szkieł kontaktowych!

– No co ty, szkła nosisz? Jak jakiś homoseksualista? Fuj! Weź moje okulary! Daję ci je w prezencie.

Dziadek wsadził pod stół okulary zdjęte przed chwilą z nosa.

– Dziękuję, dziadku. Poradzę sobie.

Dziadek tupnął energicznie.

– Weź, jak starszy człowiek prosi!

Wowa wyjrzał spod stolika. Mustafa usiadł w drugim końcu sali i wpatrywał się w telewizor, który transmitował mecz hurlingu. Po niespełna minucie, z perspektywy żaby, Wowa dostrzegł, że Turek wstał i zbliża się w jego stronę. Szedł niebezpiecznie zdecydowanym krokiem, jakby kogoś zauważył. Wowa zastanawiał się, czy nie powinien wyjść z kryjówki i po raz drugi stawić mu czoło. Trudno było jednak przewidzieć rezultat starcia i to, czy dziadek nie zapragnąłby w nim uczestniczyć, co mogłoby doprowadzić do poważnego uszczerbku na jego zdrowiu.

Mustafa stanął przy stoliku. Milczał. Wowa tkwił pod stolikiem. W pewnej chwili usłyszał pstryknięcie palcami.

– Czego ten facet chce? – zdziwił się dziadek.

– Pewnie to żebrak... – dodał z pogardą po chwili zastanowienia.

Z pomocą Wowie przybył psychoanioł.

– Twój znajomy prosi o zapalniczkę – wyjaśnił, przykucnąwszy przy stoliku.

Wowa sięgnął do kieszeni, wyciągnął zapalniczkę i wcisnął ją w dłoń dziadka. Dziadek przyjrzał się jej uważnie, po czym chrząknął na znak, że wie, o co chodzi.

– Aha... Tego chcesz, dziadygo! A bierz sobie i idź już stąd... Paszoł!

Mustafa wyszedł z restauracji, bawiąc się zapalniczką Wowy.

Nie czekając na powrót Turka, Wowa postanowił zapłacić za obiad i ewakuować rodzinę. W drodze do domu wytłumaczył dziadkowi, że był to znany miejscowy dziennikarz, który robi ludziom dziwne świństwa i całe szczęście, że opuścili lokal, bo na pewno byli w ukrytej kamerze.

Dom przywitał gościa radośnie pląsającymi kotami. Dziadek przez dłuższy czas rozglądał się ze zmarszczonymi brwiami, po czym stwierdził, że całkiem tu ładnie. Wowa poczuł dumę z efektów dwugodzinnego sprzątania.

Z jednego z pokojów wyszedł Pavel.

– Ahoj! – przywitał wszystkich.

Dziadek spojrzał na Wowę ze zdziwieniem.

– To ten Czech?

Uzyskawszy potwierdzenie, dziadek odpowiedział na powitanie:

– Wołacie „Ahoj", a nawet morza nie macie!

Dalsza część spotkania przebiegła bez międzynarodowych konfliktów. Wowa upoił dziadka za pomocą whiskey, po czym usiedli razem w salonie jak prawdziwa polska rodzina. Oznaczać to mogło tylko jedno: oglądanie telewizji.

Po obejrzeniu materiału poradnikowego na temat odrobaczania owiec dziadek stwierdził, że już „najwyższy czas". Wowa był przekonany, że chce wracać do hotelu. Dziadkowi jednak nie o to chodziło. Był już najwyższy czas na prezent urodzinowy. Sięgnął do kieszeni marynarki i wyciągnął z niej kartkę. Wstał. Wowa zrozumiał, że również powinien wstać, więc to zrobił. Dziadek powiedział „Sto lat" i wręczył mu kartkę.

Był to czek na trzy miliony złotych.

Wowa przyjrzał się mu dokładnie, po czym spojrzał niepewnie na dziadka Czesława, który z zadowoleniem kiwał twierdząco głową. Tak, to był czek na trzy miliony złotych. Kursy korespondencyjne nakazywały, by w takiej sytuacji powiedzieć: „Oj, nie trzeba było, wystarczyłby kwiatek". Tak też uczynił Wowa.

– Kwiatek? – zdziwił się dziadek. – No co ty, gejem zostałeś?

Wowa usiadł więc na kanapie i wpatrywał się w czek, który był taki mały i biały, i zupełnie bezsensowny. Zastanawiał się, skąd dziadek Czesław miał tyle pieniędzy.

– Pamiętasz ziemię, którą miałem pod Warszawą? – Dziadek z własnej inicjatywy pospieszył z wyjaśnieniami. – Miałem ją sprzedać już trzydzieści lat temu, ale tego nie zrobiłem. Teraz jacyś dobrzy ludzie poprowadzili obok niej drogę szybkiego ruchu, a inni dobrzy ludzie wybudowali w pobliżu centrum handlowe. – Z dumą spojrzał na Wowę.

– Liczę na to, wnuku, że ta pokaźna suma pieniędzy sprawi, że twoje wygnanie dobiegnie końca. – Widząc u Wowy wyłącznie zdziwienie i całkowity brak entuzjazmu, zaczął go przekonywać: – Pomyśl, mógłbyś wrócić do Polski, otworzyć własną firmę... – Spojrzał na Wowę z nadzieją tak wielką, że aż żal było cokolwiek powiedzieć.

– Niestety, nie planuję powrotu do Polski – powiedział jednak Wowa.

Dziadek podrapał się po łysinie, po czym stanął na baczność.

– Ojczyzna cię potrzebuje, synu! – wykrzyknął. – Nasz kraj rozwija się w zawrotnym tempie. Niedługo liczba zamkniętych osiedli będzie najwyższa w Europie. Nie może cię przy tym zabraknąć! Chyba nie chcesz spędzić reszty życia w państwie, które ma ledwo osiem i pół tysiąca żołnierzy i nawet nie należy do NATO? To niebezpieczne!

Wowie przyszła do głowy zupełnie inna myśl.

– Czy ktoś wie o tym czeku?

Dziadek zrobił minę zaskoczonego partyzanta.

– A niby kto miałby wiedzieć?

– Może ktoś, z kim dziadek wspólnie sprzedawał ziemię?

Dziadek zmarszczył czoło, wytężając pamięć.

– Chyba nie.

– A może jakiś znajomy ze strzelnicy albo ze sklepu z militariami?

Czoło zmarszczyło się jeszcze bardziej. Dziadek spojrzał w sufit, jakby tam poszukiwał odpowiedzi.

– Chyba tylko jeden człowiek… Adam, ojciec Dezyderii. Nadal spotykamy się czasem, by omówić wojskowe nowinki techniczne.

Wszystko stało się jasne: nagły nawrót miłości, przyjazd ojca Dezyderii do Irlandii, zadowolenie z chipsów na śniadanie.

W zaistniałej sytuacji Wowie nie pozostało nic innego, jak zwrócić czek.

Dziadek stawiał opór. Opór psychoanioła był jeszcze większy – uważał, że Wowa mógłby przecież wszystko przepić lub przetracić na wyścigach konnych. Była to słuszna argumentacja. Wowa postanowił jej użyć przeciwko sobie, powołując się na nią w rozmowie z dziadkiem. Ten jednak miał już swoje lata i był nieugięty w swych postanowieniach. Ostatecznie stanęło na tym, że Wowa miał zastanowić się nad wszystkim do poniedziałku. Zgodził się tylko dlatego, żeby nie denerwować dziadka, który nadal posiadał pozwolenie na broń.

Zostawił go przed telewizorem i udał się na chwilę do kuchni. Dziadek niespodziewanie zażyczył sobie herbaty, więc Wowa musiał skontaktować się z Markiem, by ten czym prędzej kupił nowy czajnik. Stary nieszczęśliwie się ugotował.

Czas oczekiwania na herbatę dłużył się niczym chwile spędzone na stacji DART-a. Dziadek zaczął niecierpliwie zerkać na zegarek. Po trzydziestu minutach wstał z kanapy i poprosił Wowę, by ten zadzwonił po taksówkę. Wowie zrobiło się przykro, zaczął zapewniać dziadka, że herbata będzie niedługo gotowa, dziadek jednak przynajmniej w tej kwestii chciał postawić na swoim. Tym bardziej, że tak naprawdę nie o herbatę chodziło, lecz o przygotowanie się na hotelowy dancing. Dziadek, cierpiący od kilku lat z powodu samotności, wiele sobie po nim obiecywał.

Wowa zjadł obiad i również zaczął przygotowywać się do opuszczenia domu. Zostawił spory zapas jedzenia dla kotów i udał się w stronę stacji DART-a. Przyjazd czarnym fordem mondeo lub taksówką na swój pierwszy wernisaż uznał za opcję nietaktowną i co najmniej ekstrawagancką. Co innego przeciwsłoneczne okulary, które założył na wypadek wyjątkowych wzruszeń.

Wysiadł na stacji Tara Street, by móc spokojnie przejść się deptakiem North Wall położonym wzdłuż rzeki. Słońce odbijało się w ledwo widocznym nurcie Liffey, a ciepły wiatr to przechadzał się obok, to znów zatrzymywał się w którejś z wąskich bocznych ulic. Wowa przychodził w to miejsce od dwóch lat, od samego początku swojego pobytu w Dublinie. Nie spacerował tu często, jednak robił to dość regularnie, za każdym razem, kiedy wszystkie plaże i góry zdawały się zbyt odległe, a potrzeba wyciszenia i zjednoczenia ze światem była na tyle pilna, że North Wall stawała się najbliższym i najszybszym rozwiązaniem. Przychodził tu prosto z pracy, nie myśląc zazwyczaj o niczym. Po prostu przyglądał się rzece i niebu. Potrafił tu nieraz chodzić godzinami. W jedną i w drugą stronę. To dawało mu prawdziwy spokój. Tym razem, idąc deptakiem wzdłuż Liffey, czuł się zupełnie inaczej. Szedł na swój pierwszy wernisaż, lecz zamiast odczuwać radość, ekscytację czy chociażby podenerwowanie, myślał tylko o jednym. Czy przyjdzie Hayal? Obawiał się, że jeśli tego wieczoru się nie spotkają, to nie spotkają się już nigdy. Bał się, że jeśli się nie zobaczą, stanie się coś złego.

Po godzinnej przechadzce Wowa postanowił w końcu udać się do Long Submarine Gallery. Skręcił w jedną z ciasnych przyportowych uliczek i w ciągu niespełna dwóch minut dotarł do wielkiej ponurej hali. Tuż przed wejściem czekał na niego podekscytowany psychoanioł.

Wowa otworzył stalowe drzwi galerii, po czym krętymi schodami skierował się do poziomu łodzi podwodnej. Na dole czekali już na niego Siofra oraz krępy mężczyzna w berecie. Siofra szybko zdradziła jego tożsamość. Był to Mike, dyrektor galerii. Przywitał Wowę niezwykle wylewnie, informując go, że dawno nie gościli w swoich skromnych podziemiach tak dobrze zapowiadającego się artysty.

– Wszyscy nie możemy się też doczekać tego, co przygotował pan jako pracę numer dziesięć...

Wowa z lekką konsternacją spojrzał na dyrektora galerii. Na szczęście miał na nosie ciemne okulary.

– Ach tak, naturalnie – odpowiedział z dziwnym, niemieckim akcentem.

Mike oprowadził Wowę po całej Long Submarine Gallery. Oprócz trzech połączonych podłużnych sal wystawienniczych znajdowały się tam również pomieszczenie ze stołem zastawionym trunkami, niewielka sala koncertowa, szatnia, zaplecze i dwie toalety. Całość miała skromną, jak na tego typu obiekty, powierzchnię tysiąca metrów kwadratowych.

W pierwszej sali wystawienniczej wisiały fotografie dokumentujące projekt „Romantyzm" zrealizowany jeszcze w Warszawie, czyli pomnik Adama Mickiewicza obwiązany bandażami. Obok zdjęć znajdowały się tablice wyjaśniające, kim był Adam Mickiewicz i gdzie leży Warszawa. Na środku pomieszczenia stała budka telefoniczna. Wewnątrz zamiast telefonu umocowane było wielkie lustro. Projekt nosił tytuł „Rozmowa" i był jednym z najbardziej wieloznacznych dzieł Wowy. Z jednej strony sugerował, że współczesny człowiek zatracił zdolność dialogu i zamiast słuchać drugiej osoby, potrafi tylko przyglądać się sobie i wysłuchiwać własnych monologów. Część krytyków interpretowała jednak pracę w zupełnie inny sposób, widząc w niej właśnie zachętę do zaprzestania długich i niewnoszących niczego rozmów i spojrzenia w głąb siebie.

Drugie pomieszczenie witało gości projektem zatytułowanym „Show-business". Był to wielki mikrofon wykonany z cukru. Połączenie tematu z tym właśnie materiałem skłaniało do refleksji zarówno nad słodyczą kariery w popkulturze, jak i jej kruchością. Dokładniej rzecz biorąc, zwracało uwagę na jej kruchą słodycz. Tuż za mikrofonem znajdowała się praca „Wulkan", czyli kilkaset kilogramów kamieni przewiezionych do galerii z plaży w Bray. Na końcu sali stał znacznie bardziej niepozorny, ale równie ważny grzejnik zatytułowany „Ciepłe kraje". Według założeń pracowników galerii druga sala miała być poświęcona niepewności dnia jutrzejszego.

Część trzeciej sali pokryta była trawą o niezwykle intensywnej barwie. Na brzegu trawnika stał sztuczny pies pomalowany na równie intensywny zielony kolor. Projekt nosił tytuł „Doskonały, zunifikowany" i mówił bardzo wiele o współczesnym świecie. Na wszystkich czterech ścianach pomieszczenia wisiały banknoty euro o różnych nominałach. Zamiast ludzkich postaci widniały na nich wizerunki małp najrozmaitszych gatunków. Projekt ten nosił tytuł

„Mon(k)ey" i skłaniał do refleksji nad tym, że pieniądze mają moc ogłupiania człowieka, a jednocześnie zwracał uwagę na to, że wiele stworzeń z grupy naczelnych potrafi sobie dobrze radzić bez pieniędzy. Kiedyś za jeden z takich banknotów Wowa kupił sobie czekoladę. Na końcu ściany umieszczono autentyczny mandat wystawiony za „usiłowanie spożycia alkoholu w miejscu publicznym". Praca nosiła tytuł „Ból nieskuteczności".

Poza mieniącym się barwami rafy koralowej pomieszczeniem ze szwedzkim stołem wszędzie panował półmrok. Taki stan rzeczy przyczynił się do potknięcia Wowy, który przez okulary przeciwsłoneczne nie widział prawie niczego i starał się polegać na swojej artystycznej intuicji. Ta doprowadziła go bezpośrednio do sztuki. Wowa potknął się na niewidocznym dla siebie schodku i omal nie runął całym ciałem na ławkę z kolcami własnej konstrukcji.

– Proszę uważać… – zaniepokoił się dyrektor. – To dzieło sztuki. Nie mniej ważne od pozostałych!

Wowa zdjął okulary. Dopiero teraz dostrzegł, że we wszystkich pomieszczeniach stoją ławki zaprojektowane przez niego. Mike pospieszył z wyjaśnieniami.

– Mówiliśmy, że mamy trzy, ale okazało się, że pozostałe dziesięć znajdowało się w Wydziale Organizacji Przestrzeni Publicznej Urzędu Miasta. Nie wiedzieli za bardzo, co z nimi zrobić, więc chętnie je nam oddali. Zresztą, bardzo często z nimi współpracujemy. Kiedyś nawet zastanawialiśmy się nad organizacją wystawy, na której zaprezentowalibyśmy wyłącznie prace zarekwirowane przez urząd miasta. Miała się nazywać „Miasto zabrane przez miasto", czy jakoś tak...

W sali koncertowej przybywało ludzi. Większość z nich była albo pracownikami technicznymi galerii, albo muzykami, którzy szykowali się do występu uświetniającego wernisaż. Nie miał być to koncert w ścisłym znaczeniu tego słowa, lecz swego rodzaju muzyka tła na żywo. Zespół miał ułatwić odbiór sztuki Wowy oraz stanowić barwne, acz subtelne tło do porywających dysput na temat sztuki współczesnej. Nazywali się Chude Nogi Systemu i specjalizowali się w improwizowanej muzyce tła. Za każdym razem dostosowywali ją do okoliczności i specyfiki miejsca. W tym przypadku Mike poprosił ich, by motywem przewodnim byli dla nich wielcy polscy kompozytorzy epoki romantyzmu: Fryderyk Chopin, Stanisław Moniuszko i Hector Berlioz. Obecność tego ostatniego nieco zaskoczyła Wowę, uznał jednak, że byłoby nietaktem ingerować w tak oryginalny program, tym bardziej że motywy oparte na dziełach wymienionych kompozytorów miały być zaprezentowane w wydaniu postindustrialno-folktronicznym z delikatną domieszką hip-hopu.

Wreszcie zaczęli przychodzić ludzie, którzy prawdopodobnie nie byli pracownikami galerii. Część z niepokojem zerkała na zegarki, reszta, równie zatrwożona, ewidentnie czegoś szukała. Pierwszą grupę stanowili dziennikarze, drugą – stali bywalcy wszelkich wernisaży rozglądający się za darmowym alkoholem.

Wowa cały czas pilnie wypatrywał Hayal, lecz zamiast niej znalazł swoich byłych współlokatorów: Miguela i Markétę. Chwilę później w wejściu na salę koncertową stanął George, swoim widokiem budząc lekki niepokój u głównego bohatera wernisażu.

Chude Nogi Systemu dolały oliwy do ognia, rozpoczynając występ od sonaty b-moll Chopina. Ten i tak już niepokojący utwór został przez muzyków wzbogacony o subtelne, acz chaotyczne dźwięki wydawane przez kastaniety oraz równie niespodziewanie wypowiadane przez członków zespołu słowa „diabeł", „mróz" i „promocja na dębowe trumny".

W oczach wielu gości pojawiła się trwoga.

Kiedy na zewnątrz zapadł zmrok, do galerii dotarła kilkunastoosobowa grupa z zaprzyjaźnionego pubu. Byli w niej między innymi Barman z Powołania, Aoife i redaktor Stec. Wszyscy potraktowali wernisaż jako preludium do wielkiej uczty urodzinowej, traktując Wowę nie tylko jako artystę debiutującego na szerszą skalę, lecz także jako jubilata. W związku z tym przynieśli ze sobą urodzinowe prezenty, wśród których znalazł się znak drogowy z ograniczeniem prędkości do trzydziestu mil. Pracownicy galerii, z początku niechętni wniesieniu drogowskazu do środka, uznali w końcu – zorientowawszy się, że niosące go osoby są znajomymi Wowy – że jest to brakujące, dziesiąte dzieło artysty.

W samej sali koncertowej znajdowało się już blisko sto osób. Chude Nogi Systemu przerwały wykonywanie drugiego utworu, tym razem opartego na tylko sobie znanych motywach. Wśród gości usłyszeć można było lekkie poruszenie, zapowiadające coś, co za chwilę miało się wydarzyć. Wowa po raz kolejny rozejrzał się za Hayal, dostrzegł jednak tylko wyraźnie podenerwowanego George'a. Czyżby sprawa Niemców dotknęła go na tyle, że postanowił zabić Wowę przy świadkach podczas jego pierwszego wernisażu? A może postanowił się na nim zemścić i przyszedł do galerii tylko po to, by narobić mu wstydu jakimś ekscesem? Wowa chciał skonsultować się ze swoim psychoaniołem, jednak okoliczności mu na to nie pozwoliły. Na scenie pojawił się bowiem Mike, który swoim przemówieniem rozpoczął oficjalną część imprezy.

– W czasach, w których ortopedzi nie mogą opędzić się od pacjentów, ponieważ zegary prześcigają same siebie, co dla ludzi skutkuje zazwyczaj złamaniami kończyn, w czasach, w których nad każdym z nas wisi wielkie oko, i sami już nie wiemy, czy jest to oko opatrzności czy może raczej oko wielkiej przemysłowej kamery sterowanej przez nieznanych operatorów, w czasach, gdy człowiek martwi się nierealnością swojego życia, ponieważ tak rzadko pojawiają się w nim dialogi z jego ulubionego serialu, w tych czasach sztuki nie możemy szukać gdzieś w zamkniętych ramach obrazów. – Dopiero teraz przerwał dla nabrania tchu. – W takich czasach sztuka powinna nas dopadać zewsząd, powinna atakować nas niczym morderca lub złodziej. Nagle i w ciemnej uliczce. Dając nam w pysk i skłaniając tym samym do refleksji nad własnym życiem. I nad światem, którego nikt już nie potrafi okiełznać. Takie są właśnie prace bohatera naszego dzisiejszego wernisażu. Tajemniczy artysta ukrywający się pod pseudonimem Wowa przybył do nas z Polski. Przybył z odległego kraju, który mimo trwających tam przez większą część roku mrozów potrafi tak wiele dawać europejskiej kulturze. Jeśli przystaną dziś państwo nad pracami Wowy i głęboko się zastanowią na ich sensem, myślę, że bez problemu odnajdą w nich państwo ślady wspomnianej przeze mnie Polski. Znajdą w nich państwo prawdziwy romantyzm oraz wyczuwalne gdzieś głęboko płatki śniegu. Szanowni państwo... – Mike zawiesił głos, po czym wykrzyknął ile sił w płucach: – Miło nam gościć pana WOWĘ!

Na sali rozległy się oklaski, a wszystkie spojrzenia skierowały się tam, gdzie zamaszystym gestem wskazał Mike. Stojący obok sceny Wowa wolnym krokiem ruszył w stronę mikrofonu. Jak zwykle w takich sytuacjach, nie miał przygotowanego przemówienia i za bardzo nie wiedział nawet, o czym miałby mówić. Zaświtała mu myśl, by opowiedzieć o śniegu w Polsce. Stanął na środku sceny i powoli rozejrzał się wokół. Na sali panowała absolutna cisza, wszystkie oczy skupione były na nim. Pomyślał, że może powinien wykorzystać tę chwilę i powiedzieć coś, co będzie ze sobą niosło bardziej ogólne, wzniosłe przesłanie. Utwierdził się w tym przekonaniu, gdy wśród publiczności zobaczył nie tylko George'a, lecz także Dezyderię i Siniaka.

Niemal sparaliżowany lękiem, zbliżył usta do mikrofonu.

– Chodzi przede wszystkim o miłość, pokój i harmonię... – wydukał.

Zebrani na sali dziennikarze pokiwali z uznaniem głowami. Wszyscy zgodnie sięgnęli po notatniki, by zapisać te ważne słowa. Część szybko postanowiła uczynić z nich tytuł swoich relacji z wernisażu, inni nie chcieli iść na łatwiznę i obok zapisanej wypowiedzi notowali inne propozycje: „Pacyfista z mroźnych stron", „Miłość w krainie śniegu" czy „Romantyczny i pełen charyzmy".

Wowa po chwilowym paraliżu przypomniał sobie swoją niemiłą przygodę na początku wizyty w galerii. Jako że większość zgromadzonych gości sprawiała wrażenie ludzi o dobrych sercach, postanowił ich ostrzec.

– Proszę też uważać na znajdujące się tu ławki. – Groźnie pokiwał palcem. – To jest sztuka!

Opuścił scenę, na której po krótkiej przerwie znów pojawiły się Chude Nogi Systemu. Przerażony tym, co zobaczył, dopadł swojego psychoanioła.

– Skąd on się tu wziął???

Po chwili zastanowienia Alfred doszedł do wniosku, że mowa o byłym kierowniku Wowy.

– George?

– Siniak! – krzyknął Wowa, wzbudzając zainteresowanie kilku znajdujących się w pobliżu osób.

– Siniak tu jest??? – Alfred przeraził się nie mniej niż Wowa. – Co on tu robi?

– Chciałbym wierzyć w to, że jest po prostu miłośnikiem sztuki współczesnej...

Psychoanioł przesunął dłonią po pióropuszu.

– W jego profilu na łamach „Najtrudniejszych Misji Anielskich" nie ma na ten temat ani słowa.

Chude Nogi Systemu powróciły do gry. Ich kolejna kompozycja była prawdopodobnie oparta na motywach uwertury do opery *Hrabina* Stanisława Moniuszki. Tak przynajmniej wynikało z informacji, jaką przekazali dyrektorowi galerii. Interpretacja zespołu była jednak bardzo swobodna i obfitowała w liczne elementy ragga-dancehall, w trakcie których jeden z członków grupy rapował coś na temat kobiet.

Wowa nie zdążył dokończyć rozmowy z psychoaniołem, ponieważ zasłoniła mu go Dezyderia, stając przed Wową w niebezpiecznej odległości. Kupiła dla niego wielki słonecznik i zestaw płyt skandynawskich jazzmanów. Od kiedy na sali pojawił się Siniak, nie była już jedną z głównych podejrzanych. Pomogło to Wowie wyjaśnić kilka nieporozumień.

– Żono moja była... – zaczął pompatycznie. – Wiem, że jesteś w ciężkiej sytuacji finansowej, że wasza restauracja upadła, sklepy i strzelnice nie mają się dobrze, a twój ojciec przepił całe oszczędności. – Z trudem zmusił się, by spojrzeć Dezyderii w oczy. – Niestety, nie jestem w stanie ci pomóc. Od kilku dni nie mam pracy, a czeku od dziadka się zrzekłem, ponieważ nie zamierzam wracać do Polski.

Dezyderia spojrzała na niego jak na szaleńca. Wowa nie mógł jednak tego zobaczyć, ponieważ kończąc swoją wypowiedź, zaczął rozglądać się za Siniakiem.

– Ależ o czym ty mówisz, kochanie?

Słysząc ostatnie słowo, Wowa ciężko westchnął.

– Nie musisz już się zgrywać. Nie tylko wiem, że mój dziadek powiedział o trzymilionowym prezencie twojemu ojcu, ale też... – postanowił lekko naciągnąć fakty – ...sam bardzo dokładnie słyszałem twoją rozmowę z ojcem po naszym spotkaniu we włoskiej knajpce.

Przez chwilę na twarzy Dezyderii gościła rezygnacja, ale była żona Wowy szybko postanowiła przystąpić do desperackiego ataku.

– Nie oszukasz mnie! Wiem, że dostałeś dziś trzy miliony! Należy mi się przynajmniej połowa! W ramach rekompensaty!

Obawiając się o los szklanki, którą trzymał w dłoni, Wowa schował ją za siebie.

– Nie śmiałbym cię oszukiwać. Zapytaj swojego ojca, który na pewno wkrótce o wszystkim się dowie od dziadka Czesława. Jestem gołodupcem, a ty potrzebujesz finansowego zabezpieczenia, poczucia bezpieczeństwa. A ze mną możesz tylko iść na wrzosowisko i zapomnieć wszystko. Z nim będziesz szczęśliwsza. Z tym zabezpieczeniem finansowym, znaczy się.

Była żona spojrzała Wowie głęboko w oczy, które nie mogły kłamać.

– Frajer! – skomentowała, odwróciła się na pięcie i wyszła z sali koncertowej. Zaraz za progiem wyciągnęła z torebki telefon. – Nie uwierzysz, co on zrobił... Miałeś co do niego rację! – krzyknęła do słuchawki. – Mógłbyś tu po mnie przyjechać?

W galerii zapanowały smutek i spokój. Chude Nogi Systemu mierzyły się właśnie z preludium „deszczowym" Chopina. Wowa nie był jednak ani smutny, ani spokojny. Był przerażony obecnością handlarza broni mierzącego dwa metry i sześć centymetrów. Nie znał planów łysego szaleńca, jednak uwzględniając swoje angielskie pożegnanie, przerwaną nagle transakcję kupna-sprzedaży oraz zbliżającą się północ, mógł przypuszczać, że ze strony tego człowieka nie czeka go wiele dobrego. Wypatrywał go wspólnie ze swoim psychoaniołem, jednak żaden z nich nigdzie nie mógł go dostrzec. Alfred przetrząsnął całą salę koncertową, wszystkie trzy pomieszczenia wystawiennicze, okolice szwedzkiego stołu, zaplecze, szatnię, obie toalety, miejsce dla palaczy znajdujące się na zewnątrz, ale nigdzie nie dojrzał nikogo, kto opisem pasowałby do Siniaka. Galerię wypełniali raczej mężczyźni średniego wzrostu, w okularach, marynarkach oraz w różnorodnych nakryciach głowy.

– Jesteś pewien, że go tu dziś widziałeś? Może to tylko stres związany z wernisażem...

Wowa zapanował nad złością i spokojnie zastanowił się nad jego słowami. Może rzeczywiście nie było tu Siniaka? Może to tylko urojenie na skutek silnego stresu? Tyle się ostatnio działo. A i obawy, że będzie się działo jeszcze więcej, mogły zrobić swoje. Wowa czytał o takich przypadkach.

Nie zdążył jednak podzielić się tą refleksją z psychoaniołem, ponieważ przesłonił mu go George. Właściciel firmy cateringowej sprawiał wrażenie nieco zagubionego, lecz mimo to bardzo starał się roztaczać wokół siebie aurę mistrza ceremonii. Ze sztucznym uśmiechem i lękiem w oczach podszedł do Wowy i nie tylko pogratulował mu cudownego, jego zdaniem, wernisażu, lecz także zaproponował powrót do dawnej pracy. Okazało się bowiem, że o wystąpieniu Wowy na targach europejskich zrobiło się głośno na całej wyspie, a Irlandczyków tak rozbawiło zakończenie mowy Klausa, że sami zaczęli się żegnać słowami: „Trzymajcie się i jedzcie polskie pierogi". W firmie George'a rozdzwoniły się telefony z nowymi zamówieniami. Irlandczyk nie posiadał się ze szczęścia. Aby namówić Wowę do powrotu do pracy, postanowił specjalnie dla niego stworzyć nowe stanowisko: dyrektora do spraw public relations.

Choć Wowa wyjaśnił sobie wszelkie nieporozumienia z George'em i celowo nie odrzucił z miejsca jego propozycji, choć był już niemal pewien, że ten w gruncie rzeczy poczciwy sprzedawca pierogów nigdy nie zrobiłby mu krzywdy, to jednak odczuwał niepokój. Być może jego przyczyna tkwiła w muzyce tła. Chude Nogi Systemu wzięły właśnie na tapetę *Etiudę rewolucyjną*.

A może niepokój miał źródło zupełnie gdzie indziej?

Obsługa pizzerii szykowała się już do zamknięcia lokalu. Krzesła leżały obrócone na stolikach, a mokra podłoga miała zapach jednego z tańszych płynów uniwersalnych. Ostatni klient wycierał papierową serwetką kąciki ust. Dopiero kiedy wstał, kończąca porządki barmanka dostrzegła, jak bardzo jest wysoki. Skinął na pożegnanie głową i opuścił lokal. Na zewnątrz wiał silny wiatr. Mężczyzna wyciągnął z kieszeni płaszcza wełnianą czapkę i rozejrzał się po pustej ulicy. Miał wrażenie, że ktoś znajduje się obok i go obserwuje. Założył czapkę, a następnie zapalił papierosa. Zaciągnąwszy się kilka razy, ruszył zdecydowanym krokiem w stronę galerii. Tym razem dobrze znał drogę. Wcześniej, po tym jak opuścił galerię z powodu przeszywającego głodu, błądził, wściekły, bocznymi uliczkami. Taki głód bywa bardzo rozpraszający, a w niektórych sytuacjach nie można sobie pozwolić na rozproszenie. Mężczyzna wrzucił niedopałek do rzeki i niemal natychmiast poczuł, że czegoś mu brakuje. Założył rękawiczki. Ponownie rozejrzał się wokół. Upewniwszy się, że nikogo nie ma w pobliżu, wsunął rękę do wewnętrznej kieszeni płaszcza i zaczął bawić się w odbezpieczanie i zabezpieczanie rugera KGP.

W tym czasie wernisaż w Long Submarine Gallery zaczął nabierać cech przyjęcia urodzinowego. Większość gości uciekła z sali koncertowej i przeniosła się do pomieszczenia z napojami alkoholowymi oraz sal wystawienniczych. Wowa, rozglądając się cały czas za Hayal, zdążył jeszcze porozmawiać o kociej naturze z Aoife oraz przeprowadzić niezwykle poważną dyskusję z redaktorem Stecem. Zdążył też zostać zaskoczony ponowną wizytą dziadka Czesława, który opuścił hotelowy dancing. Dziadek w wielkim skupieniu przeszedł przez wszystkie trzy sale, w których znajdowały się prace Wowy. Przyznał następnie, że wnuczek bardzo ładnie rzeźbi. Oburzył sie jednak bezmyślością organizatorów, którzy ustawili w galerii jakieś stare uszkodzone ławki, za co zapłacił potarganiem nowej pary spodni. W związku z tym incydentem dziadek postanowił wrócić do hotelu.

Zmierzając w stronę toalety, nieopodal „Wulkanu" Wowa dostrzegł całującą się parę. Ucieszył się, że jego prace potrafią wzbudzać takie emocje. Przystanął na chwilę, by przyjrzeć się dokładniej, ale to, co zobaczył, kompletnie go zaskoczyło. Oparci o ścianę, spleceni w uścisku, stali Marek i Pavel. A więc to, co Pavel powiedział w lokalu ze striptizem, miało mocne podstawy: „Gdyby nie gitara, byłbym dziś gejem".

Wowa ucieszył się, że dziadek już wyszedł.

Mężczyzna schował wełnianą czapkę do zewnętrznej kieszeni płaszcza, zabezpieczył rewolwer i wyprostował kręgosłup. Przechylił głowę w prawo, następnie w lewo. Trzask kręgów sprawił mu przyjemność. Przed galerią zobaczył kilka osób palących papierosy. Przyjrzał się im uważnie. Choć z niewiadomych przyczyn wzbudzali w nim niechęć, postanowił zapalić obok nich. Pierwsze dwa zaciągnięcia sprawiły mu niemal taką samą przyjemność jak trzask kręgów. Kolejne były już jednak zupełnie inne. Nie potrafił się skupić z powodu wrzasków wydawanych przez pozostałych palaczy. Pomyślał, że może ruger KGP byłby tu pewnym rozwiązaniem. Pohamował jednak pokusę, rzucił papierosa na ziemię, przydeptał go mocno i otworzył drzwi galerii.

Schody były irytująco kręte. Kiedy wreszcie dotarł do poziomu łodzi podwodnej, zatrzymał się i wsunął prawą dłoń do wewnętrznej kieszeni płaszcza. Czekał. W galerii panował półmrok i to mu się podobało. Odczekał jeszcze kilka minut, aż w końcu uznał, że nadeszła właściwa chwila. Spokojnym krokiem ruszył w stronę toalety. Wszedł tuż za Wową. Zaczekał, aż ten wejdzie do kabiny, upewnił się, że pozostałe kabiny są puste, cicho zamknął wejściowe drzwi i równie cicho podparł klamkę szczotką na kiju.

Choć Chude Nogi Systemu mierzyły się właśnie z symfonią Fantastyczną Berlioza, uczestnicy wernisażu bawili się wyśmienicie. George znalazł dwóch nowych chętnych na pierogi, redaktor Stec wypalił paczkę papierosów, Aoife od ponad godziny przyglądała się wystawie, starając się mentalnie umieścić ją w kontekście globalnej melancholii, pijany Pavel wymiotował w damskiej toalecie po tym, jak dotarło do niego, że całował się z mężczyzną, a psychoanioł tańczył w rytm utworów Moniuszki i Berlioza. Wiele osób śmiało się, wiele żartowało, wiele było w naprawdę dobrym nastroju.

Do chwili, kiedy padły strzały.

Rozmowy ucichły. *Symfonia Fantastyczna* urwała się w połowie. W galerii zapadła cisza. Pierwszy w stronę męskiej toalety pobiegł Mike. Otworzył drzwi i zamarł w bezruchu, jakby porażony widokiem, który ukazał się jego oczom... Pozostali uczestnicy wernisażu zgromadzili się w bezpiecznej odległości od drzwi toalety. Milczeli, nikt nie odważył się podejść bliżej. Widząc reakcję Mike'a, mogli spodziewać się najgorszego. Mężczyźni kręcili z niedowierzaniem głowami, w oczach kobiet pojawiły się łzy. Na powierzchni tysiąca metrów kwadratowych zapanowała całkowita cisza. Tak cicho nie było tu jeszcze podczas żadnego wernisażu. Tak przeraźliwie cicho nie było jeszcze na żadnym wernisażu świata.

Po niespełna minucie ciszę przerwał odgłos spuszczanej wody. Chwilę później rozległo się skrzypienie drzwi od kabiny toalety. Mike, który jako jedyny widział, co się dzieje, wytrzeszczył oczy, otworzył usta, zmarszczył czoło i po dłuższym zastanowieniu zaczął entuzjastycznie klaskać. Zdumieni i zdezorientowani goście podeszli bliżej. Ujrzeli zdziwionego Wowę, który dopiero co spuścił wodę, a znacznie bliżej drzwi wejściowych – dwumetrowego osiłka

przykutego kajdankami do kaloryfera oraz pilnują-
cego go starszego mężczyznę. Byli to Siniak i Cillian
O'Brien – Van Helsing hrabstwa Wicklow i południowych dzielnic Dublina.

– Policja jest już w drodze – powiedział wyraźnie
zmęczony detektyw. – Mamy tu poszukiwanego od
lat handlarza bronią i dilera narkotyków.

– Brawo! – Mike ucieszył się jeszcze bardziej.
– Cały wieczór czekaliśmy na pracę numer dziesięć
i dostaliśmy coś wspaniałego. Jak zatytułował pan ten
happening?

Zaskoczony Wowa rozejrzał się dookoła. Był tak
pochłonięty swoimi przemyśleniami, że nie zwracał
uwagi na to, co działo się obok niego. Słyszał jakieś
hałasy i strzały, ale zlekceważył je, myśląc, że to
dźwięki otwieranych szampanów albo wyskakujących
bezpieczników. Kiedy otworzył drzwi kabiny,
w drzwiach wejściowych zobaczył wyraźnie podekscytowanego dyrektora galerii, a następnie całą rzeszę
widzów. Po chwili dopiero dostrzegł, że plecami do
niego, przypięty do kaloryfera, stoi Siniak, a pilnuje
go Cillian O'Brien.

– Van Helsing hrabstwa Wicklow i południowych
dzielnic Dublina! – ucieszył się Wowa na widok detektywa. Właśnie dotarło do niego, że ten prawdopodobnie uratował mu przed chwilą życie.

– Van Helsing hrabstwa Wicklow i południowych dzielnic Dublina? – powtórzył Mike. – Co za intrygujący tytuł!

Chude Nogi Systemu powróciły do swojej muzyki tła, publiczność powróciła do drinków i rozmów. Tylko Siniak nie powrócił do dawnych zajęć. Po kilku minutach ze smutkiem w oczach pojechał z policją na komisariat.

Detektyw wyjaśnił Wowie, że śledził Siniaka przez cały dzień i że w szczęśliwym doprowadzeniu sprawy do końca pomogło mu bogate detektywistyczne doświadczenie. Klienci bowiem nigdy nie mówią mu całej prawdy. Czasami dlatego, że nie chcą, tak jak bankier z Dalkey, czasem po prostu sami nie zwracają uwagi na najistotniejsze szczegóły, w których jak wiadomo, tkwi diabeł. Takim szczegółem może być chociażby kartka z numerem telefonu i mrocznym pseudonimem. Taką kartkę w lokalu na torze wyścigowym zgubił Wowa, będąc pod wpływem whiskey szalejącej w jego żyłach. Detektyw Cillian O'Brien, dzięki swojemu wieloletniemu doświadczeniu w zawodzie i wrodzonej ciekawości, postanowił sprawdzić, co to za pseudonim i numer telefonu. Rezultaty przerosły jego najśmielsze oczekiwania. Okazało się, że Siniak jest poszukiwany od wielu lat. Wymykał się policji, zmieniając pseudonimy i fryzury. Śledztwo

O'Briena nabrało żywszych barw – tym bardziej że mógł się w pełni poświęcić Siniakowi, ponieważ mało interesujący Turek, którego także miał śledzić, opuścił Irlandię. Nie wiadomo jednak, czy zrobił to sam, czy z jakąś kobietą. Wieloletnie doświadczenie podpowiadało detektywowi, że Mustafa jest nieciekawy i niegroźny.

Mimo braku informacji o tym, czy ktoś – a jeśli tak, to kto – towarzyszył Mustafie w drodze do Turcji, Wowa i tak był niezwykle wdzięczny lokalnemu Van Helsingowi. Detektyw ocalił Wowę przed niebezpieczeństwem, które ten zupełnie zlekceważył. Zachował czujność i wytrwałość, zwłaszcza śledząc Siniaka w drodze wiodącej pustymi ulicami do pizzerii.

Jubilat postanowił w końcu uczcić swoje trzydzieste urodziny oraz pierwszy dzień nowego życia. Uczynił to wspólnie ze swoimi najbliższymi znajomymi: psychoaniołem Alfredem oraz Van Helsingiem hrabstwa Wicklow i południowych dzielnic Dublina. Zapowiadała się noc pełna szaleństw i śmiechu. Do pełnego szczęścia Wowie brakowało jednak Hayal.

Gorączka sobotniej nocy trwała do tradycyjnej w Dublinie godziny drugiej trzydzieści. O tej porze zamykanych jest większość lokali, a ulice centrum stają się nagle bardziej zatłoczone niż w ciągu dnia.

Wowa powrócił do domu sam, czyli z psychoaniołem. Marek uczynił to znacznie wcześniej, a dziwnie blady Pavel wyruszył w miasto z pilną potrzebą redukcji dysonansu poznawczego.

O godzinie trzeciej Wowa miał już się szykować do snu, kiedy usłyszał dzwonek do drzwi. Wydawało mu się, że już nikt nie przyjdzie, wyglądało jednak na to, że w trzydzieste urodziny trzeba się liczyć z niespodziankami.

Otworzył i zobaczył Hayal.

Długo stała bez ruchu i patrzyła na Wowę. W końcu obydwoje się uśmiechnęli.

– Zapomnij o Paryżu.

Sięgnęła do torebki i wyciągnęła z niej płytę.

Był to najmniej spodziewany prezent podczas tych urodzin. *Casablanca*. Wowa zaprowadził dziewczynę na swoje piętro. Na wszelki wypadek zamknął drzwi na klucz.

Niebo za oknem szło już spać, zmęczone po wyjątkowo pracowitym dniu. Pies szczekał. Wiatr wiał. W ogródkach piwnych roześmiani ludzie sączyli powoli guinnessy. Ustawione w szeregu mewy zasypiały kolejno na kamienistej plaży. Morze zasypiało razem z nimi. Światła miasta przyłączyły się do gwiazd, tworząc swoje własne ścieżki, którymi unosiło się lekkie, leniwe powietrze.

Para zakochanych trzymała się za ręce, oglądając *Casablancę*.

Kilka godzin później leżeli nago w łóżku. Opowiadali sobie o swoim życiu, choć tak naprawdę wszystko wyczuwali już wcześniej. Czasem brakowało tylko jakiejś daty, osoby, miejsca, barwy.

Zasnęli nad ranem, mocno przytuleni.

Wowa śnił o Hayal. W sen wdarł się jednak potworny ból. Wdarła się zima z lodowatymi bryłami. Chwilę potem był to upał pustyni. Otworzył oczy i zobaczył nóż w swoim brzuchu i mężczyznę z dłonią zaciśniętą na rękojeści. Czuł, jak odpływa wraz z bólem.

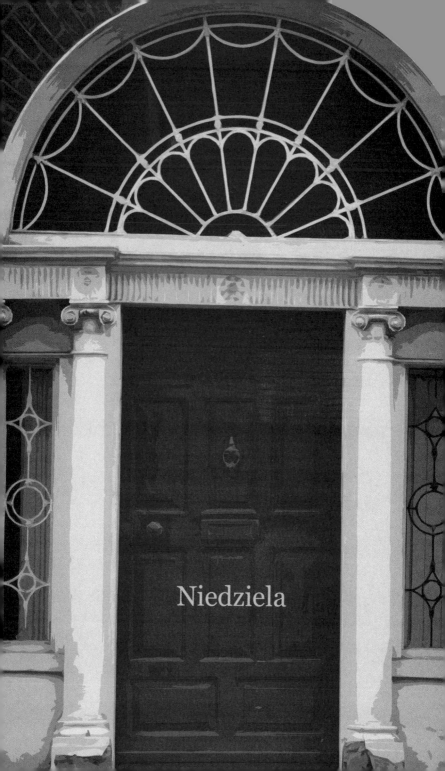

Niedziela

Złośliwi mogliby przytoczyć słowa piosenki *Sunday Bloody Sunday*. Ja wolę jednak *Always Look on the Bright Side of Life*. Tak, jest zdecydowanie jasno. Jest niebiesko, jest zielono, jest słonecznie. Niedziela się zatrzymała, choć czasami pojawiają się zmiany. Choćby te chmury.

– Kochanie, czy mógłbyś pozamiatać trochę chmur? – słyszę głos z kuchni.

Co jakiś czas mają dziwny zwyczaj gromadzić się na werandzie. Przybierają przy tym różne barwy. Kto widział obraz *Waniliowe niebo*, ten wie, co mam na myśli. Wiedzą też ci, co lecieli samolotem o wschodzie słońca. Od strony estetycznej rzecz wygląda wyśmienicie, ale czasami można się potknąć. Poza tym ograniczają trochę widoczność. A ja lubię mieć dobry widok na okolicę, siedząc na werandzie, pijąc kawę i paląc papierosy...

Biorę miotłę, taką samą, jakich używano setki lat temu, taką, jakie w bajkach mają czarownice, i odgarniam chmury niczym śnieg. Widoczność nieco się poprawia. Coraz lepiej widzę łąkę, sad i rzekę. Jeszcze trochę i zobaczę pub. O, już jest... Do pubu zachodzę wieczorem. Wypijam tam różne trunki, w tym wiele wcześniej mi nieznanych. Generalnie, niebo w gębie.

Chyba w miarę dobrze oczyściłem przestrzeń z chmur. Jak wiecie, nigdy nie zwracałem uwagi na zbędne szczegóły. Jako człowiek niezbyt dobrze zorganizowany nie uwzględniłem też pewnej osoby, która bardzo chętnie zabiłaby mnie w moje urodziny. Nie chodzi tu tylko o Siniaka, który, jak okazało się dzięki niebiańskiej perspektywie, prawdopodobnie wcale nie chciał mnie zabić, a tylko skutecznie wymusić na mnie zakup broni, dzięki której trafiłbym do więzienia, posądzony o dokonanie trzech morderstw. Oprócz Mustafy było też jeszcze dwóch Turków, którzy mogli wbić we mnie nóż za związek z Hayal. Zupełnie nie wziąłem pod uwagę tego, że Mustafa może im o wszystkim powiedzieć, po czym jeden z nich przyleci do Dublina. Przez to niewielkie przeoczenie zostałem zabity przez Feraha, mało rozgarniętego złodziejaszka z Trabzonu. Był przyjacielem Mustafy, a ponadto wierzył w potęgę tradycji. Nie godziło się zatem, bym spotykał się z jego zaręczoną siostrą. A tym bardziej, bym z jego zaręczoną siostrą leżał nago w łóżku. Była to obraza dla niego, dla całej jego rodziny i dla wszystkich wartości, które wyznawał. Być może nawet dla jego złodziejskiego kunsztu. Drugim moim przeoczeniem było otwarte okno, przez które wdarł się Ferah. Co prawda było to drugie piętro, ale cóż to dla złodzieja o tak bogatym doświadczeniu.

Zostałem zabity w dniu, kiedy skończyłem trzydzieści lat. Razem ze mną, z rąk brata, zginęła Hayal.

Wydawać by się mogło, że nie wykorzystałem pomocy Alfreda, jego uwag ani tego, że dane mi było powtórnie przeżyć swój ostatni tydzień. Mogłem przecież wszystko odmienić. Może trzeba było na cały dzień zamknąć się w komórce? To logiczne, ale logika czasami sprawia nam niespodzianki. W pierwotnej wersji swojego ostatniego tygodnia życia zginąłem z ręki kogoś zupełnie innego. W pierwotnej wersji zabił mnie fakt wypalenia ostatniego papierosa. Szedłem spokojnie ulicą Dublina i natknąłem się na bandę wyrostków. Chcieli ode mnie papierosa. Niestety, ostatniego wypaliłem chwilę wcześniej. Wyjaśniłem im to kulturalnie, lecz oni odpowiedzieli mi na to słowami niegrzecznymi, wręcz obraźliwymi. Na tak aspołeczną postawę młodzieży zareagowałem dość stanowczo, aczkolwiek słownie. Ich odpowiedź na moją reakcję nie była już słowna. Chłopcy mieli ze sobą butelki po piwie i z jednej z nich wykonali tak zwanego tulipana, który – zapewne przypadkiem – rozciął mi tętnicę szyjną.

Ale nie ma co wracać do starych czasów, tym bardziej jeśli zna się je wyłącznie z wideorelacji obejrzanej po śmierci dzięki uprzejmości Alfreda i jego przełożonych. Mój powtórzony ostatni tydzień przyniósł coś zupełnie nowego, coś, czego nie przeżyłem w wersji pierwotnej. Dopiero w powtórzonym tygodniu spotkałem Hayal. Dopiero tym razem przypadkowo spotkaliśmy się na Temple Bar. Dopiero dzięki możliwości przeżycia jeszcze raz ostatnich dni spotkałem swoją prawdziwą miłość.

Po tym jak Ferah dość niegrzecznie potraktował swoją siostrę i swojego potencjalnego szwagra, czyli rozpłatał nam brzuchy nożem, trafiliśmy do naszego własnego nieba. Wbrew obawom nie było to Allenowskie piekło z motywem jazzowym. Trafiłem w miejsce, które składa się z moich ziemskich ideałów. Czasami sprawia mi to pewne kłopoty. Na przykład w pobliskim pubie mówi się wyłącznie po irlandzku. Tak sobie kiedyś wymyśliłem, kiedyś za życia, mówiąc, że język irlandzki ma w sobie coś niebiańskiego. Teraz muszę się go tu uczyć. Ale jak mówią: na naukę nigdy nie jest za późno.